湖北省公益学术著
Hubei Special Funds 出版专项资
for Academic and Public-interest
Publications

第二辑

丛书主编 李建中
丛书副主编 袁 劲

国家社会科学基金重大项目
"中国文论关键词研究的历史流变及其理论范式构建"（22&ZD258）成果

辨：传统文论的内在理路

孙盼盼 著

WUHAN UNIVERSITY PRESS
武汉大学出版社

图书在版编目(CIP)数据

辨:传统文论的内在理路/孙盼盼著 . —武汉:武汉大学出版社,
2024.1(2025.2 重印)
中华字文化大系/李建中主编.第二辑
湖北省公益学术著作出版专项资金资助项目
ISBN 978-7-307-23887-9

Ⅰ.辨…　Ⅱ.孙…　Ⅲ.中国文学—古代文论—研究　Ⅳ.I206.2

中国国家版本馆 CIP 数据核字(2023)第 143333 号

责任编辑:白绍华　　　责任校对:李孟潇　　　版式设计:马　佳

出版发行:**武汉大学出版社**　　(430072　武昌　珞珈山)
　　　　　(电子邮箱:cbs22@whu.edu.cn　网址:www.wdp.com.cn)
印刷:武汉邮科印务有限公司
开本:720×1000　　1/16　　印张:15.5　　字数:215 千字　　插页:1
版次:2024 年 1 月第 1 版　　2025 年 2 月第 2 次印刷
ISBN 978-7-307-23887-9　　　定价:79.00 元

总序　字孳字乳的文化：中华文化的"字"生性特征

李建中

人类轴心期五大文明(古巴比伦、古埃及、古希腊、古印度、古中国)，惟有华夏文明传承至今，生生不息，个中缘由非常复杂，但文字的特性无疑是重要因素之一。同为轴心期文明，拉丁语的最小单位(字母)是无意义的，而汉语的最小单位(包括部首在内的字)则能显现独立甚至全息的意义，一字一世界，一字一意境。在漫长的历史演变之中，方块字既没有被梵化，也没有被拉丁化，中国文化因之分久必合，华夏文明因之亘古至今。

东汉许慎(约56—147)《说文解字·叙》曰："字者，言孳乳而浸多也"①，孳者孳生，乳者哺乳。从观念和思想的层面论，方块字是中华文化之母，不仅孕生而且哺育了中华文化，会意指事、形声并茂地建构起中华文化的意义世界。《周易》讲"鼓天下之动者存乎辞"，许慎讲"盖文字者，经艺之本，王政之始"，刘勰讲"心生而言立，言立而文明"，金圣叹讲"以文运事，因文生事"，一直到鲁迅讲"自文字至文章"和陈寅恪讲"凡解释一字，即是做一部文化史"，均可视为从不同层面揭示中华文化的"字"生性特征。

中华文化产生、传承并能在长久历程中与多种外来文化交流而生生

---

① (汉)许慎撰，(清)段玉裁注：《说文解字注》，上海古籍出版社1981年版，第754页。

不息，与汉字密切相关。汉字是一种世界上非常独特的文字，每个汉字独立且集音形义于一体。在上古，汉语以单音词为主，其中有些单音词成为中国文化的核心词，作为中华文化之元(本原与起源)，在其后不断的演变中扩展、丰富。我们这套《中华字文化大系》，精选奠基华夏文明、代表中国文化特征的 100 个汉字(又可以称为"中华文化关键词"或"中华文化核心词")，一个字一本书，对每个字既作"原生—沿生—再生"之源流清理，又作"字根—坐标—转义"之义理阐释，从而在文化思想、社会政治、智性审美、民族心理乃至民风民俗、日常生活等多元面向，标举中华文化的"字"生性特征，建构中华文化的话语体系，彰显中华文化的巨大影响力和恒久生命力，为海内外广大读者奉献中华字文化高远的美学意境和深广的意义世界。

南朝刘勰(约 465—521)《文心雕龙·序志》曰："若乃论文叙笔，则囿别区分，原始以表末，释名以章义，选文以定篇，敷理以举统，上篇以上，纲领明矣。"①"原始以表末"四句，既是《文心雕龙》的理论纲领，又是刘勰文学理论批评的基本原则。刘勰的"文学"是广义的文学，与我们今天所说的狭义的"文化"(即小文化或称观念形态的文化)大体上是相通甚至是重合的。因此，刘勰《文心雕龙》"论文叙笔"的四项基本原则，完全适用于我们这套《中国字文化大系》对汉字的诠解与阐释。字文化大系各分册对所选汉字(以下简称"本字")的解读，大体上在"释名章义""原始表末""选文定篇""敷理举统"等层面深入展开。

第一，释名章义。名不正则言不顺，言不顺则事不成。"字"的定义(内涵与外延)尚未厘清，文化阐释从何谈起？本大系所精选的汉字，大多是上古时代以单个方块字为词的核心观念或术语，既有形、声、义三大基本要素，又有从殷商卜辞到六国文字到篆、隶、草、行的历史演变，其语义还有词根义、引申义、转借义、修辞义以及词性活用的不

---

① 本书所引《文心雕龙》，均据范文澜：《文心雕龙注》，人民文学出版社1958 年版。下不另注。

同。凡此种种，各分册在诠解本字时，都是需要讲清楚的。

第二，原始表末。不述先哲之诰，无益后生之虑。本字的语义嬗变，既标识不同时代的文化观念，又贯通不同时代的文化命脉，故须从历史的层面对本字的语义嬗变作出阶段性清理和分时段呈现，尤其要注意在外来文化（如古代的佛学和近现代的西学）影响下，本字与异域文化的冲突与融合。

第三，选文定篇。单个的字，活在文本之中。这里所说的"文本"，既包括传世文书如文史哲经典等，也包括出土文物如简帛、铭器等，还包括民间的和日常生活的口传文化。各分册对本字的解读，须借助多类文本以及由文本所构成的复杂语境，依凭丰富多元、详实鲜活的语言材料，叙述并阐释本字所涵泳的智性审美、民族心理乃至民风民俗等多重旨趣。

第四，敷理举统。本大系所精选的汉字，大多具有全息特征，一字一意境，一字一世界，会意指事、形声并茂地呈现出中华文化高远的美学意境和深广的意义世界。故各分册对本字的诠释和解读，还需要从思想文化的深度，剖析本字所包蕴的哲学、伦理、宗教、政治、文学、艺术等多重语义内涵，概括并揭示本字对于中国文化乃至世界文明的独特价值和意义。

在囊括上述四项基本内容的前提之下，本大系的各个分册的入思路径、整体框架、章节设计乃至撰著风格等，既因"字"（本字）而异，又因"人"（著者）而异，但在总体上具有鲁迅《汉文学史纲要》所称颂的汉字三美："意美以感心，一也；音美以感耳，二也；形美以感目，三也。"

一、文字乃经艺之本，王政之始

许慎的《说文解字》，其《叙》称"文字者，经艺之本，王政之始"。陈梦家（1911—1966）《中国文字学》指出，汉代以前，"文字"的名称经历了三个时期：首称文字为"文"（如《左传》有"夫文止戈为武"、"故文反正为乏"和"于文皿虫为蛊"），次称文字为"名"（如《论语》"必也正名乎"皇疏引郑注"古者曰名，今世曰字"），末称"文""名"为"文字"（如秦始皇《琅琊台刻石》"同书文字"）并沿用至今。①章太炎（1868—1936）《国故论衡》曰："文学者，以有文字著于竹帛，故谓之文。论其法式，谓之文学。"②这里所说的"文学"是广义上的，与狭义的"文化"（即观念形态的文化或曰小文化）大体重合。从字面上看，章太炎似将文化与文字等同；究其奥义，则是从源头（竹帛）处找到汉语文化与汉语文字的内在关联。章太炎又称"凡文理、文字、文辞，皆称文"，可见"文字"还包括了"名""言""辞"等。在中华文化的产生、生成乃至生生不息之中，汉语的文字扮演着"名"正言顺、一"言"九鼎和"辞"动天下之重要角色。

章太炎《国故论衡》称"榷论文学，以文字为准"③，"以文字为准"是中国文化及文学研究的一大传统，这里的"准"既有标准、法式之义，亦有本根、源起之义。刘勰的"文章"颇类似于章太炎的"文学"，也是广义上的，与"文化"重合。刘勰著《文心雕龙》，专门辟有《练字》一篇，叙述"字"的历史，表彰"字"的伟绩，褐橥"字"的诸种功能。《练字》篇论"字"从仓颉造字说起："仓颉造之，鬼哭粟飞；黄帝用之，官治民察。"仓颉造字是华夏文明史上伟大的文化事件，动天地泣鬼神，孳文明乳文化。汉字的历史也就是中华文化的历史，汉字的功绩也就是中华文化的功绩，故《文心雕龙·序志》讲"文"之功德时称"君臣所以炳焕，军国所以昭明"，亦即《练字》所言"官治民察"。刘勰之前，东汉许慎曰："盖文字者，经艺之本，王政之始，前人所以垂后，后人所以识古。故曰'本立而道生'，'知天下之至啧（赜）而不可乱也'。"④许慎

---

① 陈梦家：《中国文字学》，中华书局2006年版，第255页。

② 章太炎：《国故论衡》，上海古籍出版社2003年版，第49页。

③ 章太炎：《国故论衡》，上海古籍出版社2003年版，第49-50页。

④ （汉）许慎撰，（清）段玉裁注：《说文解字注》，上海古籍出版社1981年版，第763页。

"故曰"所引两段文字，前者出自《论语·学而》，后者出自《周易·系辞上传》。由此可见，从《论语》到《易传》，从《说文解字》到《文心雕龙》，中华元典对"字"之文化本根义的体认是一以贯之的。

《文心雕龙·练字》称"字"乃"言语之体貌""文章之宅宇"，汉语的方块字是言语的生命体，是文章的宅基和家园。《尔雅》有"言者，我也"，"我"以何"言"？字。故《练字》篇说"心既托声于言，言亦寄形于字"。无言，心何以托？无字，言何以寄？《文心雕龙·章句》赞"字"，称其"振本而末从，知一而万毕"，亦即许慎所言"经艺之本，王政之始"。字乃统末之本，驭万之一。《章句》篇胪列"立言"的四大要素（字、句、章、篇），"字"居其首，"字"立其本："夫人之立言，因字而生句，积句而成章，积章而成篇。"无论是单篇的文章还是观念形态的文化，其创制孳乳，其品赏识鉴，都是从一个一个的方块"字"开始。①在源起与流变、创制与识鉴、传播与接受等多重意义上，"字"皆为文化之"始"或"本"，故在此意义上可以说"字生文化"。

许慎《说文解字》对"字"这个汉字的解释是"乳也。从子在宀下，子亦声"。段玉裁（1735—1815）注曰："人及鸟生子曰乳，兽曰产。引申之为抚字，亦引申之为文字。《叙》云：'字者，言孳乳而浸多也。'"②字者，孳乳也。"孳"是生孩子，"乳"是哺孩子。由"字"我们想到"孕"，两个汉字都是会意："孕"还只是十月怀胎，"字"则不仅是一朝分娩，更是含辛茹苦地将孩子抚养成人；"孕"还只是怀一个孩子（胎），"字"则是生产并哺育一个又一个的孩子，引而申之，则表明一个字可衍生出许多个词和短语。段玉裁为《说文解字·叙》"字者，言孳乳而浸多"作注时，还将"字"拿来与"名"和"文"相比较，先讲"名者自其有音言之，文者自其有形言之，字者自其滋生言之"，后说"独体曰文，合

---

① 民间将文人著书立说称之为"码字"，将接受者的文化解读称之为"识文断字"，亦可见对文化活动中"字"元素的高度重视。

② （汉）许慎撰，（清）段玉裁注：《说文解字注》，上海古籍出版社1981年版，第743页。

体曰字"，强调的都是"字"的"孳乳"、"浸多"、"滋生"、"合体(再造)"之功能。

当然，许慎和段玉裁说"字"，还只是在小学(文字学)的场域内讨论"字"的孳乳性或繁衍力。如果我们将"字，孳乳也"放在广阔的文化领域，来追问并验明"文字"与"文化"的血缘关系，则不难发现中华文化的字生性特征。《文心雕龙》开篇"原道"，追溯"文"即文化之本原与起源，《原道》篇在为"文"释名章义即解决了"文"的本原问题之后，继之回答"文"的起源问题："自鸟迹代绳，文字始炳，炎皞遗事，纪在三坟"，从"唐、虞文章"到"益、稷陈谟"，从夏后氏"九序惟歌"到周文王"繇辞炳曜"，从周公旦"制诗辑颂"到孔夫子"熔钧六经"，刘勰为我们描述的这一部上古文化史，分明滥觞于"文字始炳"，分明嬗变为文字的"符采复隐，精义坚深"，又分明完成于先秦圣哲的"组织辞令"、"斧藻群言"。

《原道》篇的上古文化史在论及商周文化时，称"逮及商周，文胜其质，雅颂所被，英华日新"，这是伟大的《诗经》时代，这是辉煌的风雅颂时代。商周始祖的"英华"记录在《雅》《颂》文字之中。商的始祖是契，契建国于商；周的始祖是后稷，后稷的母亲是姜嫄。再往上追问：契乃谁生？姜嫄如何生后稷？幸好，我们有《诗经》的文字：《商颂·玄鸟》说"天命玄鸟，降而生商"，《大雅·生民》说"(姜嫄)履帝武敏歆，攸介攸止。载震载夙，载生载育，时维后稷"。玄鸟生商(契)，姜嫄履帝之足迹而生后稷，这是《诗经》的文字所记录的商周历史。就历史的真实而言，玄鸟不可能生商(契)，姜嫄亦不可能履帝迹而生后稷；就文化(神话与传说)的真实而论，"玄鸟生商""姜嫄履帝迹生后稷"则不仅是"真"的，更是"美"和"善"的。而关于商周始祖的真善美的历史，与其说是《诗经》的文字所记录，还不如说是《诗经》的文字所创造。关于"字生文化"的例证，除了"玄鸟生商"和"履帝武敏歆"，还可以举出后羿射日、女娲补天、皇英嫔虞、伏羲画卦、仓颉造字……中华文化史上这些动天地泣鬼神的壮美故事，这些孳文明乳文化的伟大事件，无一不是我们的方块字所创造出来的，字生文化是也。

"文化"和"文字"的"文"，被许慎解释为"错画也，象交文，凡文之属皆从文"①。东汉的许慎虽读过《庄子》却未见过殷商卜辞，故不知道这个"文"就是《庄子·逍遥游》的"越人断发文身"之"文"。甲骨文中的"文"，从武丁时期到帝辛时期，均有"文身"之义："象正立之人形，胸部有刻画之纹饰，故以文身之纹为文。"②纹身所具有的符号性、象征性、修饰性、结构性和文本化，使得"文"这个独体象形的汉字成为人类最早的文化产品之一，亦成为汉语言"字生文化"的最早例证之一。如果说，人在自己身体上的交文错画是人类最早的文化行为，那么"以文身之纹为文"则是人类最早的文化识鉴和文化交往，是人对"字生文化"的感性鉴赏和理性批评。交文错画着形形色色之"文"的龟甲兽骨，虽然被掩埋在殷商帝辛的废墟之中，但"字生文化"作为华夏文明的重要特征却生生不息，历经数千载而不朽。我们今天从文明、文化、文字、文辞、文献、文学、文章、文艺、文采、文雅等众多中国文化的诸多关键词之中，从诗、词、歌、赋、曲、文、说、剧、碑、诔、铭、檄、章、奏、书、记等各体文学及文化产品之中，不难窥见掩埋在殷墟小屯的"字生文化"之元素及景观。

二、心生而言立，言立而文明

"文字"与"文化"都有一个"文"，"文"既是独体象形的上古汉字的典型代表，也是字生文化的典型例证。《文心雕龙》以"文"肇端（《原道》篇首句"文之为德也大矣"），以"文"终章（《序志》篇末句"文果载心，余心有寄"），可谓始于"文"而终于"文"。《原道》篇追原"文"之"元"（原本与源起），在很诗意也很哲理地阐释了"天之文"和"地之文"之后，水到渠成地引出"人之文"的定义："心生而言立，言立而文明，

---

① （汉）许慎撰，（清）段玉裁注：《说文解字注》，上海古籍出版社 1981 年版，第 425 页。

② 徐中舒主编：《甲骨文字典》，四川辞书出版社 2006 年版，第 996 页。

自然之道也。""人"（天地之心）诞生了，"字"（语言文字）才会被发明被创立；语言文字创立之后，"文"才会彰显、章明、刚健、灿烂。作为天地之心的"人"，以自己所独创的"字"（"名""言""辞"等），去彰显"自然之道"，这一彰显的过程、结果及其规律就是"文"（文章、文学和文化）。如果说，《原道》篇"鸟迹代绳，文字始炳"，《章句》篇"人之立言，因字生句""振本末从，知一万毕"讲的都是文字对于文化之产生即历史起源的决定性价值，那么这里的"心生言立，言立文明"讲的则是文字对文化之生成即逻辑本原的规定性意义。

鲁迅《汉文学史纲要》亦借刘勰"心生言立，言立文明"论汉语"文章"即狭义文化的本原、起源及流传，其首篇《自文字至文章》讲文字乃文章之始："专凭言语，大惧遗忘，故古者尝结绳而治，而后之人易之以书契"，"文字既作，固无愆误之虞矣"①，连属文字而成文章，即刘熙《释名》所云"会集众字以成辞义"，字生文化是也。汉娜·阿伦特《人的境况》讲人生在世须做三件事：活着，工作着，说（书写）着。② 人的工作，制作出各种文化产品，创造出灿烂的文明。而只有当人类用文字"立言"之时，才真正创造出"人之文"。或者说，人类只有凭藉"立言"这种文化行为，才能创造出"言立"的文化。《左传》讲三不朽——立德、立功、立言。就"德"和"功"的历史传承而言，前人如何垂后？后人如何识古？立言。何以立言？言寄形于字，因字而生句。故刘勰的"心生言立，言立文明"是对中华文化"字"生性特征的高度概括。

汉语"文学"一词有文献可征者，始见于《论语·先进篇》："文学：子游，子夏。"孔子（前551—前479）的这两位高足，既不创制诗歌更不杜撰小说，何来"文学"之名？杨伯峻（1909—1992）《论语译注》将此处的"文学"释为"古代文献，即孔子所传的《诗》《书》《易》等"③。这里的

---

① 鲁迅著：《鲁迅全集》第九卷，人民文学出版社 1982 年版，第 343-345 页。

② ［美］汉娜·阿伦特著，王寅丽译：《人的境况》，上海人民出版社 2009 年版，第 14-17 页。

③ 杨伯峻译注：《论语译注》，中华书局 1980 年版，第 110 页。

"文学"实际上是我们今天所说的"文献学"，是观念形态之"文化"的重要组成部分。中国古代，小学（文字学）是经学的根基（故十三经有《尔雅》），经学家首先是小学家（字乃经艺之本）。《世说新语》据《论语》孔门四科而列"文学"门，叙述的是马融（79—166）、郑玄（127—200）、何晏（？—249）、王弼（226—249）、向秀（约 227—272）、郭象（252—312）这些学者注经的故事。精通小学和经学的文化大师们，统统被划归于孔儒的"文学"之门。

夜梦仲尼、以孔子为精神导师的刘勰本来是要去传注儒家经典的，但他觉得自己在经学领域很难超过马融、郑玄，就转而去撰写《文心雕龙》，其《序志》篇坦陈："敷赞圣旨，莫若注经；而马郑诸儒，弘之已精，就有深解，未足立家。唯文章之用，实经典枝条，五礼资之以成，六典因之致用，君臣所以炳焕，军国所以昭明，详其本源，莫非经典。"可见以"敷赞圣旨"即弘扬孔儒文化为人生理想的青年刘勰，实际上是从经学（包括小学）切入"文"的研究，或者说是从经学（包括小学）与文章之关系入手建构其"文"本体。以五经为标准来考察他那个时代的"文"，刘勰很容易发现"（时文）去圣久远，文体解散，辞人爱奇，言贵浮诡，饰羽尚画，文绣鞶帨，离本弥甚，将遂讹滥"。坚守儒家文化的经学立场和小学本位，青年刘勰敏锐地看出他那个时代的"文"（时文）在"言"与"辞"（即语言文字）方面出了大问题，而问题之要害则是严重背离了儒家五经"辞尚体要"的传统："盖周书论辞，贵乎体要；尼父陈训，恶乎异端：辞训之异，宜体于要。于是搦笔和墨，乃始论文。"批判时文的"言贵浮诡"，回归元典的"辞尚体要"，竟然成了刘勰撰写《文心雕龙》的文化心理动因。

如果说《序志》篇是在"文心（为文用心）"的深潜层次讲"辞尚体要"，那么《征圣》篇和《宗经》篇则是在"雕龙（创作技法）"的精微领域讨论如何以圣人和经典为师来"辞尚体要"。二者虽有巨细之别，但其经学立场和小学本位（即"字本位"）则是一致的。《征圣》篇连续三次讲到"辞尚体要"，要求文学家学习春秋经的"一字以褒贬"和礼经的"举轻以包重"，其文字方可"简言以达旨"；学习易经的"精义以曲隐"和左传的"微辞以婉晦"，其文字方可"隐义以藏用"；学习诗经的"联章以积句"和礼经的"缛说以繁辞"，其文字方可"博文以该情"。《宗经》篇则针对"励德树声，莫不师圣，而建言修辞，鲜克宗经"之时弊，大讲特讲儒家五经在"言""辞"即文字上的优长：易经的"旨远辞文，言中事隐"，诗经的"藻辞谲喻，温柔在诵"，书经的"通乎尔雅，文意晓然"，礼经的"采掇片言，莫非宝也"，春秋经的"一字见义，五石六鹢，以详略成文"。"五经之含文也"，宗经征圣落到实处，是要学习五经的文字功夫即雕龙技法，这也是刘勰撰著《文心雕龙》的用心之所在，苦心之所在。

青年刘勰"征圣立言"的经学立场不仅铸就其文学本体观的"字本位"，同时也酿成其文学史观的"字本位"，即从"字"的特定层面来考察文学的历史嬗变。《章句》篇讲诗歌的演变，称"笔句无常，而字有条（常）数"，诗歌句子的变化似无常规，而（每一句）字数的多少则是有规律可循的："四字密而不促，六字格而非缓，或变之以三五，盖应机之权节也。"在刘勰的眼中，中国古代诗歌的发展演变史，落到实处，就是"字"数之多少的应变史："二言肇于黄世，竹弹之谣是也；三言兴于虞时，元首之诗是也；四言广于夏年，洛汭之歌是也；五言见于周代，行露之章是也。六言七言，杂出诗骚；两体之篇，成于西汉。情数运周，随时代用矣。"《明诗》篇对诗歌史的描述，也是以"字有常数"为演变规律的："四言正体，则雅润为本；五言流调，则清丽居宗。……至于三六杂言，则出自篇什；离合之发，则明于图谶；回文所兴，则道原为始；联句共韵，则柏梁馀制。巨细或殊，情理同致，总归诗囿，故不繁云。"总之，一时代有一时代之诗歌，彼一时代与此一时代的诗歌之异，或短或长，或密或疏，或促或缓，或多或寡，完全取决于字数的或增或减。王国维《人间词话》说"著一字而境界全出"，对于诗歌创作而言，增（或减）一字则格调迥别、境界迥异，"字"之多寡，岂能以轻心掉之？

三、鼓天下之动者存乎辞

《周易·系辞上》讲到《周易》的四大功用，首条便是"以言者尚其辞"①。《周易》的文化符号包括了两大系统：卦爻象系统与卦爻辞系统，借用王弼《周易略例》的话说，前者是"象者，出意者也"，"尽意莫若象"；后者是"言者，明象者也"，"尽象莫若言"②。但是，"象"之出意尽意，完全有赖于"言"之明象尽象，若无卦爻辞的文字阐释，《周易》那么多的卦爻象究为何意是谁也弄不清楚的。因此，《系辞下》要说"是故《易》者，象也；象也者，像也"，《周易》就是象征，象征就是通过模拟外物以喻晓内意，而拟物喻意离开了"辞"是根本无法进行也无法完成的。作为修辞手法，象征有两个端点：一头是物一头是意，物何以达意指意或明意？必须有"辞"，故《周易》的经与传要用"辞"来拟物（人物、事物、景物等）出意（意义、价值、情志等）。《周易》作为中国的文化经典，其生生不息的奥秘在于斯，其动天地泣鬼神的感染力亦在于斯，故刘勰要借用《周易》的话来浩叹："鼓天下之动者存乎辞！"

在因"五经皆文"而征圣宗经的刘勰心目中，《周易》无疑是最好的"文"（即文化经典）之一，故《文心雕龙·原道》讲述上古文明史以《周易》的原创与阐释为主线，所谓"庖牺画其始，仲尼翼其终"。《周易》的创卦者，观物而画卦，"系辞焉以尽其言，变而通之以尽利，鼓之舞之以尽神"；《周易》的观卦者，尚辞而解卦，"观其象而玩其辞"，观察卦爻的象征意味而探究玩味其文辞，或者反过来说，通过品味卦爻辞而领悟其象征及修辞。"辞"对于《周易》的意义是无论怎么强调也不为过分的：无"辞"何以识训诂？无"辞"何以明象征？无"辞"何以成易道？无"辞"何以定乾坤？

---

① 本书所引《周易·系辞传》，均据（清）阮元：《十三经注疏》，中华书局1980年版，第75-92页，下不另注。

② （魏）王弼注，楼宇烈校释：《王弼集校释》下册，中华书局1980年版，第609页。

《周易》是象思维和象言说，而《周易》的象思维和象言说，是靠"辞"（小学之训诂加上文学之修辞）来完成的。受《周易》的影响，中国古代文化历来有"尚辞"之传统，笼统而言是讲究语言文字的艺术，具体而论是注重象征、隐喻、比兴、夸饰等修辞手法。《文心雕龙》创作论二十多篇，有超过一半的篇幅是专门谈"字"说"辞"的：属于谈"字"（即讨论语言文字）的篇目有《声律》《章句》《俪辞》《练字》等，属于说"辞"（即讨论文章修辞）的有《比兴》《夸饰》《事类》《隐秀》等，属于通论二者的有《通变》《定势》《指瑕》《附会》《镕裁》《总术》。广而论之，中国古代文论的批评文本，数量最巨的是历朝历代的诗话、诗式、诗格、诗法等。明清以降，继海量的"规范诗学"或"修辞诗学"，又出现热衷于作法和读法的小说戏曲评点。金圣叹《第五才子书》讲《水浒传》的创作是"因文生事"，"只是顺着笔性去，削高补低都由我"①，故"因文生事"是在叙事层面对"字生文化"的经典表述。

汉语的方块字孳生了文化，也哺乳了文化，字是文化之母。就"文字"创制与"文化"创造之关系而言，汉字的六书作为"字"的构造规律，深情地也深度地哺乳了中华文化，并成为观念形态之文化的创造规律。刘歆、班固将"象形"置于六书之首，并将六书前四项表述为"象形""象事""象意""象声"②，无意中触到字乳文化之要害。鲁迅《汉文学史纲要》亦论及"六书"尤其是"象形"与文化的关系："文字初作，首必象形，触目会心，不待授受，渐而演进，则会意指事之类兴焉。"③

我们以文字与文学的关系而论。汉字六书对汉语文学的孳乳，若概而言之，则是鲁迅所言"意美以感心，一也；音美以感耳，二也；形美

---

① 陈曦钟、侯忠义、鲁玉川辑校：《水浒传会评本》上册，北京大学出版社1981年版，第16页。

② （汉）班固撰，（唐）颜师古注：《汉书》第6册，中华书局1982年版，第1720页。

③ 《鲁迅全集》第九卷，人民文学出版社1982年版，第344页。

以感目，三也"①。若分而言之，其"象形"之"画成其物，随物诘诎"既是汉字区别于拉丁文的标志性特征，也是文学的标志性特征，方块字的象形孳乳了文学的形象性和意境化，此其一。如果说"指事"的"视而可识，察而见意"，养育了文学之"赋"的直书其事，体物写志；那么，"比类合谊，以见指拗"之"会意"，与"本无其字，依声托事"之"假借"，则分别孳乳了文学的"比显"与"兴隐"，此其二。此外，"转注"的"同意相受"启迪了文学的互文性，而"形声"的"取譬相成"成就了文学的谐音之趣与声韵之美，此其三。至于具体的创作过程之中，文学家如何推敲，如何练字，如何捶字坚而难移，如何语不惊人死不休，亦可见出"字"对于文学的特殊意义。

被称为现代语言学之父和结构主义之鼻祖的费尔迪南·德·索绪尔（1857—1913），视"文字"为"语言"的表现或工具；与此同时，索绪尔又不得不承认："书写的词跟它所表现的口说的词紧密地混在一起，篡夺了主要的作用；人们终于把声音符号的代表看得和这符号本身一样重要或比它更加重要。"②把书写的词即文字看得比口说的词即言语更加重要，这在表音体系（如拉丁语）中或许不太正常，但在表意体系（如汉语）中却是非常正常也是非常真实的。

或许是看到了表意体系的这种独特性，宣称"我们的研究将只限于表音体系"③的索绪尔，却在《普通语言学教程》中用了整整一节的篇幅，专门讨论表意体系中"文字的威望"及其形成原因："首先，词的书写形象使人突出地感到它是永恒的和稳固的，比语音更适宜于经久地构成语言的统一性"；其次，"在大多数人的脑子里，视觉印象比音响印象更为明晰和持久"；再次，"文学语言更增强了文字不应该有的重要

① 《鲁迅全集》第九卷，人民文学出版社1982年版，第344页。
② ［瑞士］费尔迪南·德·索绪尔著，高名凯译：《普通语言学教程》，商务印书馆1980年版，第48页。
③ ［瑞士］费尔迪南·德·索绪尔著，高名凯译：《普通语言学教程》，商务印书馆1980年版，第51页。

性。它有自己的辞典，自己的语法"，并最终形成自己的"正字法"，
"因此，文字成了头等重要的"；"最后，当语言和正字法发生龃龉的时
候，除语言学家以外，任何人都很难解决争端。但是因为语言学家对这
一点没有发言权，结果差不多总是书写形式占了上风，因为由它提出的
任何办法都比较容易解决。"①我们看索绪尔从逻格斯中心主义立场出发
的对"文字威望"的批评，在某种意义上恰好是对汉字这种典型的表意
体系的表扬。书写形象的永恒和稳固，视觉形象的明晰和持久，文字威
望对语言统一性的塑造和维护，尤其是文学语言如何以"头等重要"的
身份来解决文字与语言的矛盾等，表意体系的这些特征及优长，构成了
"字生文化"的文字学根基。

解构主义大师、后现代理论家雅克·德里达（1930—2004），其《论
文字学》解构索绪尔语言学的二分结构，认为"文字并非言语的'图画'
或'记号'，它既外在于言语又内在于言语，而这种言语本质上已经成
了文字"②，故"文字学涵盖广阔的领域"，甚至可以用文字学替代语言
学，从而"给文字理论提供机会以对付逻格斯中心主义的压抑和对语言
学的依附关系"③。逻格斯中心主义又称语音中心主义，声音使意义出
场，不同于汉字的书写使意义出场。德里达《论文字学》在批评索绪尔
对文字与言语作内外之分时指出："外在/内在，印象/现实，再现/在
场，这都是人们在勾画一门科学的范围时依靠的陈旧框架。"④我们今天
研究中华字文化，应该打破陈旧的框架，以一种跨学科的宏阔视野来说
"文"解"字"。

---

① ［瑞士］费尔迪南·德·索绪尔著，高名凯译：《普通语言学教程》，商务
印书馆 1980 年版，第 50 页。

② ［法］雅克·德里达著，汪堂家译：《论文字学》，上海译文出版社 1999 年
版，第 63 页。

③ ［法］雅克·德里达著，汪堂家译：《论文字学》，上海译文出版社 1999 年
版，第 50 页。

④ ［法］雅克·德里达著，汪堂家译：《论文字学》，上海译文出版社 1999 年
版，第 45 页。

　　文字乃经艺之本，就人类轴心期文明的典型代表华夏文明而言，以"经艺"为代表的汉语元典，用一个一个的方块字（中华文化关键词或中华文化核心词），建构起轴心期华夏文明的意义世界。中华文化是字孳字乳的文化，华夏文明是字孳字乳的文明。观念意义上的中华文化，其源起是"鸟迹代绳，文字始炳"，其元典是或"一字以褒贬"或"联章以积句"的经艺，其楷模是情见文字、采溢格言、辞尚体要、辞动天下的圣贤文章，其种类是肇于经艺、著于竹帛的所有文体。字生文化，上古汉语的方块字从起源与本原处孳乳了中华文化，孳乳了华夏文明。追问并验明文字与文化的血缘关系，揭示中华文化的"字"生性特征，可为"文化"的释名章义，为文化研究的选文定篇，为文化理论的敷理举统，乃至为文化史的原始表末，提供新的路径并开辟新的场域。

目　　录

绪　　论

中国古代文论观念（范畴、概念、术语、命题之关键词汇总）是一种内蕴丰富的思想系统和理论范型，其形成发展及其体系构建与各时期的社会政治、历史文化、哲学思想和文学思潮具有密切的联系，由此延伸出一系列独具特色的心理定势、思想共识和叙述契约，从而成为中国文化及文论史中一个根本理念与致思方式。在古人的文化视野中，"辨"首先是作为一种认识论出现的，其次是作为一种方法论看待的，其间既有对文论观念的规范和形塑，言说不同章法之间的渗透、交叉和跨越，也有对文论观念的突破和逾越，论及同一章法之内的移位、变形和降格，广泛地渗透到中国文论的生成及早期发展的知识领域。

在传统文论观念的流变中，"辨"的效用既在于批评理念的不断反思，促使文论观念的生成和发展，又在于知识谱系的不断建构，推动文论标准的确立和完善；亦在于问题意识的不断生成，引导文论价值的选择和改造。面对"得体""失体"而"辨体"的思考历程，何以从中国传统文论思想自身的资料和本然的历史脉络"顺着说"文论观念，而非从现代西方思想的预设价值立场"倒着说"中国古代文论观念的内部因素和外部因素。① 古人创构的一系列具有"共同体"性质的文论观念，其发生、发展的演进轨迹是怎样的？随着中西文论交汇，传统文论观念关键词，以及发展演变过程中一系列重要的文论现象、批评事件、单元性质

---

① 党圣元：《传统文论的当代价值与民族美学自信的重建》，《中国文化研究》2015 年秋之卷。

的文论观念组群究竟在多大程度上被西化了？研究者应采用什么路径和方法来辨识本土的文论观念？今后的文论观念研究应向何处发力？这些都需要通过有关"辨"的比较、鉴别和讨论给出明确阐释。

一、研究对象及意义

《文心雕龙·神思》云："神居胸臆，而志气统其关键；物沿耳目，而辞令管其枢机。"①刘勰所言及的"关键"和"枢机"，除了喻指事物运动的核心和要害，还喻指具有枢机性、概要性或精粹性的概念范畴。在传统文学批评中，就有一系列"统其关键"和"管其枢机"的概念范畴，或是促使文论观念的生成和发展，或是推动文论观念的确立和完善，或是引导文论观念的选择和改造。这些文论关键词是知识、思想和趣味的集合体，大体上构成了中国文化及文论史的名号和实质。雅斯贝斯《生存哲学》说："哲学上通往现实的道路是一种利用范畴而又超越这些范畴的思维道路。"②换而言之，我们研究中国传统文论观念同样也是如此。故而，本书以"辨"为中心，以"得""失"为两翼，从"国学视野""大文论观"切入传统文论观念研究，总结其历史风貌、审美维度及价值取向，清理其内在理路、境况关联及文化特性，力图建构系统的中国古代文论观念体系。

在中国古代思想文化中，由"辨"引发的"得""失"观是诸子思潮在春秋战国特别是秦汉后的新发展，更是先秦礼乐传统和话语模式留下的思想资源。③"辨"传统的形成是一个历史过程，不仅是对文体存在的反思判断，更涉及颇为复杂的文论经验及价值意义，由"辨体"而"明性"，既是思维逻辑之必须，也是理论逻辑之必然，所培育出的批评观

---

① 范文澜：《文心雕龙注》下册，人民文学出版社 1958 年版，第 493 页。

② ［德］雅斯贝斯：《生存哲学》，王玖兴译，上海译文出版社 2005 年版，第 68 页。

③ 夏静：《"中和"思想流变及其文论意蕴》，《文学评论》2007 年第 3 期。

念、得失观念、阐释观念，成为古代文论观念体系的内在逻辑。作为一种思维定式和价值取向，"辨"观念广泛地浸润到古人关于"阅读方式和文体观念"①的认识和理解中，并且触及不同的言说方式、文辞方式及文本方式，尤其是渗透到中国文论发生期的知识领域，主要包括"定得失""辨尊卑""分雅俗""别源流""识高下""次是非"，覆盖了文体分类、批评形态、文论风貌的大部分文化视野。在长期的话语变迁与概念重塑中，以"辨"为起点而衍生的文论观念，如"辨物""辨礼""辨体""辨得""辨失""辨文""辨艺"等，无不涉及"得失之思，起用之虑"的批评预设和理论视角。经由从文化到文论的转变，"辨"观念为古人的言说和书写提供了一种内在原则，既有对文论观念的规范与形塑，也有对文论观念的突破与逾越，制约着从制度、话语到文体的视野与方向。因之，辨析中国古代文论观念的产生和发展、探寻文论意蕴的流变和走向，终是要回到"辨"的内在理路上来的。

由"求得""避失"而"趋辨"是中国古代文论观念发生的内在逻辑。如果说"求得"是传统文论观念的先验原理，那么"避失"则是传统文论观念的经验原理。在"趋辨"的批评视域下，传统文论观念的探索、研究及建构，既有"求得"的价值取向，也有"避失"的批评警策。朱自清《诗文评的发展》指出："我们正在开始一个新的批评时代，一个从新估定一切价值的时代，要从新估定一切价值，就得认识传统里的种种价值，以及种种评价的标准。"②本书以"辨"为中心，以"得""失"为参考点，对传统文论观念的理论生命进行所谓"追根、问境、致用"③之三

---

① 中国早期文体从物质性、实用性的礼仪文体转变为文献性、观念性，甚至可以被构拟的书面文体。参见李冠兰：《君子观于铭——两周铜器铭文的阅读方式与文体观念之变》，《文学评论》2020 年第 6 期。

② 朱自清：《诗文评的发展》，《朱自清古典文学论文集》下册，上海古籍出版社 1981 年版，第 544 页。

③ 中国文论孳乳于汉字语根、鲜活于语境而通变于语用，文论阐释的中国路径必然创生并通达于追根、问境和致用之际。参见李建中：《汉字批评：文论阐释的中国路径》，《江汉论坛》2017 年第 5 期。

位一体的历史考察、理论阐发。首先，考察传统文论观念蕴含的对话性原则，研究其原生形态、次生形态和再生形态；其次，考察传统文论观念蕴含的同构性原则，研究其章法结构、模式惯例和体式传统；再次，考察传统文论观念蕴含的整体性原则，研究其知识形态、概念谱系及理论构型。那么，在中国古代文化及文论史的具体研究中，研究者何以摆正由“求得”“避失”而“趋辨”或曰“明性”的关系？党圣元先生指出：“如果说早期的研究工作是一个‘过滤、醇化’的过程，那么我们今天就应该是由醇反杂。前贤们是从整体性的话语形态中将文论话语剥离抽取出来，我们则要将孤立的文论话语放回到整体性的话语网络中去。”①针对传统文论观念的话语形态，本书由汉语阐释学进入中国古代文学批评史研究，透过“过滤、醇化”的构成机制与运作模式，阐释由“求得”“避失”而“明性”的文论意蕴，将“得”“失”问题置于“辨体”的概念体系、理论体系和知识体系中，予以“去昧”“去蔽”，澄明其本色、本真状态，进而在深化对传统文论观念认识的同时，使之有效地重返整体性的意义世界。

中国文化及文论研究之学术创新活力之保持、学科发展之推进，在于其自身学术理念和方法论的不断反思，自身学术视域和研究疆界的不断拓展，自身问题意识的不断生发。因之，我们研究中国古代文论观念之“辨”问题的着力点，既在于批评理念的不断反思，又在于知识谱系的不断建构，也在于问题意识的不断生成。通过历史考察、理论阐发和体系建构，引入汉语阐释学的思想与方法，立足于回归本土化和本体性原则，掎摭当前中国文论研究的视域盲区，力图对古典视域中“辨”这一问题的“语言本位、跨界思维和互文方式”②进行审视和解读，揭示文论关键词“辨”所面临的冲突、交流及融合现象，以文论关键词建构中国古代文论观念之理论体系，并对文论形态、文论史料、文论观念与

① 党圣元：《学科意识与体系建构的学术效应——关于古代文学批评史研究学科的一个反思》，《文学评论》2004 年第 4 期。

② 李建中：《通义：汉语阐释学的思想与方法》，《文学评论》2019 年第 6 期。

批评实践等问题进行深入论析。在中国文化及文论史的语境中，"求得""避失"观念相交织，关系到文论史的内部结构，并且制约着文论史研究的维度，在相当程度上还决定着文论史的书写模式、框架选择，为中国古代文论史书写提供知识合法性依据。① 鉴于文论观念具有开放性、伸缩性、模糊性的基本特征，研究者有必要选择"观念—系统—族群"的考察路径，考察传统文论批评中的"辨"的结构、形式、语言、风格等因素，着眼于文论观念的"变与不变、小变与大变、渐变与突变、成功之变与失败之变"②，最大限度地接近传统文论转换的真实格局，以及总结传统文论话语的生成方式、分类方法、理论原则和批评标准，适当地借鉴西方文学批评之学术理念、研究方法中的合理性成分对传统文论话语的现代遭际进行"解题"。作为文论观念研究的"辅助线"③，本书在保持"文"之丰富与灵动的同时，凸显"辨"的理论品性之于发掘文论思想、深化文论研究的意义，既可研究关系中国文化及文论史的关键问题，探索关系传统思想文化的话语体系，又可准确判断文学批评史的研究走向，增强文论关键词对当下的感召力。

二、研究现状及特征

对于"求得""避失"而"趋辨"的研究，大多集中在修辞、语言、翻译，以及言谈、礼仪、交际等方面，在"求得"与"避失"的诉求上带有些许的辩证意识。然从"求得"与"避失"角度来看，"辨"观念属于中国文化及文论的核心概念，用于考究利病、得失、盛衰之由，辨彰清浊、品次、优劣之别，并且涉及对体制、体式及体貌的观照和阐释，在文论史上不乏创新性的讨论。

---

① 党圣元：《论文学史本体》，《甘肃社会科学》2016 年第 5 期。
② 谷曙光：《文体系统与文体族群：中国古代文体学研究的新维度》，《中国社会科学报》2016 年 5 月 16 日。
③ 张荣翼：《文学史研究中的"辅助线"》，《宁夏大学学报》1998 年第 2 期。

（1）语言学视域中"求得"与"避失"研究。"求得"与"避失"成为日常言语交际的原则性观念，在表达载体和认知源域之间制造差异、提请关联、勾连惯例，涉及对语用（话语、意图和语境）、修辞（词语、辞格和句式）的判断和描述。在"辨"的语言环境和文化背景中，"得""失"相倚，主要有价值准则和语效准则两个标准。"求得体"成为一种语用原则和语用策略，"避失体"成为一种审查原则和反省策略。在"辨"观念的驱动下，"得体"指言语表达形式的适宜和内容的适当，言语表达与言语环境、言语对象要和谐，词语、句式及修辞手法要恰当贴切。如张会恩《试论"立言得体"》①，朱士泉《"得体"浅说》②，黎运汉《语言风格得体论》③，李名方《修辞学：言语得体学》④，任翌《"得体"的修辞内涵与〈诗经〉"温柔敦厚"的传统》⑤，曹铁根《"得体美"——修辞审美的最高准则与境界》⑥，刘丽军《文化差异与言语得体问题》⑦，曹明伦《谈词义之确定和表达之得体》⑧，李娟红《从历代文人笔记看得体话语的表达空间》⑨，等等。从"辨"观念出发，无论是汉语修辞学还是当代语用学都将语言的得体性（包括合境、合位、合礼、合俗、合式等要素）视为语言效果的最高原则。反之，则为"失体"，也就是没有顾及表达方式、场合、对象、目的的差异性，以至于不能准确地表达内容主旨，甚至是不能恰当地适应读者心理和特定的人际关系与环境条件。显

---

① 张会恩：《试论"立言得体"》，《殷都学刊》1984 年第 4 期。

② 朱士泉：《"得体"浅说》，《修辞学习》1996 年第 3 期。

③ 黎运汉：《语言风格得体论》，《暨南学报》1998 年第 4 期。

④ 李名方：《修辞学：言语得体学》，《扬州大学学报》1999 年第 2 期。

⑤ 任翌：《"得体"的修辞内涵与〈诗经〉"温柔敦厚"的传统》，《江南学院学报》1999 年第 2 期。

⑥ 曹铁根：《"得体美"——修辞审美的最高准则与境界》，《湖南科技大学学报》2004 年第 1 期。

⑦ 刘丽军：《文化差异与言语得体问题》，《求索》2005 年第 9 期。

⑧ 曹明伦：《谈词义之确定和表达之得体》，《中国翻译》2009 年第 4 期。

⑨ 李娟红：《从历代文人笔记看得体话语的表达空间》，《汉语史研究集刊》（第二十三辑），四川大学出版社 2017 年版，第 355~364 页。

然，在"辨"观念的统摄下，语言表达是否"得体"或"失体"极为重要。语言不得体，或是词不达意，令人费解；或是含混晦涩，目的难明；或是张冠李戴，错配鸳鸯；或是隔靴搔痒，最终的功效就会大打折扣。

（2）艺术学视域中"求得"与"避失"研究。就"辨"观念而言，所谓"得体"（Decorum）在拉丁文中是"合适的、恰当的、和谐的"的意思，可以译作合式、适当、合适、恰如其分等，认为是一种协调性的原则和一种审美精神。① 回到"辨"的历史语境中，"得体"最初是作为修辞学和传统诗学的重要概念而存在的，强调不同体裁的风格和主题要搭配妥帖。然而，从"避失"观念看，人物的性格刻画是否合乎必然律或可然律，人物语言是否适合人物身份，又构成了"失体"的批评观念。在西方早期艺术思想中，由"辨"观念引发的"求得体"与"避失体"不仅用于言说礼仪道德的规范，还用于谈论美的形式的构成。而后，在文艺复兴时期，"求得体"与"避失体"观念成为艺术批评的首要准则。艺术史学家贡布里希将艺术中"得体"论原则总结为："在特定的环境中要有与之相适合的举止，在特定的场合要有与之相适合的言语风格，等等；当然，也要有适合于特定上下文的主题。"②反之，则为"失体"。M.H. 艾布拉姆斯提出："在最严格的应用中，文学形式、人物性格和风格都被划分成不同的等级，或'水平'，从高到中到低，其中所有的要素都要互相适合。"（In its most rigid application, literary forms, characters, and style were each ordered in hierarchies, or "levels", from high through middle to low, and all these elements had to be matched to one another. ）③鉴于此，"辨"传统之下的"求得体"为特定情境服务的特点应作为艺术创作的首

---

① 参见李醒尘：《西方美学史教程》，北京大学出版社 2005 年版，第 58 页。
② 杨思梁等编选：《象征的图像——贡布里希图像学文集》，上海书画出版社 1990 年版，第 7 页。
③ M. H. Abrams, Geoffrey Galt Harpham, A Glossary of Literary Terms, Cengage Learning, 2011, p. 83.

要准则。如朱翠凤《温德尔·贝里的艺术得体论研究》①，肖仕煜、陈
姣《西方美学史中的"得体"理论》②。随着"辨"观念的发展变化，艺术
学视域中的"求得体"与"避失体"原则，被用来评价许多艺术家及其作
品。一些理论家对文艺类型的划分、作品内部各要素的要求越来越严
格，"求得"与"避失"的原则渐渐呈现出模式化的倾向，既用于衡量艺
术家所在的环境和场合是否合适，也用于考量艺术作品的风格与主题是
否一致。

（3）批评史视域中"求得"与"避失"研究。新时期以来，文论观念
研究一直是中国古代文学及文论研究中的一个具有活力的学术增长点，
涵盖了文论形态、文体批评、话语分类、材料文献等方面。③ "辨"观
念是一种内蕴丰富的思想系统及理论范型，文论观念的互动与建构，既
有"求得"的激发和引导，"旧练之才，则执正以驭奇"；又有"避失"的
检测和校正，"新学之锐，则逐奇而失正"。④ 在传统文论观念流变中，
"求得体"与"避失体"是一对富有意味（兼具工具理性和价值理性）的关
键词，相互参证，二者构成了一种丰富而微妙的对应关系。钱锺书先生
《中国文学小史序论》说："得体与失体之辨，甚深微妙，间不容发，有
待默悟。"⑤可以说，"求得体"与"避失体"关涉中国文化及文论之方方
面面，成为我们论"文"的衡判标准和省察原则。由"辨"观念而生发的
价值标准和尺度，既可用于论文、论艺，也可用于论事、论人，在社会
政治、历史文化、哲学思想及文学思潮等诸多语境中具有不同语用。

作为中国文学批评的一个固有特点，"辨"观念善于从"求得""避

---

① 朱翠凤：《温德尔·贝里的艺术得体论研究》，《东岳论丛》2016 年第 2 期。
② 肖仕煜等：《西方美学史中的"得体"理论》，《美与时代》2019 年第 5 期。
③ 目前文体观念研究还是中国古代文体学研究中的一个较为薄弱的环节，尚
缺乏整体性、系统性的研究论著。参见任竞泽：《近四十年（1978—2018）中国古代
文体观念研究的回顾与反思》，《甘肃社会科学》2019 年第 3 期。
④ 范文澜：《文心雕龙注》下册，人民文学出版社 1958 年版，第 531 页。
⑤ 钱锺书：《中国文学小史序论》，《钱锺书散文》，浙江文艺出版社 1997 年
版，第 478 页。（原载《国风半月刊》1933 年第 3 卷第 8 期）

失"的相依互显中观象、察气、体道，可视为诗文评应有之义也。"求得"的要义是锁钥文论观念、开启文论功能及助力文论创造，主张尊体、合体、正体，遵守文论体制，确定文论观念；"避失"则指超出了体裁、体格、体类的原有之界限，属于讹体、乖体、变体的范围，其作用为裁量文论向度，参定文论章法及衡判文论效力。如韩大伟《章法失体与表达失体——应用写作两大误区》①，王晓东《中国古代文学批评的"得体"问题——一种基于文本个案研究的分析》②，王苏生《辨言与得体：古代"本色"论中的戏曲本体观之嬗变》③，吴承学《"文体"与"得体"》④，任竞泽《曹雪芹的文体学思想——兼及脂评本〈红楼梦〉的文体文献学价值》⑤，吕肖奂《"不得体"的社交表达：陆游的人际关系诗歌论析》⑥，康倩《传统文学批评中的"得体"论》⑦，崔正升《明体·得体·变体——古代文体视角下的写作教学秩序重构》⑧等。

从"辨"观念出发，古人但凡写各体文章，皆须找到一种表意、表情的特定形式或实质要件，也就是要确定恰当适合的体制、体式及体貌。如果说所写文章无"体"或失"体"的话，那么，就不能顺利地进行正常的编码活动。对创作者而言，从事文学创作的首要任务，须辨别清

① 韩大伟：《章法失体与表达失体——应用写作两大误区》，《应用写作》2001 年第 7 期。
② 王晓东：《中国古代文学批评的"得体"问题——一种基于文本个案研究的分析》，中南大学硕士学位论文，2006 年。
③ 王苏生：《辨言与得体：古代"本色"论中的戏曲本体观之嬗变》，《中华戏曲》2013 年第 1 期。
④ 吴承学：《"文体"与"得体"》，《古典文学知识》2013 年第 1 期。
⑤ 任竞泽：《曹雪芹的文体学思想——兼及脂评本〈红楼梦〉的文体文献学价值》，《文艺理论研究》2014 年第 4 期。
⑥ 吕肖奂：《"不得体"的社交表达：陆游的人际关系诗歌论析》，《四川大学学报》2016 年第 1 期。
⑦ 康倩：《传统文学批评中的"得体"论》，《云南师范大学学报》2019 年第 2 期。
⑧ 崔正升：《明体·得体·变体——古代文体视角下的写作教学秩序重构》，《写作》2018 年第 1 期。

楚诸体裁、体格和体类的理论特征及层级关系。此外，在文论观念的古今之变及近代文学批评的转换生新中，以"中体"比附"西体"，这种"以西解中"的策略，虽然在文体形式上满足了"求得体"要求，但是却遮蔽了传统文论观念之"趋辨"的本来面目，也就是逾越了"文学作品体式的基本规定性的总和"，"涉及了文辞存在的本真问题"①。如此，则可视为"失体"。故而，有关划分体类、说明性质、探讨演变、选定范文、鉴赏风格、讲评章法等问题，最终都会在"辨"观念的得失转换中得到反映，而转换目的就是揭示各体文章的写作体例及方法，为正确判断和批评文章确立规范。

以上研究涉及"求得""避失"而"趋辨"的内涵、原则和路径，为本文考察传统文论的内在理路提供了宝贵经验。然而，就中国文化及文论研究而言，研究者对"辨"的知识性、思想性及方法性等属性的探讨，存在着不均衡、不充分的现象。在探讨传统文论的核心概念时，未对"辨"观念之下的"得""失"交织问题进行深入的还原、阐释与重构，以至于弱化或遮蔽了二者的关联性、整体性及变动性。众多学者对"辨体明性"之"求得"问题进行阐释时，稍带言及"避失"问题，或重于概念罗列，或冗于辨体阐释，或缺乏宏观视域，未能将得失问题有效地置于文论观念理论体系之中。凸显"求得""避失"对立的同时，将其与"体制为先"的"辨体"及"本色当行"的"明性"等概念进行比较诠释，未能据此分析历代文论家论"文"的关系和目的，忽略了话语结构的分类、文本衔接的模式，缺乏对"得""失"问题的宏观把握和微观处理。研究传统文论之"辨"观念，在文献积累、理论建构和方法探索上已有一定基础，但是围绕历史风貌、批评发生、基本范式、现代遭际等方面，但仍有待挖掘并充分拓展与延伸的可能。

---

① 党圣元：《传统诗文评中的文章"体制"论》，《云南师范大学学报》2019 年第 2 期。

三、研究重点及难点

对中国传统文论而言，素有"文各有体，得体为佳"的讲究，每一种文体有每一种文体的"体制""体式""体貌""体裁""体格""体类"，这些关键词构成了传统文论观念最为核心的问题场域。作为传统文学批评的重要方法，围绕"趋辨"观念，以体制论得失、以体式论尊卑、以体貌论雅俗、以体裁论源流、以体格论高下、以体类论是非组成传统文论之内在路径知识生产的主体内容。古人秉持"辨"的批评眼光，以"求得""避失"论各体文章，衡判文体间的贯通、参融、纠葛、转关的得失之处，省察"文"的思想资源、知识形态及方法理论。"此一类文体批评，以作品自身为中心，借助批评者的眼力、学养、理想、兴趣，围绕文本性质、特征、功能、风格等方面展开理论探讨，建构了具有中华民族文化特质的批评传统。"①一个时代兴盛一定的文类或文体式样，而文类、文体之演兴盛衰，最终又从文章体制、体式的变化而来。

党圣元先生在论及传统诗话中的文论观念时指出："得体，是辨体理念的逻辑延伸。辨体即尊体，要求文学创作遵守文体的写作规范，这样才能得体，避免失其体制。"②在文学批评史视域中，以"辨体明性"为出发点，"求得"与"避失"具有相互转化的内在关系："趋辨"的旨归，在于"求得"；而"求得"的诉求，在于"明性"；"明性"的省察，又在于"避失"。有学者关注到传统文学批评中的"求得"问题，强调"得体与辨体、尊体密不可分，是中国古代文体学理论的核心范畴；同时作为中国古代辨体批评的一组对立范畴，得体与失体也成为辩证地观照和阐

---

① 文章体制的形成受制于诸多因素，不仅与文体的特定用途、应用场合及其表现对象有关，还与文体自身的历史传承以及形成的地域环境息息相关，主要是由历史的必然性和现实的丰富性所共同决定的。参见夏静、宋宁：《作为方法的文体批评》，《厦门大学学报》2020 年第 4 期。

② 党圣元：《明代诗话的文体观念》，《厦门大学学报》2020 年第 4 期。

释辨体与破体及尊体与变体这两组对立范畴的关键，其重要性不言而喻"①。从某种程度来说，"求得""避失"在论"辨"思潮中获得相对一致的批评向度和价值取向。"得""失"交织，构成了对立而统一的辩证关系，乃是对"尊体"与"破体"、"正体"与"变体"、"昭体"与"立体"、"识体"与"熔体"等观念的通约及融合。考察分析文学批评中的"求得""避失"问题，在重估传统的同时给予新的评价，考察古人的文论观念何以发生移位，并揭示其所蕴含的审美品格和价值取向，对于我们深入把握中国古代文论的发展演变是不无意义的。

在中国古代源远流长的文体批评中，"求得"与"避失"是通过"趋辨"过程而得出的褒贬结论，也是一种批评标准和原则。作为观念形态的"文"，往往隐微难察，唯一的认知途径就是其显露之"用"。"用"不仅指"文"的功能或属性，而且是"文"自身的显现，离开"用"也就无所谓"文"了。② "求得""避失"观念的交织，源自长期以来古人对创作实践和批评鉴赏的总结提炼，经历代文论家的"趋辨"得以成熟和定型，并对尔后的文论观念及文体演变产生了深远影响。"文学发展需要一定的时间跨度，而且文学体裁相对完备，只有这样才有利于在文体间进行比较和选择。"③面对"文"的意义共享与语义关联，文论观念的生成路径，本书深入"辨"观念之一词三义的古典语境，考察"得""失"交织的场域特性、表征方式及实践程度，探源"得""失"交织的学科属性、批评意识及价值取向，呈现其行为标准是如何进入诗文批评的，其显性观念和隐性观念是如何流动的，其历史脉络和知识形态又是如何建构的。

围绕传统文论之论"辨"观念，何以有效深究"求得""避失"交织的观念渊源，辨析得失之争，探索辨体分梳；何以准确地聚焦"求得""避

① 康倩：《传统文学批评中的"得体"论》，《云南师范大学学报》2019 年第 2 期。

② 夏静：《体用的思想谱系与方法意义》，《甘肃社会科学》2018 年第 4 期。

③ 齐森华、刘召明、余意：《"一代有一代之文学"论献疑》，《文艺理论研究》2004 年第 5 期。

失"交织的概念历史，归纳批评范式，关涉批评观念；何以详细地梳理
"求得""避失"交织的思想资源，研寻其内在理路，论证意义共享与语
义关联；如何透彻地诠释"求得""避失"交织的价值取向，探讨其理论
视野和思维取径，确立文学批评的理论视域，进而昭示其"前世今生"
的生命活力、"旧瓶新酒"的阐释张力、"望今制奇"的创新动力。这一
系列问题就成为本研究所要面对和解决的难点。从传统之"辨"观念出
发，深入考察"求得""避失"观念交织的方法论意义，涉及古今文论观
念的沉潜和激活、衔接和赓续、返本和开新，不仅有助于我们更加理解
古人在创作实践和批评鉴赏中所秉持的基本理念，厘清早期文论观念发
生演变的历史过程与复杂形态，而且可以进一步促进中国文化及文论之
内在规律、内在结构等内部研究的深入展开。

面对古典视域中"文"的生命历程（诞生期、成长期、成熟期、衰退
期和复活期）①，何以能在学术史、文学史和思想史的整体语境中考察
传统文论观念的体制转换，理清文论观念的历史嬗变？古人所创构的
"辨"观念，究竟出于何种考虑，在批评实践中蕴含怎样审美趋向、批
评面向和价值取向？随着中西文艺理论的交汇，我们应该采用什么态度
来反思和重构传统文论话语及文体观念呢？文论关键词"体"及其蕴含
的思维方式、审美趣味、话语形态、文化意蕴究竟是怎样的？这些概念
与古代的思想传统有何关联？当前的文论观念及形式在多大程度上被
"移译"②（鸠占鹊巢）了，今后的文论观念研究应向何处发力？如今建
构系统的"文论观念理论体系"，这种说法有意义吗？中西文论关键词
比较及会通（如"文学"概念的取与舍、"艺术"概念的得与失）是可行的

---

① 借助文献资料，厘清、描述并阐释关键词的诞生（词根）期、成长（常语即
普通词）期、成熟（术语即关键词）期、衰退（更年或消亡）期、复活（再生）期，实
现关键词研究依"词根性""坐标性"和"再生性"阐释词义的总体思路和揭示关键词
之原创性意蕴及现代价值的根本宗旨。参见李建中、胡红梅：《关键词研究：困境
与出路》，《长江学术》2014 年第 2 期。

② 党圣元：《中西文论中"神思"与"想象"的比较及会通》，《探索与争鸣》
2017 年第 1 期。

吗？这一系列问题都需通过比较、鉴别和讨论才能给出解答，亦即"透过'他者'而窥见'自我'，进而借助'他者'来重建和丰富'自我'"①。在"古体""今语"之间，研究者较少站在现代文明的高度去深入分析文论观念在现代学术语境中的转义、变异和更生，也较少能客观把握"辨"观念交织所折射的传统与现代、东方与西方的冲突及融合，尤其忽略了文论关键词"文"在互译过程中产生的语义变迁甚至是词义悖逆。② 因此，我们在研究中国古代文论时，须对现代语境中的"文"概念的局限及弊端须有清醒认识，否则就易陷入"失体"遭际，表现为外向度的"失语"和内向度的"失性"。

鉴于此，本书融合"文体学研究"与"关键词研究"论题，运用"历史语义学"（historical semantics）与"概念史"（begriffsgeschichte）③的研究方法，从宏观和微观、历时和共时等不同向度切入传统文论之"辨"研究，不仅强调其语义的历史源头及演变，而且强调文论观念的"现在"风貌和"现在"意涵，也就是强调"现在"的意义、暗示与关系，肯定过去与现在的"共联关系"（community），重新认识到文论关键词之意义转变的历史、复杂性与不同用法，变异、断裂与冲突之现象，以及创新、过时、限定、延伸、重复、转移等具体过程。④ 本书围绕"辨物""辨礼""辨体""辨得""辨失""辨文""辨艺"的语义谱系和文化传统，将其原生、次生、再生的语义梳理与思想史、观念史、文化史的具体语用以及文论史、文体史上一些关键性节点的铸刻相结合，阐释由"求得""避

① 李春青：《浅谈中西文论关键词比较的意义与方法》，《文艺争鸣》2017年第1期。

② 胡红梅、胡晓林：《范式转换与批评史学科重构——试探以关键词为纲撰写"中国文学批评史"》，《湖南科技大学学报》2014年第4期。

③ 方维规：《历史语义学与概念史——关于定义和方法以及相关问题的若干思考》，冯天瑜等主编：《语义的文化变迁》，武汉大学出版社2007年版，第12-19页。

④ ［英］雷蒙·威廉斯：《关键词：文化与社会的词汇》，刘建基译，生活·读书·新知三联书店2005年版，导言第17页。

失"而"趋辨"的微妙关系和内涵特征，呈现其时代活力、阐释效力及理论魅力。因此，在古代文献和现代理路的结合、碰撞下，我们研究传统视域中的"辨物居方""辨礼识义""辨体明性"等问题，不单是在阐释中解读观念，在解读中还原观念，还应该把相关的关键词放在一起讨论，深化对"体""文""艺"的观照和思考，实现对"大传统"与"小传统"①互动格局的揭示，以在中国文化及文论研究中形成合力共振效应，确立相关的批评范式，把传统文论观念的现代转换这一命题付诸实践。

---

① "大传统"与"小传统"是一种二元分析框架，用来说明在复杂社会中存在的不同文化层次的传统。参见［美］罗伯特·芮德菲尔德：《农民社会与文化：人类学对文明的一种诠释》，王莹译，中国社会科学出版社2013年版，第94页。

第一章 "辨"：中国文学批评的固有特点

"辨"是中国文学批评的一个固有特点。这一传统肇端于先秦时期的礼仪制度，上判天地之状，中析万物之理，下正人事之变，用以彰显社会等级和伦理秩序，成为中国古代"辨体明性"的潜在规约。于是，以"辨"为话语起点和观念指归，以"明"为认知方式和批评路径，中国早期的礼仪制度经历了"辨礼""定礼""尊礼"等一系列流变过程，并且越来越多地渗透到文学理论领域，逐渐形成了以礼仪规训和言辞技艺隐喻书写经验的传统。此一传统是一种行为方式、文本方式和文章体系紧密联结的整体架构，由"辨""判""别"三义相通，孕育出富有辩证意识的思维方式和阐释方式，从而使得以"辨"为内核的传统文学批评具有了思想性的话语功能。作为一种方法论和认识论，古人素以秉持的"辨"之传统，可谓之为中国文学批评独具的特色，不仅是对"物理""事理""情理"的辨认和区分，更是对"天文""地文""人文"的判别和归类，由此形成一种心理表征（个体性）和公共表征（集体性）。尤为值得注意的是，"辨"传统深入融合到古人的生活之中，演绎出"辨物居方""辨礼识义""辨体明性"等命题，其所凝聚的指称意义已经超出了原有的话语范围，具有极强的现实渗透力和历史延续性，贯通了"德行""言语""政事""文学"四科，甚至在相当程度上影响乃至形塑了一部文化史，使其同时成为中国文学批评的一个非常显著的特点。

一、辨物居方

作为古人的基本素养和心理图式，以"辨"为内核的文化传统的形成，从"辨物"到"释名"，从"辨礼"到"识义"，从"辨体"到"明性"，乃是基于辨物识器、谈艺论画、品诗鉴文、评骘人物等场景而逐渐积淀下来的思想传统。在仰观与俯察之间，古人立身处世，察人识物，以"近取诸身，远取诸物"①为认知范式，以"通神明德""类物共情"为行为范式，通过对天地自然的观察以及对所积累"经验"的抽绎，形成了秩序化、规范化、体系化的生活方式。在朴素的期待视野下，先民上遵天命，下合时机，辨别万物的名目、性质、条件等因素，使之各得其所，各安其份，初步建构起了人与自然的关系，以此维系着古人的生存信心与生活秩序，此乃所谓"辨物居方"者是也。

"辨物居方"出自《周易·未济》，即"火在水上，未济；君子以慎辨物居方"②。从卦象上来看，☲上离下坎，离为火，坎为水。火在水之上，乃火势压倒了水势，有违自然之况，难以煮物，故被视为"事未成"的象征。君子观"未济"卦象，"水曰润下，火曰炎上"③，由水火相叠而有感于水火错位，违背了事物发展的客观规律，导致自然之本性不能相互为用，从而以谨慎的态度辨别事物的性质、特征和状态，并且判断其时令、方向和位置。对原始先民而言，"辨物居方"过程蕴含着刚柔相济以成就事功的可能性，由"未济"（火在水上）而"既济"（水在火上），差别就在于"位不当也"。孔颖达疏："君子见未济之时，刚柔失正，故用慎为德。辨别众物，各居其方，使皆得安其所，所以济也。"④意即君子观"未济"之象，有所体悟，从水火错位、刚柔失序的图景中，

---

① 阮元校刻：《十三经注疏》，中华书局 1980 年版，第 86 页。
② 阮元校刻：《十三经注疏》，中华书局 1980 年版，第 73 页。
③ 阮元校刻：《十三经注疏》，中华书局 1980 年版，第 188 页。
④ 阮元校刻：《十三经注疏》，中华书局 1980 年版，第 73 页。

认识到由"辨物"而"归位"的问题。胡瑗《周易口义》卷十云："君子因此之象，则当精审其事，明辨于物，使各居其方，皆遂其所，则贤为贤，愚为愚，贵贵贱贱，法度昭明，各安其分，不相逾越，盖取诸水下火上之义也。"①根据"辨物居方"的认知逻辑，先民测度并把握世界万物，勘定认识芸芸众生，须以"辨"为要义，周密而慎重地辨别之，划定一种相对的分类体系，使之处于适宜的方位、适当的处所，便于真正发挥众物应有之功用，则可由"未济之象"促成"既济之功"。

在"辨物居方"这一命题下，李鼎祚《周易集解》卷十二转引侯果之论："火性炎上，水性润下，虽复同体，功不相成，所以未济也。故君子慎辨物宜，居之以道，令其功用相得，则物咸济矣。"②从水火叠象来看，"水性"与"火性"相反，"水之性，润万物而退下；火之性，炎盛而升上"③，呈现出不同的自然之本性及发展态势。在错位与失序的情况下，即便结为同体，也没法成就应有的自然之用，即"不成烹饪，未能济物"④也。所以说，水火异象是"辨物居方"的引发点，以之省察"未济"的诸多现实情况，"水火交则有难，未交则未有难，然难将失矣。辨之不早辨，居之不得其所，皆难之所由生也"⑤。在"辨物"而"归位"过程中，君子应以"辨"为出发点，以"居"为落脚点，辨别清楚万物的形态、性质及其存在方式，并结合相应的运行规律和自然法则，使众物的功能和作用得到最大程度的发挥，从而达到"物皆咸济"的认识目标。

以"辨"为逻辑起点，"辨物居方"蕴含着原始先民对生存空间的认识，通过天象、地理、人伦、礼仪形成了一个较为稳定的意义系统，记

---

① 永瑢、纪昀等编纂：《景印文渊阁四库全书》第 8 册，台湾"商务印书馆"1983 年版，第 446 页。

② 永瑢、纪昀等编纂：《景印文渊阁四库全书》第 7 册，台湾"商务印书馆"1983 年版，第 805 页。

③ 阮元校刻：《十三经注疏》，中华书局 1980 年版，第 188 页。

④ 阮元校刻：《十三经注疏》，中华书局 1980 年版，第 73 页。

⑤ 永瑢、纪昀等编纂：《景印文渊阁四库全书》第 14 册，台湾"商务印书馆"1983 年版，第 397 页。

录了特定历史时期的文化传统和价值取向，成为早期中国文明的文化基因。张浚《紫岩易传》卷六曰："水火性相反，其上下趋向之性一定不可易，君子法之，慎以辨物，俾各居方，用成吾必济之治。盖《未济》刚柔失位，名实不正，大而君臣、上下、父子、兄弟、夫妇之序次，而君子、小人、贵贱、贤不肖之别，凡系于刚柔者，无不颠倒错乱，未得其正。"①通过"辨物居方"的实践，由"未济之象"转向"必济之治"，"水火之性"为"名实之辨""秩序之别""等级之差"确立了基本的法度，提供了基本的思想依凭。以"居"为操作程式，"辨物居方"又具有广阔的可能性和想象力空间，通过"眼观—身处—心会—物拟"②的实践方式来把握阴阳之道，凝聚了原始先民对现实生活独特的思考与体验。明代大儒来知德《周易集注》说："慎辨物，使物以群分；慎居方，使方以类聚，则分定不乱。阳居阳位，阴居阴位，'未济'而成'既济'矣。"③根据"辨物居方"的践行原理，"辨物"是"群分"的前提，"居方"则是"类聚"的目的，以确保"名分不乱""界限不杂"，如此，则可由"阴阳未济"通向"阴阳既济"。

所谓"辨物居方"，乃是华夏先民在现实生活中所采取的一种认知策略和思维方式，以"辨"明察阴阳变化的时宜，知其所为；以"辨"识别万物的有利之处，知其所止，从而达到于人"放于自得之场，则物任其性，事称其能，各当其分"④的有效提升。作为一种原初的生命活动，"辨物居方"是先民面对自然万象时所确立的生存法则和初始选择，用于确证"人"之所以异于"物"者，"人能明于必然，百物之生各遂其自然也"⑤，为群体生活提供了必要性和合理性的知识依据；作为一种诗性

① 永瑢、纪昀等编纂：《景印文渊阁四库全书》第 10 册，台湾"商务印书馆"1983 年版，第 195-196 页。

② 詹冬华：《中国早期空间观的创构及其形式美意义》，《中国社会科学》2021 年第 6 期。

③ 来知德撰：《周易集注》，上海古籍出版社 1990 年版，第 331 页。

④ 郭庆藩：《庄子集释》，中华书局 2012 年版，第 1 页。

⑤ 戴震：《孟子字义疏证》，中华书局 2008 年版，第 16 页。

的精神活动，"辨物居方"是先民感受自然伟力、调控精神生活的重要方式，依据代代相传的族群记忆中所积累和传承的"知识"与"经验"，以之确立"天、地、神、民、类物"①结构的统一性、秩序性和权威性。为此，先民通过"观象授时""观物取象""观象制器"，形成了"辨物居方"的思维和传统，主要由"宇宙天象空间""方位地形空间""礼仪人伦空间"三个维度构成，并以符号化的方式呈现于墓葬、建筑、器具、图画、文学等领域②，与宗教、政治、伦理等事项发生关联，成为中国早期知识形态的重要组成部分。

章学诚《文史通义·原道上》说："天地生人，斯有道矣，而未形也。三人居室，而道形矣，犹未著也。人有什伍而至百千，一室所不能容，部别班分，而道著矣。仁义忠孝之名，刑政礼乐之制，皆其不得已而后起者也。"③在"辨"的思想机制下，原始先民经历了"天地生人""三人居室""人有什伍而至百千"的发展历程，由"物以类聚，人以群分"确立了相应的自然法则、族群法则、普遍法则，体现了中国早期人道观念的发生过程。《吕氏春秋·恃君览》云："昔太古尝无君矣，其民聚生群处，知母不知父，无亲戚兄弟夫妻男女之别，无上下长幼之道，无进退揖让之礼。"④正是在"辨"的意义上，聚生群处的先民有了初步的觉醒，逐渐获得了尊卑之别、男女之防、上下之分的知识经验。就原初体验而言，"辨物居方"充当了先民早期知识发生的助推角色，以范式形态介入现实生活，嵌入了抽象的时空观念，既是一种与先民的生产与生活实践息息相关的生命活动，也是一种导向思维和知识的精神活动。⑤ 于是，先民的生产生活图景就成为"辨物居方"的确证，于"辨"提供了基

---

① 徐元诰：《国语集解》，中华书局 2002 年版，第 514 页。
② 詹冬华：《中国早期空间观的创构及其形式美意义》，《中国社会科学》2021 年第 6 期。
③ 叶瑛：《文史通义校注》上册，中华书局 1985 年版，第 119 页。
④ 许维遹：《吕氏春秋集释》，中华书局 2017 年版，第 544 页。
⑤ 张树平：《论"辨物居方"与中国早期政治知识之起源》，《学习与探索》2010 年第 5 期。

本的天象、地象、物象、事象、人象；于"居"框定了大致的认知范围，如采集、农耕、渔猎、蓄养、制陶、纺织等。

以"辨"为逻辑起点和操作程式，在古人的生活中具有多种可能性和交互方式，既可法天地万物之运，又可正日月星辰之位；既可推阴阳逆顺之数，又可分四时节气之序。古人将"辨"奉为准则，或作方法论范式，或作认识论范式，辨识众物之同异，"方以类聚，物以群分"，意即同类的事物聚在一起，而不同的事物则以类区分。"辨"自然不是最终的目的，而是通向"识义""明性"的重要路径。此一过程离不开对"辨物""辨礼""辨体"的深入理解和正确认识，若能有效地"居"之、"识"之、"明"之，方是真正有能力的人。以此为循，上则，探求事物名目源流、真伪虚实；中则，究辨礼仪典章制度、道德规范；下则，谈议文章得失利病、优劣等次，当具"辨"之涵养和功力，从而触及"引而伸之，触类而长之，天下之能事毕矣"①的认知之道。古人秉持已久的"辨"传统，不仅限于定亲疏、决嫌疑、别同异、明是非，更是在"小同异"（大同小异）与"大同异"（毕同毕异）②的交互中成为中国早期文论形态的鲜明特征。以"辨"之智慧为思想养分，传统文学批评的话语演变与实践发展正是由此育化而来。

就"物"的性质而论，"号物之数谓之万，人处一焉"③。作为"三才"之一的人，性灵所钟，自然也是"众物"之一，"能尽人之性，则能尽物之性；能尽物之性，则可以赞天地之化育"④。为此，先民就需要一个文明的坐标，建构出相应的"物—人"秩序，以满足从"命名识物"到"辨物劾物"的需要，只有知其名、识其形、明其性才能趋利避害。⑤

① 阮元校刻：《十三经注疏》，中华书局1980年版，第80页。
② 郭庆藩：《庄子集释》，中华书局2012年版，第1095页。
③ 郭庆藩：《庄子集释》，中华书局2012年版，第563页。
④ 朱熹撰：《四书章句集注》，中华书局2016年版，第33页。
⑤ 王静、郗文倩：《从"命名识物"到"辨物劾物"——中国古代博物学的知识技术和思想观念》，《东南学术》2021年第4期。

那么，追溯先民早期知识形态建立的过程，"辨物居方"无疑是其中关键的一环。凡事凡物，欲明其内在特质，必先辨其阴阳、表里、上下、来去、长短、谥覆。因此，"辨物居方"成为原始先民建构价值观念、伦理秩序、社会结构的重要开端，同时，也开启了一个通向人文知识世界的入口。可以说，如果没有先民之"辨物"，那么自然万物依然处于混沌状态；如果没有先民之"居方"，那么族群生活依然处于无序状态。从这个意义上来看，先民对"物"的认取与辨择，既是"辨其名物，容有差殊"的过程，亦是"化物为事，辨其利害"的过程，即所辨之"物"、所居之"方"的观念正是以"人"为尺度而建构的知识图景。

唐君毅先生认为："中国民族最初之思想与智慧，乃自其切实坚苦之现实生活经验中，孕育而出。"①以此观之，无论是作为原初的生活活动，还是作为诗性的精神活动，"辨物居方"都为先民带来足够的踏实感和稳定感。在先民的原始观念中，前者为后者提供了思维之对象、存在之依据，后者为前者提供了"精神性"的逻辑规制和价值指引，最终实现群体活动范围的扩大以及思维能力、认识能力的逐渐提高。"中国文化之原始精神，先只是求实际上之人群组织，得存在于直接所接之自然，而被安顿于世界。"②正是在"物类—族群—自然"的内在秩序中，由"辨"传统孕育出早期的原始印迹和知识形态，或判天地之美，或析万物之理，或察人伦之全，即"最早的时空观、共同体意识、分体意识以及最初的秩序感"③。从这个意义上说，"辨物居方"这一范式蕴含了中华文明的原始密码和精神基因，由"辨"确立了"人"与"物"存在的依据和理由，为先民的精神信仰及族群生活提供了一定程度的意义与解释，直接促成先民认知逻辑和思维模式上的"自洽"和"完备"，深刻影响了中国早期文论的精神内涵与人文气质。

---

① 唐君毅：《中国文化之精神价值》，江苏教育出版社 2006 年版，第 18 页。
② 唐君毅：《中国文化之精神价值》，江苏教育出版社 2006 年版，第 18 页。
③ 张树平：《论"辨物居方"与中国早期政治知识之起源》，《学习与探索》2010 年第 5 期。

二、辨礼识义

在中国古代思想史中，"礼学"是一门非常古老的学问，与哲学、宗教、政治、道德等传统形态相互交叉，形成了一套特定的符号系统、意义系统和逻辑系统。在先秦时期，以"礼"为中心的专门学问已得到很大程度的发展，具体表现为《周礼》《仪礼》《礼记》的撰述，对"礼法""礼义""礼仪"作了相应的记载和解释，以及见于《左传》《论语》《墨子》《荀子》等典籍中有关于"礼论"的真知灼见。① 关于"礼"的起源，自然应该追溯到远古时期的祭祀仪式和宗教信仰。许慎《说文解字》说："礼，履也。所以事神致福也。"②据此，"礼"指"事神致福"的仪式活动，以及与之相关的行为准则和道德规范。近代学者王国维《释礼》说："盛玉以奉神人之器谓之'甡甡'若'豐'。推之而奉神人之酒醴，亦谓之'醴'。又推之而奉神人之事通谓之'礼'。"③从甲骨卜辞看，"礼"字像"二玉在器之形"，用于供奉祖先或神灵，表示高度的崇敬并求保佑。郭沫若先生也认为"礼"源于"奉事于神"的祭祀实践行为，愈见浩繁，"大概礼之起于祀神，故其字后来从示，其后扩展而为对人，更其后扩展而为吉、凶、军、宾、嘉的各种仪制"④。说明，"礼"是敬神祭祖、祈求降福的仪式活动，而后拓展成为各种各样的礼仪制度，并渗透到社会生活的方方面面。随着"辨"思维的深入发展，由"礼"引申出人们对社会秩序的探索，在"仪式创造—族群构建—国家认同"的整体进程中确定一种相对稳定的层级状态，形成了一整套以立贵贱、明尊卑、别长幼、定亲疏为主要内涵的意识形态，从而达到"经国家，定社稷，

---

① 杨志刚：《中国礼学史发凡》，《复旦学报》1995 年第 6 期。
② 段玉裁：《说文解字注》，上海古籍出版社 1981 年版，第 2 页。
③ 谢维扬、房鑫亮主编：《王国维全集》第 8 卷，浙江教育出版社 2009 年版，第 191 页。
④ 郭沫若：《十批判书》，东方出版社 1996 年版，第 96 页。

序民人，利后嗣"①的作用。

从"礼"而谈开，我们需要明确几个重要问题，一是"为何"，"礼"究竟是什么；二是"何为"，"礼"有什么作用；三是"如何为"，即怎样做到"礼"，如何实现"礼"。关于"礼"是什么，"礼"是依据一定的价值立场和伦理原则，对社会结构、宗族制度、生活秩序等进行认证与实践，是行为主体与行为对象发生道德关系、礼仪观念之于礼仪实践的特定活动。以"为何"观之，"礼"是结构之基、制度之本、秩序之源，充当着个人、集体、国家之间产生合力的媒介，不仅包含日常生活中待人接物的礼节或规矩，而且包括社会生活中各个领域的制度和规范，甚至还包容了与这些制度和规范相适应的思想观念或道德理性。② 在古典思想文化中，"礼"既是一种理想的社会政治图景，又是一种现实的伦理道德规范，亦是一种隐喻与诗性相结合的知识技术和思想信仰。

"礼"有什么作用，主要表现在三个方面：首先，行为主体把"观礼""释礼""解礼"的思辨信息传达给整个社会系统，由"礼"之情感性、思想性及实践性确立相应的行为范式、认知范式和情景范式，规范人们的思想行为，协调人们的现实关系，涵养人们的心性品格，从而达到"承天之道，用地之理，治人之情"的最终目标。关于"礼"的流变，如《礼记·礼运》云："夫礼必本于天，动而之地，列而之事，变而从时，协于分艺③。其次，行为主体通过"问礼""思礼""用礼"的整体设计，以及对"礼法"的规制、对"礼义"的领会、对"礼仪"的践履，积极拓宽了"礼"的多种主题空间，赋予其新的思想内涵和价值意蕴，以"辨礼识义"的知识经验评判其传播方式、介入效果，从而影响并引导人们对"礼"的接受程度。在《论语》中，孔子反复强调"礼"的重要性，如"不

---

① 阮元校刻：《十三经注疏》，中华书局1980年版，第1736页。

② 丁鼎：《"礼"主导中国古代社会》，《中国社会科学报》2020年11月23日第A05版。

③ 阮元校刻：《十三经注疏》，中华书局1980年版，第1426页。

学礼，无以立"（《论语·季氏》）①、"不知礼，无以立也"（《论语·尧曰》）②。再次，"礼"具有文化传承与文化发展的重要意义，通过公共话语、礼仪实践与权力结构的融合，对天象图景、地理变化、人事交流的积极介入，成为中国古代社会运行和社会治理的重要一环，进而参与天人关系、物我关系、人己关系和身心关系的调节。卡西尔《人论》说："如果人首先把他的目光指向天上，那并不是为了满足单纯的理智好奇心。人在天上所真正寻找的乃是他自己的倒影和他那人的世界的秩序。人感到了他自己的世界是被无数可见和不可见的纽带而与宇宙的普遍秩序紧密联系着的——他力图洞察这种神秘的联系。"③以此观之，"礼"源于先民的诗性思维，将自然秩序的普遍性移置到人伦秩序之中，由"辨"思维搭建起一种演绎关系和类比关系。

在中国古代思想文化中，"礼"的形成发展是一个漫长的历史过程，通常离不开"政治符号—文化符号—精神符号"的实践发展。首先，"礼"是顺应自然规律和调整自然关系的基本规范。《礼记·乐记》说："礼者，天地之序也"、"大礼与天地同节"④。其次，"礼"是完善社会交往和维系社会情感的根本准则。《礼记·曲礼》云："道德仁义，非礼不成。教训正俗，非礼不备。"⑤再次，"礼"是人之所以为人的必然要求，彰显了传统人道精神的基本构架和思想标识。《荀子·礼论》云："礼者，人道之极也。"⑥《礼记·曲礼》云："是故圣人作，为礼以教人，使人以有礼，知自别于禽兽。"⑦作为一种理念、实践、秩序，"礼"的基本精神无处不在。如果没有"礼"，那么社会秩序将会杂乱无章，群体生活也会不得安定。然而，过于渲染、讲究、造作，又会导致"礼"

---

① 阮元校刻：《十三经注疏》，中华书局 1980 年版，第 2522 页。
② 阮元校刻：《十三经注疏》，中华书局 1980 年版，第 2536 页。
③ ［德］卡西尔：《人论》，甘阳译，上海译文出版社 1985 年版，第 62 页。
④ 阮元校刻：《十三经注疏》，中华书局 1980 年版，第 1530、1530 页。
⑤ 阮元校刻：《十三经注疏》，中华书局 1980 年版，第 1231 页。
⑥ 王先谦：《荀子集解》，中华书局 1988 年版，第 356 页。
⑦ 阮元校刻：《十三经注疏》，中华书局 1980 年版，第 1231 页。

出现一些问题，或是缺乏真情实感，或是流于表面形式，或是堆砌法度成规。基于此，"辨"思维的介入，就显得尤为重要。如果缺少"辨礼识义"的内在机制，那么"礼"将逐渐丧失其规范功能、实质和精神，蜕变为一种纯形式性的点缀，即成为精致、繁缛、复杂，乃至奢侈生活的点缀及其内心虚伪的遮掩。① 此时，"礼如何为"自然就成为不可回避的问题，处理好"礼为何"（本）与"何为礼"（用）的关系，正是"辨礼识义"发挥其有效性的关键之一。

在"辨物居方"的诗性思维下，古人把"天地之序"作为基准参照，自然而然地推广至约定俗成的"人伦之序"，顺理成章地由"辨礼识义"形成了世俗社会的各种礼义规制和行为准则。② 观念是实践的基础，实践是观念的运用。相比于抽象的意识形态，"礼"不能"悬空"，不能"空转"，须贴合社会生活的实际需要，并根据不同的底层逻辑与实践样貌来处理不同生活场景中的"知礼""用礼""行礼"问题。因为实践的行为主体与观念的接受主体不同。如果没有内在观念的支撑，"礼"容易缺乏可操作性和可执行性，如同"隔靴搔痒"一般，没有真正的精神力量和理性力量。观念与实践之间有张力的，既需要靠"辨礼"进行一定程度的调和，又需要靠"识义"进行一定程度的建构。以"礼如何为"观之，所谓"辨礼"要言之有物、言之有序、言之有理，不仅要有明确的主体与对象，还要有明确的范围与边界。所谓"识义"要有强烈的"辨"意识，通过"观念"与"实践"的合力，实现价值认同、结构平衡、秩序建构的有效整合，以此确立"礼"的文化感召力、思想穿透力、心灵震撼力。在"辨礼识义"思维的驱动下，"礼如何为"这一命题可以分解为"礼"的实践和传承、"礼"的思考和建构、"礼"的返本与开新，以"范式转换"③的姿态落实到话语方式、行为方式和文本方式的积淀之中，集中

---

① 韩星：《礼之本——礼乐的价值基础和内在精神》，《黑龙江社会科学》2018 年第 6 期。

② 吴中胜：《礼乐相须与文化精神》，《光明日报》2023 年 1 月 14 日第 11 版。

③ 李建中：《元典关键词研究的中国范式》，《河北学刊》2020 年第 2 期。

凸显了"礼"的系统性、规范性、协调性，从而抬高并强化了"礼"的统摄地位。

在中国古典思想文化中，无论是"礼法"的增殖、"礼义"的扩充，还是"礼仪"的深化、"礼制"的整合，以及"礼数""礼节"的标准化、精细化，都是经由"陈礼—阐礼—辨礼"这一过程而实现的。"礼"是一个庞大的意义系统，主导着人世间的规则和秩序，广泛地渗透到社会生活的各个领域，既涉及国家层面的宗庙祭祀、军事战争、宴飨朝会、政治变革，又涉及上层社会的吟诗作赋、品茗挂画、焚香茶花、雅集唱和，亦涉及市井百姓的蚕桑耕耘、屯戍徭役、婚丧嫁娶、娱乐游观。因之，"礼"之于人，就显得尤为重要，适用于不同的场合。《礼记·曲礼》云："分争辨讼，非礼不决。君臣上下，父子兄弟，非礼不定。宦学事师，非礼不亲。班朝治军，莅官行法，非礼威严不行。祷祠祭祀，供给鬼神，非礼不诚不庄。"①以"礼"为之，"象天地，效鬼神，参物序，制人纪"②，可主导社会、平衡社会、稳定社会、维护社会。《礼记·郊特牲》云："礼之所尊，尊其义也。失其义，陈其数，祝史之事也。故其数可陈也，其义难知也。知其义而敬守之，天子之所以治天下也。"③说明，"礼"的深层意涵是"义"，指义理原则和人文精神；表现形式是"数"，即仪式流程和礼俗话语。在古人看来，"礼义"比"礼数"更为重要。如若拘泥于细节和形式，则会陷于繁文缛节之中，并非真正意义上的"尊礼"。唯有"识义""敬守"方可治理天下国家。随着时代的变迁，"礼义"变得难寻、难知，"礼数"却可细分、陈列，加之"礼数"是"礼义"的载体，"辨礼"就显得尤为重要。无论是从认识论的意义来看，还是从方法论的意义来看，对"礼"的辨别，都是中国古典思想文化的重要组成部分。

---

① 阮元校刻：《十三经注疏》，中华书局 1980 年版，第 1231 页。
② 范文澜：《文心雕龙注》，人民文学出版社 1958 年版，第 21 页。
③ 阮元校刻：《十三经注疏》，中华书局 1980 年版，第 1455 页。

在"观时而制法，因事而制礼"①的过程中，"礼"之分化与实践所需要的基本动力，就源于行为主体"辨"思维的积极介入，一方面由"辨物居方"转向"辨礼识义"，另一方面由"循礼守制"达于"从心所欲"②。那么，"礼"究竟起于何也？《荀子·礼论》说："人生而有欲，欲而不得，则不能无求，求而无度量分界，则不能不争；争则乱，乱则穷。先王恶其乱也，故制礼义以分之，以养人之欲，给人之求，使欲必不穷乎物，物必不屈于欲，两者相持而长，是礼之所起也。"③说明，圣人所辨之"礼"不仅具有人道底色、人伦之序的意义，更是节制人心、人性、人欲的基本规则。朱熹《家礼序》说："凡礼有本有文。……其本者有家日用之常礼，固不可以一日而不修；其文又皆所以纪纲人道之始终，虽其行之有时，施之有所，然非讲之素明，习之素熟，则其临事之际，亦无以合宜而应节，是亦不可以一日而不讲且习焉者也。"④"礼"有根本、形式之分，前者是价值基础、内在精神，后者是实践路径与外在形式，二者密不可分。面对"礼"之复杂性和丰富性，以"辨礼"为基点，可辨"礼"之本，可察"礼"之文，临事之际，更易于实现"行礼""施礼"的心理预期。那么，又该何以"立礼""合礼"？唯有"讲礼""习礼"，辨明礼仪，熟习礼数，并注意话语方式、行为方式和文本方式的整合问题，才可合宜、合理、合度地应对不同的现实生活场景。《荀子·修身》云："人无礼则不生，事无礼则不成，国家无礼则不宁。"⑤为此，如何实现"礼"的有效性，"辨"传统正是解题的关键路径之一。

早在春秋战国时期，"礼"的发展大致呈现两条线索，一是确定基本的政治制度、行为规范、礼仪标准，一是对"礼"的本质、价值、功

---

① 何建章注释：《战国策注释》，中华书局 1990 年版，第 680 页。

② 阮元校刻：《十三经注疏》，中华书局 1980 年版，第 2461 页。

③ 王先谦：《荀子集解》，中华书局 1988 年版，第 346 页。

④ 朱杰人等主编：《朱子全书》第 7 册，上海古籍出版社、安徽教育出版社，2002 年版，第 873 页。

⑤ 王先谦：《荀子集解》，中华书局 1988 年版，第 23 页。

能和作用进行论证和阐发，二者共同交织成一个"共同体"系统。首先，"辨"是"礼"的内涵之一。"礼"是用来辨别亲疏、上下、异同、是非的，"辨"是实现其基本功能的内在逻辑。其次，"辨"是"礼"的诉求之一。"辨"充当了"礼"的实践诉求和目标指向，确立了一种权力支配的场域。再次，"辨"是"礼"的方法之一。古礼素有"经礼三百，曲礼三千"①的说法，加之仪式程序繁杂细致，不加以仔细辨别，则难以准确践行。因此，"辨礼识义"是中国古代思想文化的核心命题。

三、辨体明性

作为一种方法论和认识论，古人素以秉持的"辨体明性"②之传统，可谓是中国古代文学批评独具的理论特色之一。"辨体"是"明性"的基本前提，"明性"则是"辨体"的最终目标，二者统一于文体批评实践之中，成为中国文论的核心要义。"辨体"这一概念是由以"辨"为核心的思维体系和以"体"为核心的话语体系相对接而催生出的，既有整体的"辨体裁"之义，也有内在的"辨体格"之义，亦有外在的"辨体类"之义，并涉及文体制式、文体分类、文类辨析、文体流变、风格特征等诸多方面，形成了一个庞大的文体观念系统。明人刘绘《答乔学宪三石论诗书》云："是以二南无分音，列国无辨体，两雅可小大而不可差等，三颂可今古而不可选列。"③说明，"辨体"的进路重在辨是非、优劣、源流、古今、正变。古人谈论各体文章观念，往往首先"辨体"，确定文体的基本特征。以此观之，"明性"自然是对"辨体"的回应，以"辨"为方法路径，进入"体"之内部空间，彰显其本质、本性。

关于"辨体明性"的价值论意义，党圣元先生指出："'辨体明性'是

① 阮元校刻：《十三经注疏》，中华书局 1980 年版，第 1435 页。
② 李建中：《辨体明性：关于古代文论诗性特质的现代思考》，《华中师范大学学报》2001 年第 2 期。
③ 黄宗羲编：《明文海》，中华书局 1987 年版，第 1605 页。

中国式思辨理性与诗性智慧的和合统一、圆融相处，为华夏文化和华夏文脉伟岸大树上佳美的一枝一叶，对其进行创造性阐释和创新性转化，应该成为我们研究中国传统文体批评思想与方法的重心之一。"①由此而展开，中国古典视域中的"辨体"②一词内涵复杂，大致包含三种基本语义：其一，指范畴的具体名目，语义较窄，键闭为下位概念，与尊体、破体、正体、变体、得体、失体等概念构成并列关系；其二，指观念的集合总称，语力较广，可作为上位概念理解，乃是对尊体、破体、正体、变体、得体、失体等批评观念的通约与融合。从这两种语义出发，又可引申出第三种语义，即指中国古代文体学理论体系，可作为高位概念理解，由此拓展和延伸出庞大而严密的文体谱系，既兼前二者之长，又避前二者之短。随着文体观念的流变，这三种语义相互关联，第一种语义与第二种语义有包含、并列、交叉等关系，且递进于第三种语义，即"范畴名目—观念总称—理论体系"的语义流变，依次发展了"辨体"的语义、语力及语用，触及中国古代文体观念的理论谱系和知识图景。"辨体"的一词三义，为"明性"奠定了丰富的基础，塑造出"辨体明性"的方法论和认识论意义。

作为一种基本范畴，"辨体"的语义受到限制，键闭为普通意义上的文体学范畴，其语义较窄，语力较弱，仅锁于各种文体之间的比较及辨析。③ 在这种情况下，"辨体"以"辨"为辅，以"体"为主，就文体特征而论文特征，与"尊体""破体""正体""变体"等并列，皆为划界限、

---

① 党圣元：《"辨体明性"与传统文体批评》，《中国社会科学报》2021 年 10 月 21 日第 A03 版。

② 关于"辨体"的内涵，傅刚先生认为：一是辨文体的类别，每一文体都有自己的特性；二是辨文体的风格；三是辨文体的源流，文体的源流，界限明确，但文体的风格与类别较易混淆。参见傅刚：《昭明文选研究》，中国社会科学出版社 2000 年版，第 53 页。

③ 作为一种基本范畴，"辨体"研究主要着眼于某一种文体、某一时代、某一作家的辨体研究，多是词学辨体与诗学辨体。参见任竞泽：《中国古代辨体理论批评论纲》，《内蒙古农业大学学报》2016 年第 2 期。

圈范围、判高下、定归属之所需，共同组成古代文体分类、文体形态及文体功能的谱系结构。如此，"辨体"与其他文体学范畴既无高低之分，亦无上下之别，在效用上比较接近，在同一体系中有趋同迹象，皆是对"体"的辨别、分析及评判。作为范畴名目的"辨体"，并不完全是"辨"与"体"的有效对接，而是以"辨"为辅、以"体"为主的较为松散组合。其中，"辨"是对"体"的勘察核定，服从"体"的规则和要求；"体"是对"辨"的统辖引领，决定"辨"的视域和取向。此词更多地凸显各体文章的写作技法和标准体例，使之与众多文体范畴同等并置，确定某一类文体的大致范围与基本性质。从范畴名目上来讲，"辨体"会往往被视为一般范畴，侧重于文体基本特征，紧锁于以"体"为核心的话语体系中，无法承担起"明性"的应有之义，既不能充分地促使文体观念的生成和发展，也不能有效地推动文体标准的确立和完善，亦不能合理地引导文体价值的选择和改造。

作为一种批评观念，"辨体"不再紧锁于字面意义，而是语义指涉范围有所扩大，从下位概念转为上位概念，包括但不局限于范畴名目之义，成为中国古代文体批评观念之总称，即具有共同性质的一系列思想、观念、价值和规范的集合体。[①] 在这种语义中，"辨体"一词以"辨"为主，以"体"为辅，侧重于文体批评的言说与实践，乃是对众多批评观念的通约和融合。此时，"辨体"不单是具体的范畴名目，还是融通众多范畴、更高级别的集合性观念，在以"辨"为核心的话语体系中拓展出"文体"的知识领域和理论视野。"辨"既是"体"的批评手段，也是"体"的批评目的；"体"既是"辨"的阐释基础，也是"辨"的创构前提。此一词着力凸显"辨"的批评意识和批评方法，使之处于传统文体观念话语体系的较高位置，由"辨"可通"体"，由"体"可明"性"，既有对文体范畴的规范与形塑，也有对文体观念的厘定与辨别，亦有对文体

---

① "辨体"成为中国古代文体学中贯通其他相关问题的核心问题。参见吴承学：《中国古代文体学研究》，人民出版社 2011 年版，第 16 页。

批评的突破与逾越。在"辨体明性"这一命题中，如果说"辨体"是中国古代文体批评的预设观念，那么，"明性"就是对文体批评实践的拓展和延伸，推动以"辨"为核心的思维体系和以"体"为核心的话语体系相对接。

作为一种理论体系，"辨体明性"命题是对"范畴名目""批评观念"的会通与适变，在文体观念的流变中富有时代活力、阐释效力及理论魅力，既是拓展延伸的，又是阐释创构的；既是理论思辨的，又是批评实践的。① "辨体"兼有过程和结果的二重性特征，"循名实而定是非，因参验而审言辞"②，以此为起点，衍生出一系列富有意味的关键词。从实践上讲，"辨体明性"是主客依存的批评活动，"辨体"不仅是方法和途径，还是思维和观念；"明性"不仅是基础和前提，还是目标和归宿。王世懋《艺圃撷馀》云："作古诗先须辨体，无论两汉难至，苦心模仿，时隔一尘。"③我们不能离开"辨""体"的关系而去谈"辨体明性"的批评传统及其规律。在"辨体明性"的观念流变中，"辨""体"愈发紧密，既使"辨"的批评意识成功融入文体学视域，强化文体规范，凸显文体意识，从而触及"制""式""貌"等具体层面；又通过"性"的衡判和省察来应对"体制繁多，界律精严，分茅设蕝，各自为政"④的困境和问题，力图遵循文体规律，引导文体实践。通过"辨"思维的介入，"辨体明性"的组合、递进及引申，既有颠覆的阐释亦有创新的重构，既有学理的争鸣亦有理性的批判，既有知识的演绎亦有学科的推理，促使以

---

① 聚焦"辨体"及其理论批评的研究成果，主要有朱正华：《"辨体"辨》，《浙江师范学院学报》1983 年第 4 期；吴承学：《辨体与破体》，《文学评论》1991 年第 4 期；张利群：《中国古代辨体批评论》，《湛江师范学院学报》1998 年第 4 期；任竞泽：《论中国古代辨体发生的文化哲学渊源》，《江西师范大学学报》2010 年第 3 期；罗宗强：《寻源、辨体与文体研究的目的》，《学术研究》2012 年第 4 期。

② 王先慎：《韩非子集解》，中华书局 1998 年版，第 100 页。

③ 何文焕辑：《历代诗话》，中华书局 1981 年版，第 775 页。

④ 钱锺书：《中国文学小史序论》，《钱锺书散文》，浙江文艺出版社 1997 年版，第 477-478 页。

"辨"为核心的思维体系和以"体"为核心的批评体系相融合，向外辐射"辨""体"的效力，建构出文体形态、文体观念、文体分类及辨体批评的知识谱系。在"一词三义"的实践走向中，辨文体之体，可明文体之性，"辨体明性"成为中国文体学的批评传统及理论特色。

"辨体明性"以"一词三义"的适应性和灵活性参与到中国古代文体观念的谱系建构和知识演绎之中，由局部拓展为整体，由现象延伸至本体，涉及不同的批评效用。白居易《与元九书》云："诗者：根情，苗言，华声，实义。"①这一表述对我们理解传统文体观念的理论谱系和知识图景很有启示作用。如果说，我们承认"体"的成分是"根、苗、华、实"的话，那么，"明性"之"性"的成分就是"情、言、声、义"，经历剪裁、组合、提炼、融通、取舍等环节，便可拓展和延伸出众多的文体概念、范畴、术语和命题。在"辨体明性"的历史语义场中，第一语义是"根株"，第二语义是"主干"，第三语义是"华实"，其内在生成和发展路径是自上而下、由近及远的，从"华实"到"主干"，再到"根株"。这一流变过程既有古汉语及修辞演化之动因，亦有中国传统文化通变之因缘，建构出以"理论体系"为华实、以"批评观念"为主干、以"范畴名目"为根柢的理论谱系。② 在文体理论与文体实践的结合中，惟"原始表末""释名彰义"来源之表述，方可能突破"论文叙笔""囿别区分"既有之格局，达到"辨体明性"的最终目的。"辨体"从概念走向体系，"明性"从观念走向方法，既彰显了文体批评的辩证性和灵活性，也确保了文体观念的合法性和有效性。

随着文体观念研究的不断深入，有关"辨体明性"的研究极为繁荣，主要集中在具体范畴方面，如"辨体""破体""尊体""以文为诗""以诗

---

① 朱金城笺校：《白居易集笺校》第 5 册，上海古籍出版社 1988 年版，第 2790 页。

② 李建中：《中国古代文体学范畴的理论谱系》，《北京大学学报》2011 年第 6 期。

为词"等。① 但是研究不均衡、不充分的现象也是不容忽视的，传统"辨体"思想的发生基础、得失转换、阐释原则的研究以及构成机制和运作模式的反思还不为学界所重视，即传统文体观念的微妙关系与内涵特征有待重估、重释，其事实本体与真实面目仍有待重识、重构。党圣元先生指出："在文化诗学的视野中，对传统文学批评的话语及其体性、体貌、体式进行还原性质的研究，重新认识古代文论的真实、完整的形态，并且总结、归纳出其中所涵之思想和知识，对于批评史研究的学术推进意义重大。"②因之，我们在理解有关"辨体明性"的命题、价值和知识时，不可孤立地看待和解读这一类观念，应该在"过滤醇化"的基础上"由醇返杂"，并借助"寻根溯源"的方法，回到语言和文化的原生形态，澄明其本色状态，重返整体性的意义世界。非如此，我们无以把握"辨体明性"思想的理论谱系，甚至是无以阐明其观念史、批评史及当下之用。只有在汉语辞源学与传统文化的滥觞处上阐释"范畴名目—批评观念—理论体系"之间的关系③，才得以建构起传统文体观念的知识图景，并昭明其本体论、认识论和价值论意义。

---

① 任竞泽：《中国古代辨体理论批评论纲》，《内蒙古农业大学学报》2016 年第 2 期。
② 党圣元：《学科意识与体系建构的学术效应——关于古代文学批评史研究学科的一个反思》，《文学评论》2004 年第 4 期。
③ 李建中：《中国古代文体学范畴的理论谱系》，《北京大学学报》2011 年第 6 期。

第二章 "辨物居方"与"神"观念之源流

在中国早期文明的演进中，"神"是一个"命大、幅大、力大"①的关键词，具有深微玄妙、莫见其形的特性，凝聚了巫术、哲学、宗教、医学、文学、艺术等方面的意涵，以巨大的思想传统在中华文明的"轴心时代"②大致框定了早期人文思想的视野与方向。从"辨物居方"到"迹化为文"，"神"的核心观念不断形成和发展，体现出对族群生活的统摄与规约意识，在"天、地、人"这一系统框架中具有建构和阐释道义权、统治权、文化权的功能。刘勰《文心雕龙》秉持原道、征圣、宗经的著述传统，承接诸子的天命观念及诗性智慧，将深微玄妙、不可测度的"神"引入文论领域，结束了其长期以往"明而未融"的状态，以"神明""神妙""神化"为基础，提倡通过生命要素的锤炼与拓展来实现内在力量的蜕变与突破，建构出"神理""神思""神志"等概念，熔铸出"神"的思想性、审美性和生命性内涵，使之从"敬天礼地"的文化关键词而成为"驭文谋篇"的文论关键词。

一、辨物："神"的隐喻性生成

在中华文化系统中，文字是元典的基本载体，也是文论（文章、著作）的构造方式，记载了文化发展的历史轨迹和特征化事实。《文心雕

① 李建中：《元典关键词研究的中国范式》，《河北学刊》2020 年第 2 期。
② ［德］卡尔·雅斯贝尔斯：《智慧之路——哲学导论》，柯锦华、范进译，中国国际广播出版社 1988 年版，第 69 页。

龙·章句》：" 夫人之立言，因字而生句，积句而成章，积章而成篇。"①文字是言语之体貌，是文章之宅宇，更是立言、为文、表意的基础。中华元典的根柢和基因，就深藏在古文字中，呈现"字生性"②的话语模式和修辞策略。张江先生指出："语言的民族性、汉语言的特殊性，是我们研究汉语、使用汉语的根本出发点，也是我们研究文学、建构中国文论的出发点。"③为此，研究"神"的萌生、发展及成熟，有必要从探求字源开始，依据元典用例而返回语义现场，回归"汉字思维、汉字意识和汉字本位"④，以解诠其汉字经验及文化负载。

对于"神"之构形依据和立义模式，历来有所分歧。不过，总体看来，争论的中心问题主要是"申""电""神"之间的结构逻辑和信息特征。就目前资料而言，明确的"神"字始见于西周金文，造字之初由表祭祀的"示"和表雷电的"申"合而构成。在"甲骨卜辞""铜器铭文""郭店简""上博简""清华简""马王堆帛书""秦汉碑刻"等古文字资料中，与"神"相关的字形也多有出现，或是镂于金石，或是琢于盘盂，或是书于竹帛，基本上都是以"申"为主，以"示"为辅，蕴含了先民对自然现象和社会生命的想象和原始理解。其中，"示"的字形呈"T"形，像古人祭祀的石制祭台，在台面上摆放祭品，跪拜祖先和鬼神，暗含显现、垂示之义；"申"是"电"的本字，像云层间所出现的向不同方向开裂的闪电，电光闪射，纵横恣肆，急折延伸，蕴有创造、掌控之义。作为祭台的"示"和作为闪电的"申"紧密结合，大致框定了"神"之字义发展的视野与方向。鉴于此，考察"神"的字义流变，应从"示""申"开始，于敷陈事理与摄举文统的互通中探讨二者的关联与互动。

虽说"神"字始见于西周金文，但是结合"申"的早期字形，不排除

---

① 范文澜：《文心雕龙注》，人民文学出版社 1958 年版，第 570 页。

② 李建中：《汉语"文学"的字生性特征》，《江海学刊》2018 年第 2 期。

③ 张江：《当代西方文论若干问题辨识——兼及中国文论重建》，《中国社会科学》2014 年第 5 期。

④ 李建中：《汉字批评：文论阐释的中国路径》，《江汉论坛》2017 年第 5 期。

甲骨文中有以"申"作"神"的用字情况。甲骨文中的"申"是闪电的形象，像电光闪耀曲折之形。先民的认知能力有限，对认知范围以外的事物怀有恐惧和敬畏心理，把各种自然现象当作"神灵"进行信仰和崇拜。在"神"的字形演变中，战国时期的"示"旁呈侧立的祭台之状，"申"旁由中间的曲折线条（电光闪射、急折延伸的电鞭的形状）和两边的分支（拟想的电火发光的线条化）组成。① 战国楚简中"神"所从之"申"，犹存甲骨文闪电曲折之形象。到秦代小篆时，"示"旁虽然略有讹变，但是局部仍然保持着原有的构形。"申"旁中间的曲折线条逐渐变为中竖线条，两边的分支则变为相错的"臼"形。秦简文字为隶书进一步承袭，笔画有所增减，构形有所调整，"示"变为"礻"，"申"变为"申"，相互组合，最终奠定了汉隶和楷书中"神"字的书写格局。

发展到小篆阶段，"神"字逐渐开始定型（轮廓、笔划、结构定型），象形意味削弱，更加符号化，同时也减少了在书写上的混淆现象。许慎根据篆文字形考究字源，认为"神，天神，引出万物者也，从示、申"②。据此，"神"字由"示""申"作为构件，既涉及祭祀之义，又蕴有雷电之义，指古人所尊崇和祭拜的天神。作为天地万物的创造者和主宰者，"神"引出万物，不是从无到有的加工式创造，而是从隐到显的自然式生成。早在虞舜时期，就有遍祭群神的记载。孔安国曰："群神谓丘陵、坟衍，古之圣贤皆祭之。"③先民非常重视山川之祭祀，往往遍祭群神。"群神"指山岳、江河的主宰者。《周礼·春官·大司乐》："乃奏黄钟，歌大吕，舞《云门》，以祀天神。"郑玄注："天神，谓五帝及日月星辰也。"④在先民的祭祀传统中，所谓"神"包括主宰宇宙之神，以及主司日月、星辰、风雨、雷电、生命等神灵。《礼记·祭法》："山林川谷丘陵，能出云，为风雨，见怪物，皆曰神。"孔颖达疏："风雨云露

---

① 陈政：《字源谈趣》，广西人民出版社 1986 年版，第 189 页。
② 段玉裁：《说文解字注》，上海古籍出版社 1981 年版，第 3 页。
③ 阮元校勘：《十三经注疏》，中华书局 1980 年版，第 126 页。
④ 阮元校勘：《十三经注疏》，中华书局 1980 年版，第 788 页。

并益于人，故皆曰神而得祭也。"①先民崇拜自然，敬畏自然，持万物有灵观念，认为自然万物莫不有"神"。作为祭拜对象，"神"指先民从无法解释、不可测度的自然现象和事物中所想象出的人格化主宰，将之视为"天地之本，而为万物之始也"②，蕴有自然之力、自然之威、自然之恩。

就文化负载而言，"神"具有的宗教义和人文义③，乃是在"示""申"互动中发展而来的，既有"以事相告"的取向，与祭祀、崇拜、祷祝有关；又有"变动不居"的机制，与变幻、拉伸、聚散有关。在许慎释"神"的基础上，徐锴说："天主降气以感万物，故言引出万物也。"④在先民的原始观念中，"神"即造物者（创造万物的主宰），通过阴阳交感而化生万物，创造出天地、山川、草木、虫鱼、鸟兽等。对此，清代学者徐灏注笺："天地生万物，物有主之者曰神。"⑤"神"即天地万物之主宰，拥有至高无上的权力。从天地氤氲到化生万物，古人将"神"视为宇宙万物赖以生成和变化的内在根源，事物和现象发展变化的根本动力。桂馥义证："神，引也，谓引绳以证表，故谓之八引。神、引义通。"⑥从字义上来说，"神""引"字义相同，即"神"引出天地万物，制定运行法则，具有创世、造物、立规的特殊能力。关于"神"字义的谱系，王念孙《广雅疏证》曰："郑注《礼运》云：'神者，引物而出。'《风俗通》引《传》曰：'神者，申也。'申亦引也。神、申、引，声并相近。故神或读为引。"⑦就古音求古义而言，"申"与"引"均可训"神"。又

---

① 阮元校勘：《十三经注疏》，中华书局 1980 年版，第 1588 页。
② 刘向：《说苑校证》，中华书局 1987 年版，第 476 页。
③ 吴飞：《阴阳不测之谓神：略论先秦的天神信仰与命运观》，《中国文化》2021 年第 1 期。
④ 徐锴：《说文解字系传》，中华书局 1987 年版，第 3 页。
⑤ 徐灏：《说文解字注笺》，《续修四库全书》第 225 册，上海古籍出版社 1996 年版，第 133 页。
⑥ 桂馥：《说文解字义证》上册，中华书局 2017 年版，第 7 页。
⑦ 王念孙：《广雅疏证》，中华书局 1983 年版，第 43 页。

"神者，卷一云：'神，引也。'《尔雅》：'引，陈也。'神、陈、引，古声亦相近"①。在释义过程中，我们不难发现"神"具有"申""引""陈"等义项，显现"音近义通"的用字现象，流变出伸展、演化、布列等一系列观念，扩充了"神"之于"人"的特定意义（信仰结构），且宗教观念逐渐让位于人文观念。

在认同"神"之初义的前提下，段玉裁、桂馥、王筠和朱骏声等学者反对该字"从示申"说法，跳出了许慎的释义模式，认为"示"是形符，"申"是声符，遂改为"从示，申声"。② 那么，应该如何理解"申"在"神"之字义生成中所起到的作用。通过"示""申"的关联和互动，"神"的字义生成呈现连续性特征，一方面，由"示"锁定了"神"的核心观念，"天垂象，见吉凶，所以示人也"③，建构出"供奉、祭祀、崇拜、祷祝"等具体情境，奠定了中国古代信仰的基本特质；另一方面，"申"逐渐褪去"闪电之形"的象形意味，将"阴阳激耀"内化为"神"的微妙所在，为进一步廓清"神"的宗教义和人文义内涵奠定了基础。鉴于此，以"申"为出发点，"申—电—神"的字义谱系更易解题。前有王筠《说文解字句读》的"知申是古电字，电则后起之分别文"④，后有叶玉森《殷契钩沉》的"申，象电耀屈折形，乃初文电字"⑤。在甲骨文和金文中，"申"象闪电之形，电光闪耀、曲折延伸，乃是古"电"字。这一点也可以从《说文解字》之"电，阴阳激耀也，从雨从申"⑥和"籀文虹从申，申，电也"⑦的释义中得到参证，呈现出"申电互训"的模式。然而，在解释"申"字时，许慎却认为"申，神也"，坚持"以申训神"的观点。段玉裁则认为这一解释说不通，"神"应作"申"来理解，即"申，申也"，

---

① 王念孙：《广雅疏证》，中华书局 1983 年版，第 67 页。
② 丁福保编纂：《说文解字诂林》，中华书局 1988 年版，第 1054-1055 页。
③ 段玉裁：《说文解字注》，上海古籍出版社 1981 年版，第 2 页。
④ 王筠：《说文解字句读》，中华书局 1988 年版，第 454 页。
⑤ 叶正渤：《叶玉森甲骨学论著整理与研究》，线装书局 2008 年版，第 3 页。
⑥ 段玉裁：《说文解字注》，上海古籍出版社 1981 年版，第 572 页。
⑦ 段玉裁：《说文解字注》，上海古籍出版社 1981 年版，第 673 页。

此例与"巳，巳也"之例相同，主要为干支之借字。① 近代学者吴国杰认为"申、电一字"，在本义上并无神鬼、神灵之义，"申为干支义专，乃加示为神"②。此后，大多数学者都认为"申"即"电"，并将许慎之"申，电也"视为汉字本义。对此，叶玉森指出："许君曰'申，电也'与训'神，申也'异。余谓象电形为朔谊，神乃引申谊。"③先民制字取象，造"申"描述闪电之形，将天上的"电"拉向人间，或借以表干支之义，尔后与"示"结合而创新字，比拟天象，祭祀禳灾，解惑释疑，建构出"神"这一特殊的文化概念。

在李阳冰刊定《说文解字》基础上，徐锴《说文解字系传》认为"申即引也，疑多'声'字"④，虽有所疑，但仍保留了旧貌，在很大程度上接受了"以申训神"这一体例。后来，徐铉校订《说文解字》删掉了"声"字，改为"从示申"，将"申"（电之象形）键闭在"神"的字义之内，更为认可"申"旁的表义作用。⑤ 马叙伦《说文解字六书疏证》对"申—电—神"的字义谱系有一番透彻的解释，认为"申为电之初文。春则电发，而物生于春。初民以电为阴阳激耀，不可测度。而物随电发以生，故以为神。始即借申为神，后乃加示旁为神鬼之本字，则以示主义，而申止以为声矣"⑥。在先民的原始观念中，雷电是阴气与阳气相激而生成的，神秘莫测，有催生、孕育万物的特征，于是便赋予了神化色彩，并借"申"表示这些不可理解的现象或事物，加"示"旁而负载神灵、神主、天神等义。张舜徽《说文解字约注》："初民睹此，不解所以，相与惊怪

---

① 段玉裁：《说文解字注》，上海古籍出版社1981年版，第746页。

② 马叙伦：《说文解字六书疏证》第1册，上海书店出版社1985年版，第28页。

③ 叶玉森：《殷虚书契前编集释》卷一，《甲骨文研究资料汇编》第17册，国家图书馆出版社2008年版，第54页。

④ 徐锴：《说文解字系传》，中华书局1987年版，第3页。

⑤ 徐铉校定：《说文解字》，中华书局2013年版，第2页。

⑥ 马叙伦：《说文解字六书疏证》第1册，上海书店出版社1985年版，第28页。

跪祷，此即天神之见所由兴。"①先民认为闪电是"天上至神之象"的显现，变化莫测，威力无穷，带有不敢直视的威严。杨树达《释神祇》指出："盖天象之可异者，莫神于电，故在古文，申也，电也，神也，实一字也，其加雨于申而为电，加示于申而为神，皆后起分别之事矣。"②先民眼中最为神秘、不可捉摸的莫过于天空中的雷电。"电"为天上至神之象，而"申"既是"电"的初文，又是"神"的初义，三者之间具有紧密的内在逻辑。田倩君指出："申字本意，即神灵也。此乃古人见天象变化，于敬畏之下造成此字，作为膜拜之征象。"③作为天象变化，"申"是"神"的造字基础，赋予了独特的情感内涵。张日昇认为"然田氏谓申之本义为神灵，乃古人见天象变化于敬畏之下造成，则不及叶氏谓象电形之可信。盖先见天象，然后感悟其支配天地之神灵也"④。先民不解天象变化之故，目睹打雷闪电时，心生敬畏之感，认为雷电变化乃是天神之力，有主宰、滋生、繁衍万物之功。

于是，先民借"申"（电耀之激射）以表"神"（神灵之现身），专门负载尊崇、膜拜、信服等内涵。李孝定《甲骨文字集释》认为古"申"字"像电耀曲折激射之形"，且"小篆'电'字，从雨从申，乃偏旁累增字。……许君以'神也'训申，乃其引申义。盖古人心目中自然界之一切现象均有神主之，且申、神音近，故许君援以为说耳"⑤。从造字理据上说，"电"（電）是"申"的累增字，即增加偏旁"雨"而表示原字义的后起字。先民对雷电育生万物，以及强烈的闪光和爆炸的轰鸣产生神秘感和恐惧感，认为"电"由"神"所主宰，或是"神"的化身，从而不自觉地将眼前所见"闪电之奇象"等同于"神灵之形象"，并赋予了惩善扬恶

---

① 张舜徽：《说文解字约注》第 4 册，华中师范大学出版社 2009 年版，第 3615 页。

② 杨树达：《积微居小学金石论丛》，中华书局 1983 年版，第 16 页。

③ 田倩君：《中国文字丛释》，台湾"商务印书馆"1968 年版，第 356 页。

④ 周法高主编：《金文诂林》，香港中文大学 1974 年版，第 88-89 页。

⑤ 李孝定编述：《甲骨文字集释》第十四卷，台湾"中央研究院"历史语言研究所 1970 年版，第 4389 页。

的意义。

此外，探究语源，"申""电""神"在古音上也有密切的联系。"申"字属书母、真部，"电"字属定母、真部，"神"字属船母、真部，真部叠韵，时有假借现象。段玉裁指出："学者之考字，因形以得其音，因音以得其义"①，这便为我们"就古音以求古义"来考察"神"的立义模式及文化负载提供了辅助线索。无论是增"雨"于"申"所衍生的"电"，还是增"示"于"申"所衍生的"神"，均可视为"申"的孪生之字，共享着同一套构形依据和立义模式，内蕴着自然之道、变易之道、生生之道，透视出"申—电—神"的谱系信息。

二、观史："神"观念的展开路径

在中国早期文明中，"神"观念的出现是原始先民自然崇拜（天体、自然力和自然物）的产物，实际上也是"对自然界的一种纯粹动物式的意识（自然宗教）"②。受制于生产力的发展水平，原始先民认为日月星辰、山川石木、鸟兽鱼虫、风雨雷电等皆有神灵支配，于是便想象出各种各样有人格、有意志的神灵，大体上形成了天体之神、万物之神、四季之神、气象之神等特殊观念。先民又纷纷进行敬拜和求告，表达沟通神灵、祈福禳灾、趋吉避祸的诉求，催生出一系列的祭祀活动。随着族群之间的聚集、冲突和融合，"神"观念的内涵不断地丰富和发展，从"民神不杂""民神异业"到"民神杂糅""民神同位"，再到"绝地天通"（各司其序，不相乱也），衍生出有体系化的祭祀系统和信仰系统，天地相分，人神不扰，最终建立起"天、地、神、民、类物"相合的整体结构。③ 因此，从"神"观念的萌发到"神—民"关系的扩展，意味着氛

① 段玉裁：《经韵楼集》，上海古籍出版社 2008 年版，第 187 页。
② 中共中央马克思恩格斯列宁斯大林著作编译局编译：《马克思恩格斯选集》第 1 卷，人民出版社 1995 年版，第 82 页。
③ 徐元诰：《国语集解》，中华书局 2002 年版，第 512-516 页。

围、程序、仪式及制度等方面所组成的“观念共同体”的逐步确立。

从“神”观念到“神系关键词”的聚合，恰到好处地解释了天地万物存在的特性、规律及机制，也为混沌迷离中的先民指明了具体的“因应之道”。作为特定时空下的产物，先民关于“神”观念的认知和投射，以及关于“神系”（天神、地祇和人鬼）的祭祀和信仰，凝结出不同的形态和职能，共享着同一套聚类、关联和序列模式。郭静云《甲骨文中神字的雏型及其用义》指出：“神之用义是在指纯天本质之天上百神，天空神气以及天帝所赐命的神瑞。将祖先称为神人可能是周时期才开始。”[1]“神”观念的创构及其体系的确立，既是早期先民的集体记忆，也是权力支配的群体认同。这一论域融合了多方面元素，不仅有原始崇拜的观念沉淀，通过“宇宙神、自然神、祖先神”构成了原始信仰谱系；还有变化之道的认知表征，由阴阳变易、神妙莫测的规律和法则解释万物运动变化的动因；亦有心性精气的运转秩序，以“神主形从”观念建构出“精、气、神”的生命范式，大体上形成了神灵之神、妙道之神、主体之神等义项。

作为崇拜对象的“神”观念，渊源甚早，早在商周时期就已产生“灵异之神”的谱系，表现为“帝、天、鬼、神”所构成的信仰体系。约成书于商末周初时期的《易经》，其卦辞和爻辞中并无“神”字，而仅是“载鬼一车”“高宗伐鬼方”“震用伐鬼方”[2]三处提及“鬼”字。所谓“鬼”，本为“类人异兽”之称，与“神”观念多有交织，或由类人之兽引申为异族人种之名[3]，或由异常之形衍生出畏惧之情，或借以形容人死后所想象之灵魂，并非我们今日所见“污名化”[4]的概念。实际上，卜辞中的

---

① 郭静云：《甲骨文中神字的雏型及其用义》，《古文字研究》第 26 辑，中华书局 2006 年版，第 99 页。

② 阮元校刻：《十三经注疏》，中华书局 1980 年版，第 51、72、73 页。

③ 沈兼士：《“鬼”字原始意义之试探》，《沈兼士学术论文集》，中华书局 1986 年版，第 199 页。

④ 袁劲：《“鬼”字释读的效力与魅力》，《太原师范学院学报》2016 年第 5 期。

"鬼"与自然崇拜、图腾崇拜、祖先崇拜密切相关,属于"神"观念之信仰体系的一部分。到《诗经》出现时,"神"的用法变得丰富起来,主要集中在"小雅"和"大雅"篇目中,其内在秩序和谱系格局已经初步完善,或指至高的神明、天神,如"神之听之,终和且平"(《伐木》)、"岂弟君子,神所劳矣"(《旱麓》)、"俾尔弥尔性,百神尔主矣"(《卷阿》)、"神之格思,不可度思"(《抑》)、"敬恭明神,宜无悔怒"(《云汉》)、"天何以刺,何神不富"(《瞻卬》)等;① 或指祖宗神,即祖先崇拜之集合,如"神之吊矣,诒尔多福"(《天保》)、"神保是飨""神嗜饮食""神具醉止""神保聿归"(《楚茨》)、"神罔时怨,神罔时恫"(《思齐》)等;② 或指地祇,即农神、山神、河神等土地神灵,如"田祖有神,秉畀炎火"(《大田》)、"维岳降神,生甫及申"(《崧高》)、"怀柔百神,及河乔岳"(《时迈》)等。③ 从词性上来看,《诗经》篇目中所提及的"神"皆为名词,乃是先民对众多崇拜对象的统称,也就是"帝、天、鬼、神"观念的整体合称,而非对某一具体对象的专称。

随着祭祀观念的确立,先民对"神"观念的认识也慢慢深入,开始由表概念的名词转化为表崇敬的形容词。今文《尚书》④中就有六处提及"神"字,或指祭祀对象的总称,将上帝、天神、鬼神、群神置于有秩序的等次关系和统属关系中,如"肆类于上帝,禋于六宗,望于山川,遍于群神"(《舜典》)、"予仁若考能,多材多艺,能事鬼神。乃元孙不若旦多材多艺,不能事鬼神"(《金縢》);⑤ 或泛指神灵、神明,弥漫着强烈的神性意识,强调"人"与"神"之间的内在联系,如"八音克

---

① 阮元校刻:《十三经注疏》,中华书局 1980 年版,第 410、516、546、555、562、578 页。

② 阮元校刻:《十三经注疏》,中华书局 1980 年版,第 412、468-469、516 页。

③ 阮元校刻:《十三经注疏》,中华书局 1980 年版,第 476、565、589 页。

④ 本书仅从相对可靠的二十八篇今文《尚书》中,细绎轴心期"神"观念的结构特征。

⑤ 阮元校刻:《十三经注疏》,中华书局 1980 年版,第 126、196 页。

谐，无相夺伦，神人以和"(《舜典》)、"今殷民乃攘窃神祇之牺、牷、牲"(《微子》);① 或指神圣、天圣，形容崇高、尊贵、庄严而不可亵渎，强调其至上性原则和神圣性意义，如"予念我先神后之劳尔先"(《盘庚中》)、"克堪用德，惟典神天"(《多方》)。② 早在春秋之前，先民对外在于己的"神"就产生了浓重的崇仰之情、敬畏之心，并在"顺天应人"过程中发挥相应的教化作用。先民思想世界中对"上帝、天神、祖先、山川"的崇拜，通过仪式活动来实现人神沟通，将神的意志及精神贯穿于人类社会，皆折射出多元性、多样性与立体性的图景，体现了"神本"与"人本"相互交织的发展态势。③ 在先民的信仰结构中，"神"观念具有无可比拟的神圣性、绝对性和至上性，乃是民众判断个人行为、制定仪式准则、建构社会秩序的尺度与标准。

"天神""地祇""人鬼"观念在《左传》中大量涌现，衍生出祭天地、祭日月星辰、祭先王、祭先祖、祭社稷、祭宗庙等仪式活动，形成了不同的祭祀系统和信仰系统。据学者统计，《左传》中"神"字(约 110 次)出现频率远高于"鬼"字(38 次)，其中"鬼神"出现 26 次，"神明"出现 3 次，"明神"出现 8 次。④ 对比《诗经》《尚书》中的"神"观念，《左传》中的"神"观念出现新的变化，或是将"德"注入"事神"观念中，由"信""仁""德"而感通神明，以祈福禳灾、求吉避祸。这些"神"观念更多地成为"人世道德原则的化身"⑤。如"小信未孚，神弗福也"(《庄公十年》)、"国之将兴，明神降之，监其德也;将亡，神又降之，观其恶也"(《庄公三十二年》)、"鬼神非人实亲，惟德是依"(《僖公五年》)、

① 阮元校刻:《十三经注疏》，中华书局 1980 年版，第 131、178 页。

② 阮元校刻:《十三经注疏》，中华书局 1980 年版，第 171、229 页。

③ 黄诚:《论〈尚书〉的"人神观"及其思想史意义》，《东南大学学报》2019 年第 4 期。

④ 翟奎凤:《先秦"神"观念演变的三个阶段》，《社会科学研究》2014 年第 2 期。

⑤ 陈来:《古代思想文化的世界——春秋时代的宗教、伦理与社会思想》，三联书店 2002 年版，第 109 页。

"神福仁而祸淫"(《成公五年》)、"要盟无质，神弗临也，所临唯信"(《襄公九年》)等；① 或将"民"置于"神"概念之前，有意凸显"民"之于"神"的主体力量，推动了人本思想与民本思想的进步。如"所谓道，忠于民而信于神也"(《桓公六年》)、"夫民，神之主也。是以圣王先成民而后致力于神"(《桓公六年》)、"国将兴，听于民；将亡，听于神。神，聪明正直而一者也，依人而行"(《庄公三十二年》)、"非神败令尹，令尹其不勤民，实自败也"(《僖公二十八年》)等。② 在这一阶段中，先民不再盲目崇信"神"的主宰性和神圣性，也不再一味地向外寻求人事的答案，而是将目光投向自身的道德和品性，从"德以事神"转向"尽心成德"，开启了后世学者论及"祭祀不祈""内尽于己""外顺于道"等祭祀观念的思想先路。

另外，"神"观念在《道德经》《论语》《周礼》《礼记》等典籍中也多有出现，主要作名词使用。对此，诸子选择注入"道、德、仁、义、礼"因素，进一步廓清了"神"的宗教义和人文义，继而由"帝(天)神""自然神""祖宗神"构成了早期中国的信仰谱系。在天命与人事之间，诸子肯定了"人"的德性价值和作用。同时，"神"观念所具有的权威性和主宰性，也被大幅度的消解和融合。《礼记·表记》所载"殷人尊神，率民以事神，先鬼而后礼"，"周人尊礼尚施，事鬼敬神而远之，近人而忠焉"。③ 随着人事因素的丰富，"神"观念在商周时期具有不同的体现，从"礼敬鬼神"逐渐过渡到"敬天保民"。《老子·第六十章》云："以道莅天下，其鬼不神；非其鬼不神，其神不伤人；非其神不伤人，圣人亦不伤人。"④此强调"人"之于"神"的主体能动性，以道修身，以德养性，

---

① 阮元校刻：《十三经注疏》，中华书局 1980 年版，第 1767、1783、1795、1901、1943 页。

② 阮元校刻：《十三经注疏》，中华书局 1980 年版，第 1749、1750、1783、1826 页。

③ 阮元校刻：《十三经注疏》，中华书局 1980 年版，第 1642 页。

④ 楼宇烈：《老子道德经注校释》，中华书局 2016 年版，第 157-158 页。

方能“两不相伤”。此外，《论语》“祭如在，祭神如神在”“敬鬼神而远之”“子不语怪力乱神”①，皆蕴涵丰富的思想观念和文化记忆，尤其是所涉及天道、天命、鬼神观念，以及“民—神”关系的变易性和连续性，既是先秦原始信仰及其命运观的直接显现，也是建构先秦人文思想的基本内容。

从信仰崇拜对象到神妙变化之道，先秦时期的“神”观念发生了第二次转向，淡化了其权威性、至上性和神秘主义的色彩。诸子对早期“神”观念进行改造，排除原始蒙昧状态下的信仰和崇拜，由“通鬼神之德”转为“类万物之情”，摄取其德性因素及天命思想的精髓，建构出“神道”“神明”“神妙”“穷神知化”“静义入神”等观念。富有意味的是，《易经》中没出现的“神”，却在《易传》中大量出现，与人的主体意识和伦理行为相交织，推进了这一观念的理性化进程。如“鬼神害盈而福谦”（《周易·谦·彖》）、“观天下之神道，而四时不忒，圣人以神道设教，而天下服矣”（《周易·观·彖》）、“精气为物，游魂为变，是故知鬼神之情状”（《周易·系辞上》）②。可见，神秘莫测、不可思议的“神”观念被纳入先民的理性认知范围之内。《易传》中的“神”不仅限于对神灵观念的言说，更是将这一观念本体化，“妙万物而为言者也”，大体上形成了微妙之道、玄通之道、行上之道，侧重于对“变易”“简易”“不易”规律的呈现。如《周易·系辞上》云：“神无方而易无体”“阴阳不测之谓神”“知变化之道者，其知神之所为乎”“唯神也，故不疾而速，不行而至”“神以知来，知以藏往”“鼓之舞之以尽神”。③ 随着先民对自然万物和自身认知能力的提升，这一阶段的“神”观念淡化了早期“人格神”“意志神”的意味，或是言变化之极，或是言微妙不测，或是

---

① 阮元校刻：《十三经注疏》，中华书局 1980 年版，第 2467、2479、2483 页。

② 阮元校刻：《十三经注疏》，中华书局 1980 年版，第 31、36、77 页。

③ 阮元校刻：《十三经注疏》，中华书局 1980 年版，第 77-82 页。

言刚柔相易, 由此构成宇宙万物运动、变化和发展的动因。①《易传》中"神"观念兼具"明""化"的双重特性, 既有整体性、灵活性、变通性的原则, 体察天地的作用、融通神明的德性、比类万物的情状; 又有实践性、贯通性、连续性的特征, 在"合德""合明""合序""合吉凶"基础上, 强调"静义入神""利用安身""穷神知化"的工夫论意义。

作为微妙之道、变化之道的"神"观念, 在《孟子》《荀子》《管子》等典籍中也有所体现。孟子从人格修养的角度来理解"神", 认为心之所存, 神妙莫测, 将这一观念视为君子所能达致的最高道德境界。如"夫君子所过者化, 所存者神, 上下与天地同流"(《孟子·尽心上》)、"充实而有光辉之谓大, 大而化之之谓圣, 圣而不可知之之谓神"(《孟子·尽心下》)等。② 荀子融合重人道的儒家传统和重自然的道家精神, 一方面认为神道即人道, 将"神"解释为深刻的思虑、微妙的事理、高深的修养。《荀子·劝学》云:"神莫大于化道, 福莫长于无祸。"③另一方面秉持"制天命而用之"的论点, 驾驭自然变化的规律而加以利用, 将"神"抽象为自然万物产生和运行的神妙特性(潜在伟力)。《荀子·天论》云:"列星随旋, 日月递炤, 四时代御, 阴阳大化, 风雨博施, 万物各得其和以生, 各得其养以成, 不见其事而见其功, 夫是之谓神。"④阴阳相感, 刚柔相推, 构成了自然万物发生和发展的内在动因。这种神奇莫测、微妙无形的作用, 自造自化、自然而然的性质, 不以人的意志为转移的力量, 便可称为"神"。《管子·内业》着眼于事物之义理, 将"神"与变化之奇妙联系起来, 认为"一物能化谓之神""有神自在身""抟气如神, 万物备存"。⑤ 后世学者以"神"表示奇妙莫测的变化, "言

① 李顺连:《论〈周易〉中的"神"概念》,《中南民族大学学报》2003 年第 5 期。
② 阮元校刻:《十三经注疏》, 中华书局 1980 年版, 第 2765、2775 页。
③ 王先谦:《荀子集解》, 中华书局 1988 年版, 第 4 页。
④ 王先谦:《荀子集解》, 中华书局 1988 年版, 第 308-309 页。
⑤ 黎翔凤:《管子校注》, 中华书局 2004 年版, 第 937、938、943 页。

变化而称极乎神"①，探究自然事物此消彼长、相互转化的性能和过程，进一步展开"神"观念的张力空间。

先秦诸子消解、淡化了神灵崇拜的原义，回归生命本体的极致状态，将变化妙道引入到人身之上，以体内"小系统"交融体外"大系统"，将"神"化为人伦之象与人心之本。这种意义上的"神"，聚焦人之生命力的精华、本源性的元素，主要见于《庄子》《荀子》《韩非子》等典籍，为文论元典中"神"的出场奠定了基础。首先，"神"与"形"相对，"形"指实有的形体，"神"指形体所寓之精神、灵魂。如《庄子·在宥》云："抱神以静，形将自正。……目无所见，耳无所闻，心无所知，女神将守形，形乃长生。"②此指出"神"是保持形体稳定的关键所在，已然认识到"神""形"互动而来的差异性和相通性。《庄子·天地》云："执道者德全，德全者形全，形全者神全。神全者，圣人之道也。"③"执道"是保证"神全"的根本，将主体精神发挥到极点，就能"立于本原而知通于神"，很好地解决了主观与客观之间的辩证关系。此外，《荀子·天论》云："形具而神生，好恶、喜怒、哀乐藏焉，夫是之谓天情。"④此凸显了"神"的主宰力和驱动力，强调其对"形"的超越与统帅作用。其次，诸子以"形"论"神"，以"神"通"道"，强调了"定神""守神""养神"的重要性。如《庄子》中"大同乎涬溟，解心释神，莫然无魂"(《在宥》)、"纯白不备，则神生不定；神生不定者，道之所不载也"(《天地》)、"夫明白入素，无为复朴，体性抱神，以游世俗之间者"(《天地》)、"纯粹而不杂，静一而不变，惔而无为，动而以天行，此养神之道也"(《刻意》)、"纯素之道，唯神是守；守而勿失，与神为一"(《刻

---

① 阮元校刻：《十三经注疏》，中华书局 1980 年版，第 78 页。
② 郭庆藩：《庄子集释》，中华书局 2012 年版，第 390 页。
③ 郭庆藩：《庄子集释》，中华书局 2012 年版，第 442 页。
④ 王先谦：《荀子集解》，中华书局 1988 年版，第 309 页。

意》)。① 作为内炼养生的根源，"神"是化生万物的原始力量，这一观念已初步生命化，指主宰生命活动的生理和精神状态，即人的心性、思维、品性、性情、精力等。再次，"神"与"心""啬""静""德"紧密相关，以理性化言说方式回归人的生命，构成了主体之神的内在谱系。如《韩非子·解老》中"上德不德，言其神不淫于外也。神不淫于外则身全，身全之谓得""苦心伤神""众人之用神也躁，躁则多费，多费之谓侈。圣人之用神也静，静则少费，少费之谓啬""积德而后神静，神静而后和多"等。② 此强调主体之"神"的限度，保全个体生命的精神，在"守神"与"处静"之间充分发挥精神生命的灵性与智慧。在"心""形"关联模式下，"神"观念进入诸子关于人之本质的知识论域，成为表述"生命—精神"系统的核心概念。

在"字词观史"研究进路下，"神"观念经历了一系列的演变过程，兼具信仰崇拜、变化妙道、主体精神的多重特性，一方面由浓重的宗教意味转化为伦理意识，另一方面突破原始鬼神观和天命观的限制，以"小传统"交融"大传统"，构成了特定的概念谱系与结构过程，其建构和蜕变的总趋势是逐步理性化、内在化、主体化③，从朦胧走向明晰、从散乱走向有序、从呆板走向灵动。

三、居方："神"的划界与越界

早期中国文化的定型发展，既有"神"的观念建构，也有"人"的意识凝聚。随着"人"的意识初肇，"神"观念的生成是先民精神世界的重

---

① 郭庆藩：《庄子集释》，中华书局 2012 年版，第 398、439、443、544、546页。

② 王先慎：《韩非子集解》，中华书局 1998 年版，第 130-140 页。

③ 翟奎凤：《先秦"神"观念演变的三个阶段》，《社会科学研究》2014 年第 2期。

要突破，表现出原始先民"辨物居方"①意识（即一种原初的自我解释），更是在"明分使群"②过程中构成了"未开化社会"之巫术以及"开化社会"之神话的前提和基础。③ 面对艰苦凶险、神秘莫测的生存环境，先民以"神"观念作为基础，进行意识、情绪和精神的自我调控，将"不可思议"的现象（力量）改造为"可思可议"的现象（力量），在"存在（理性）—非存在（神性）"之间建立起一种普遍的关联和秩序，以此填补在解释世界、认识万物上的缺环。张法认为："先秦在理性化的进程中，定型为理性化和宗教化合一的文化。在人的认识能力和实践能力能够解决的范畴内，用理性思考，在此之外则用神性思考，二者以理性为主而相互为用。"④随着祭祀、祷祝、卜筮、记事等方式的交织，以及诸子有关天命和道德之关系的论争，共同推进了"神"观念的发展及其成熟化，使之从"观象授时，占候吉凶"⑤的自然崇拜上升为"尊礼尚施，敬德保民"⑥的人文信仰，深刻影响着早期中国文化的发展模式和演进路径。

从文化场域到文论场域，"神"的核心观念不断地形成和发展，在消解原始信仰崇拜的同时，也衍生出深厚的审美意蕴，形成了一个涵盖艺术美、形式美及物象美的话语系统。无论是《庄子·达生》的"用志不分，乃凝于神"⑦，还是《文子·自然》的"至于神和，游于心手之间，放意写神"⑧；无论是《淮南子·齐俗训》的"放意相物，写神愈舞"⑨，

① 阮元校刻：《十三经注疏》，中华书局1980年版，第73页。
② 王先谦：《荀子集解》，中华书局1988年版，第176页。
③ 张树平：《略论中国早期文明中的"神"观念及其政治知识化》，《东岳论丛》2012年第6期。
④ 张法：《神：起源、演进、定型》，《中国青年报》2019年5月24日第004版。
⑤ 冯时：《观象授时与文明的诞生》，《南方文物》2016年第1期。
⑥ 王杰：《神权政治向伦理政治的转向——西周时期的敬德保民思想》，《理论前沿》2005年第23期。
⑦ 郭庆藩：《庄子集释》，中华书局2012年版，第639页。
⑧ 王利器：《文子疏义》，中华书局2009年版，第346页。
⑨ 何宁：《淮南子集释》，中华书局1998年版，第803页。

还是马融《长笛赋》的"通灵感物，写神喻意"①，等等，"神"观念都不再仅仅限于奇妙的力量与莫测的变化，而是开始与艺术现象及其特征相融合，回归生命本体之真，在"天—地—人"框架中显现出由感性而理性、由具象而抽象的理论历程。经过汉儒改造，"神"观念往往被视为天命神权的授予者、法则规律的制定者、主体精神的开辟者，由此衍生出"天人合一""天人感应""君权神授"等理论，极大地抬高了其话语地位，完成了神学思想体系的整合与建构。"神"既为生命所不可或缺，亦与文艺结下不解之缘，不仅表示主体的心态力、思维力、智慧力，还表示精妙、奇特、超常的极致境界。于是，"神"开始进入画论、书论、文论、诗论等艺术领域，指称由内心所抒发的精神和情怀，或是谈艺论画，或是品诗鉴文，或是评骘人物，可以说是艺术精神与审美特质的集中体现，对后世文艺批评和文艺创作产生深广的影响，成为中国文论中最具特色的关键词之一。

汉魏以后，由"神"衍生出一系列的语词概念，普遍用于艺术创作和审美欣赏，完成了"神"观念的又一次突破。艺术创造之"神"，包含着"人本崇拜的象征，生命自由的表现，智慧灵感的显示，人格力量的回归，甚至还包含着无法超越现实对人的异化而借助心灵之神对审美极致的追求"②，以极致之美凸显出"神妙""神境""神韵"的特性，大致形成三个方面的含义。一是指艺术创造思维(构思、灵感、想象)，如曹植"摅神思而造象"③，宗炳"万趣融其神思"④，陆机"志往神留"⑤，萧子显"属文之道，事出神思"⑥，郭遐叔"驰情运想，神往形留"⑦，

---

① 萧统编：《文选》，上海古籍出版社 1986 年版，第 821 页。

② 张晧：《中国美学范畴与传统文化》，湖北教育出版社 1996 年版，第 381 页。

③ 赵幼文：《曹植集校注》，中华书局 2016 年版，第 237 页。

④ 张彦远：《历代名画记》，浙江人民美术出版社 2011 年版，第 104 页。

⑤ 张少康：《文赋集释》，人民文学出版社 2002 年版，第 241 页。

⑥ 萧子显：《南齐书》，中华书局 2013 年版，第 907 页。

⑦ 戴明扬：《嵇康集校注》，人民文学出版社 1962 年版，第 59 页。

沈约"迹屈岩廊之下，神游江海之上"①等。此以"神思""神往""神游"
一是指奇妙的想象，即作家在想象力活跃时或处在灵感状态下所进行的
创作构思；二是指艺术的精妙境界或深邃的质感空间，形容技艺出神入
化，技艺高超而达到了绝妙之境。如《古诗十九首》中"弹筝奋逸响，新
声妙入神"②，蔡邕"体有六篆，要妙入神"③。以"入神"指艺术创作的
精妙高超，"宛如神来"或曰"如有神力"，挥洒自如的创作表现和奇妙
精彩的艺术效果；三是指精神风貌的整体呈现，最高层次的思维活动与
审美感知，以此作为审美品评的标准。如六朝时期，顾恺之"以形写
神""传神写照"，谢赫"极妙参神""神韵气力"，王僧虔"神彩为上""入
妙通灵"等④，大多主张把主观情思投入到客观对象中去，使客体之
"神"与主体之"神"相交融，激发了时人对"笔墨传神""神遇迹化"的追
求，在物境、情境、意境的积淀中呈现一种内在的活力、力量感和飘逸
感。这一时期的"神"正是钱锺书先生所云"超越思虑见闻，别证妙境而
契胜谛"⑤的文论概念。

自曹丕高倡文气说之后，众多文论家对于创作过程中主客体之神的
自悟和把握渐趋明朗，但真正而又明白无误地将"神"纳入文学理论中
来，应归功于刘勰《文心雕龙》。⑥ 无论是谈及"神"从文化观念向文论
观念的转变，还是谈及以"神"为核心所形成的"范畴、概念、术语、命
题之关键词汇总"⑦的变化，《文心雕龙》都实属这一发展史上重要的承

---

① 陈庆元：《沈约集校笺》，浙江古籍出版社 1995 年版，第 116 页。

② 隋树森：《古诗十九首集释》，中华书局 2018 年版，第 24 页。

③ 严可均辑：《全后汉文》下册，商务印书馆 1999 年版，第 794 页。

④ 潘运告编著：《汉魏六朝书画论》，湖南美术出版社 1997 年版，第 267、
270、303、305、171、171 页。

⑤ 钱锺书：《谈艺录》，生活·读书·新知三联书店 2001 年版，第 132 页。

⑥ 陈良运：《论中国古代文论中的"神"》，《上海社会科学院学术季刊》1988
年第 4 期。

⑦ 党圣元：《学科意识与体系建构的学术效应——关于古代文学批评史研究
学科的一个反思》，《文学评论》2004 年第 4 期。

接点和里程碑。作为"命大、幅大、力大"的元关键词,《文心雕龙》中"神"出现的频次多达 60 余次,涉及总论、文体论、创作论及批评论四个部分。随着人物品藻、人化文评、形神之辨风气渐盛,刘勰秉持"原道、征圣、宗经"传统,承接先秦诸子的信仰体系和天命观念,由论述客体之"神"入手,在巫术、宗教、哲学、医论、艺术等领域中萃取出"文心之神"的诗性智慧,将其直接用于指导创作实践和批评鉴赏。刘勰所论及"神"的境遇性、共在性和实践性,及其所具有的生命内涵和精神特征正好适应了"中国文论的生命化批评"①进行理论阐说的需要,基本涵盖了灵异之"神"、微妙之"神"、技艺之"神"、灵感之"神"等义项。从"幽赞神明,《易》象惟先"到"鉴周日月,妙极机神"②,从"神宝藏用,理隐文贵"到"神理共契,政序相参"③,等等,《文心雕龙》中"神"蕴藉着丰富的思想内涵,与"天地之心""圣人之文""自然之道"相融合,既有天地自然的变化规律之神秘、神奇,又有圣人感传神道化为人道的崇高、神圣,亦有生理机能之调节与控制的神思、神志。在"为文之用心"框架下,刘勰创造性地吸收前期学者关于客体之"神"与主体之"神"的论说,将深微玄妙、不可测度的"神"引入文论领域,与"情""理""气""志"相结合,提炼出具体的"守神之方"(贵在虚静)、"养神之策"(玄神宜宝)、"用神之纲"(神用象通),结束了其"明而未融"的语义状态,最终实现对"神"观念的文论转换。

《文心雕龙》所涉及的"神"观念兼具形而上与形而下的特征,既有原始的祭祀鬼神观念,遗存着早期"万物有灵"思维,折射出时人对天命信仰与诸神崇拜的认同。如《宗经》《颂赞》《祝盟》《哀吊》《时序》篇中的"鬼神""神明""告神""群神""神祇""靡神""恃神""神至""降神"等概念;又指神秘的启示或先天所形成的存在,成为时人理解"物—情—

---

① 参见钱锺书:《中国固有的文学批评的一个特点》,《文学杂志》第 1 卷第 4 期,1937 年 8 月。

② 范文澜:《文心雕龙注》,人民文学出版社 1958 年版,第 2、15 页。

③ 范文澜:《文心雕龙注》,人民文学出版社 1958 年版,第 31、68 页。

辞—文"这一系统的关键节点。如《原道》《征圣》《宗经》《正纬》《论说》《事类》篇中"神理""机神""入神""神道""神教""神源""神皋"等概念；亦有生命运作机制的诗性言说，与中医养神卫气之说相会通，将人体之"神"视为"驭文之首术，谋篇之大端"①，以此探讨艺术创作中构思、直觉、灵感、想象等精神活动。如《神思》《情采》《养气》《序志》篇中"神思""神游""精神""神用""伤神""神志""玄神""神性"等概念。在"生命之喻"视域下，刘勰所论及的"神"系关键词，主要是通过生命系统来论说艺术创作活动及其效应，一方面借助先天禀赋、才能、个性以及内心志向、气节、愤郁之精神动力，另一方面循着"积学""酌理""研阅""驯致"的路径，熔铸出"文心之神"的思想性、审美性和生命性内涵，以此指称生命要素的锤炼和拓展、精神力量的蜕变和突破、心虑言辞的统筹和协作，最终使"神"观念形诸于外、迹化为文，成为"至精而后阐其妙，至变而后通其数"②的文论关键词。

从"敬天礼地"的文化关键词到"驭文谋篇"的文论关键词，"神"观念的转换"绝非一蹴而就，而是漫长的曲折的，其间须经历种种辩难、攻诘、误读和阐发③。刘勰《文心雕龙》将"神"观念予以人化的同时，也遗存着最初的崇拜心理和信仰意识。在此，以生命之"神"的功能及其表征论艺术创作中的思维、才能、禀赋、智慧、技巧等，这与古人对生命系统的接受视域是比较契合的。明人张景岳《类经》论"神"的构成："惟是神之为义有二：分言之，则阳神曰魂，阴神曰魄，以及意志思虑之类皆神也。合言之，则神藏于心，而凡情志之属，惟心所统，是为吾身之全神也。"④就指涉而言，凡意识、思维、情绪、情感、感觉、知觉等，皆称为"神"。这是一种总称（广义/狭义），可作为解读《文心雕

---

① 范文澜：《文心雕龙注》，人民文学出版社 1958 年版，第 493 页。
② 范文澜：《文心雕龙注》，人民文学出版社 1958 年版，第 495 页。
③ 李建中：《词以通道：轴心期中国文化关键词的创生路径》，《社会科学战线》2013 年第 4 期。
④ 张介宾：《类经》上册，中医古籍出版社 2016 年版，第 58-59 页。

龙》中"神"意义生成的"辅助线"①。"神居胸臆，而志气统其关键；物沿耳目，而辞令管其枢机。"②从构思上来说，刘勰将主体之"神"视作为文之首术、大端，意味着思绪和想象蕴于内心，由情志、气质所主宰，通过"陶钧文思，贵在虚静，疏瀹五藏，澡雪精神"进入"寻声律而定墨""窥意象而运斤"③的状态，呈现为"意""象""言"相统一的书写路径，那就是《礼记·乐记》所云"情深而文明，气盛而化神，和顺积中而英华于外"④。

如果说情感和想象是"为文之用心"的主线，那么"神"就是这条主线的发端，更是生命迹化、心灵律动的核心线索。既然"神"如此关键，那么为文创作之际就要保证主体之"神"的正常发挥。"率志委和，则理融而情畅；钻砺过分，则神疲而气衰。"⑤通过对文坛弊病的反思，刘勰向内寻求解决之策，将主体之"神"的营卫运行界定为"性情之数"，由"养气"论及"养神"，随顺情志而自然和谐，就能够思理融和而情绪顺畅。如若过度钻砺，则会使精神疲劳而气力衰竭。无论是《神思》中"思理为妙，神与物游""关键将塞，神有遁心""神用象通，情变所孕"⑥，还是《养气》中"心虑言辞，神之用也""精气内销，神志外伤""玄神宜宝，素气资养"⑦，等等，刘勰所论及的"神"都不单单是一个医论概念，而是融合了"情""理""气""志"的诗性成分，"显现为原始的生命色彩和'天人合一'的宇宙观"⑧，侧重于主体精神的自我管理与调节，以此来确定驭文谋篇的边界和限度，避免出现"思锐以胜劳，虑密以伤

---

① 张荣翼：《文学史研究中的"辅助线"》，《宁夏大学学报》1998 年第 2 期。
② 范文澜：《文心雕龙注》，人民文学出版社 1958 年版，第 493 页。
③ 范文澜：《文心雕龙注》，人民文学出版社 1958 年版，第 493 页。
④ 阮元校刻：《十三经注疏》，中华书局 1980 年版，第 1536 页。
⑤ 范文澜：《文心雕龙注》，人民文学出版社 1958 年版，第 646 页。
⑥ 范文澜：《文心雕龙注》，人民文学出版社 1958 年版，第 493-495 页。
⑦ 范文澜：《文心雕龙注》，人民文学出版社 1958 年版，第 646-647 页。
⑧ 党圣元：《先秦"书写"神圣性观念研究》，《社会科学战线》2021 年第 3期。

神"的情况。只有保持"从容率情，优柔适会"的状态，通过"吐纳文艺，务在节宣，清和其心，调畅其气"的方法，来排除"销铄精胆，蹙迫和气"的不利因素，方可以"意得则舒怀以命笔，理伏则投笔以卷怀"，使主体之"神"发挥出最大的潜力和效能。① 同时，由"文心之神"所激发的"逍遥以针劳，谈笑以药倦"②的养生之见，以及"弄闲于才锋，贾馀于文勇"③的为文之法，为探讨自然、生命与文艺之道的会通问题提供了一种潜在的补充。

此后，"神"被古人请下祭台，以风度超诣、情致蕴藉的话语方式回归于人之身心，不仅得到了普遍的重视，被历代学者视为高超、精妙、上乘的极致标志，而且深入文学、音乐、绘画、书法等各个艺术领域，借以超越异化的现实生活，在生理维度与心理维度的交互中建构出一系列丰富的"神"系关键词，体现了时人对艺术奥妙、创造思维及生命精神的自觉追求。如崇高的对象称为"神圣"，莫测的变化称为"神妙"，非凡的力量称为"神力"，活跃的想象称为"神思"，虚静的心灵称为"神游"，理想的意境称为"神境"，深层的意蕴称为"神气"，卓越的技巧称为"神品"，独特的风格称为"神韵"，精深的领会称为"神会"，天然的趣味称为"神趣"，等等。诗词歌赋、小说戏曲、琴棋书画，凡奇特巧妙者，皆可以"神"评之。从人物品评到艺术品评，"神"所标示的文化内涵及审美意蕴，不仅是对生命自由的关切与追求，而且是对世俗人格的超越与理想人格的重建，将外在的神明改造为内在的心神，并通过艺术形态的主体性和对象化，寻找到对异化现实"神超形越"④的诗性方式，获得人格意义上"应目""会心""畅神"的自由体验。作为本体之真、生命之美、艺术之极，历代学者所建构的"神"观念或指艺术奥妙的洞见，奇妙的想象，创造思维的最佳表现，或指审美的最高境

① 范文澜：《文心雕龙注》，人民文学出版社 1958 年版，第 647 页。
② 范文澜：《文心雕龙注》，人民文学出版社 1958 年版，第 647 页。
③ 范文澜：《文心雕龙注》，人民文学出版社 1958 年版，第 647 页。
④ 余嘉锡：《世说新语笺疏》，中华书局 2016 年版，第 283 页。

界，直觉悟性的透彻体会，最愉悦的美感享受，或指人物个性风貌的生动呈现，透过形式美与物象美所表现出来的人格美。① 又如"传神""写神""入神""通神""凝神""炼神"等文论范畴，无不为艺术领域及审美体验的最高赞词，为古典视域中"神"观念的发展史奠定了坚实的理论基础。

作为中国文化的元关键词，"神"不仅暗含深微玄妙、不可测度的特性，更涉及颇为复杂的汉字经验及文化负载，尤其是框定了早期华夏文明的视野与方向。从族群生活到神权政治，古典视域中"神"的发展及成熟化，既有自然崇拜的观念沉淀，又有形上之道的认知表征，也有心性精气的运转秩序。刘勰远承先秦的天命观念及诗性智慧，近摄汉魏以降审美观念之自觉，将"神"引入文论领域，熔铸出丰富的理论资源和书写范式。考察"神"观念史的源与流，既可探寻元典中积淀的思维模式和心理定势，又能进一步理解中华民族所特有的心理结构，为中国文论研究提供新的思路。

---

① 张晧：《中国美学范畴与传统文化》，湖北教育出版社 1996 年版，第 380 页。

第三章 "辨礼识义"与"体"的礼学基因

无论从词源学还是从文化学角度看，"体"（體）和"礼"（禮）的思维模式及理论形态都是相通的，与祭祀之"豊"有密切联系。先秦人用"履礼"论说早期文体的规范和准则，以"合礼"衡判"得体"，以"僭礼"评骘"失体"，不仅将礼制内化为体制，还将辨礼延伸为辨体，亦将礼辞变革为文体。在"事体""语体"的同构语境中，时人以"礼"训"体"，将"以礼立体"置入事神致福、非礼弗履、备体成人、观礼施教、据事制范等具体情境中，探讨在这一观念的统领下建构"体"的必要性、可能性及其限度。从"常礼"与"变礼"来看，这类"以礼立体"现象可作为解读文体观念的基本依据，既能凸显"文各有体"与"文无定体"的关联和互动，又能引出"巫祝之职"的原型观念，为"文体"溯得礼学之源。

在中国文体的早期发展中，文体观念尚处于萌芽阶段，并无独立的批评形态和言说方式，而是寄生于当时礼学系统的价值秩序、行为准则、话语体系和文化意蕴，"将文体之辨和政治人才之辨、人物品鉴、作家才性之辨等结合起来，在同构、平行的框架之中进行讨论"①。鉴于"体"是一种开放性、包容性和模糊性的语言形式，先秦诸子不约而同地遵循"体各有礼"的原则，将其纳入礼学传承与变易中，遂形成以"礼义"为华实、以"礼辞"为主干、以"礼制"为根柢的思想谱系。"以礼立体"正是诸子论"体"思潮中富有意味的言说方式，以礼制、礼辞、礼义规训早期文体的属性、体系及边界。"这条可以将分散现象集中

---

① 吴承学：《中国古代文体学研究》，人民文学出版社 2011 年版，第 14 页。

化，把不规则论说有序化的线索，正像几何学中的'辅助线'，对中国文论研究的'解题'大有裨益。"①在"以礼立体"语境下，"体"的意义生成及确立如何呈现？"礼体互训"作为知识话语的建构路径和成像过程何在？这一模式与"文各有体"有何内在逻辑和外在张力？在文体学及文体史研究中，观念的相似性是否等于理论的连续性？

一、"辨礼"与"辨体"的内在渊源

中国早期文体观念的发生是基于礼仪、政治与制度建构之上的，许多文体功能、文体类别更是从文体使用者的身份与职责延伸而来的，与之共同构成了文体观念的思想谱系。② 从社会效用来看，早期文体的生成与发展大多是依附于礼学系统，凸显实用性的原则，特别是一些礼仪文体，如祠、命、诰、会、祷、诔之类，为"巫祝"所掌③，通过乐舞动作沟通人神，节制情感，这些使用者尤为注重对仪式、规格及秩序的履行。《文心雕龙·宗经》云："《礼》以立体，据事制范，章条纤曲，执而后显。"④在"崇礼""尚礼"的大语境中，先秦人对特定的交际场合(卜祭、训诫、传释、说理)中的言行举止作出了相应的规定，这种特定的言说行为派生出相应的言辞样式，从而形成具有特定文体形态特征的文本方式。中国早期文体的容纳性愈丰富，其增展力和影响力也就愈强。经由言说方式向文本方式的变迁与延伸，中国早期文体观念的发生既有

---

① 袁劲：《"以射喻怨"与"诗可以怨"命题的意义生成》，《文艺研究》2019 年第 8 期。

② 中国早期文体观念的发生由于受到礼学的影响，非常强调仪式感和秩序感，因此早期不少文体形成一种庄重、敬畏、虔诚甚至是神圣的特殊况味。参见吴承学、李冠兰：《论中国早期文体观念的发生》，《文艺理论研究》2016 年第 6 期。

③ 自中国文明产生以来，"礼"已经成为中国文明主线，祝、宗、卜、史、巫等王官的司职，也需要纳入"礼"的文化视野中考察。参见陈民镇：《一种文体生成论——"文学出于巫祝之官"说的再思考》，《学术研究》2018 年第 7 期。

④ 范文澜：《文心雕龙注》上册，人民文学出版社 1958 年版，第 22 页。

"因礼生体"的写作现象，将礼义、礼数、礼法的施行诉诸文辞，包孕着文体的内在特质，内化为文体意识和文体期待；又有"以体合礼"的言说现象，以结构、形式、语言的整合来容纳礼学规范，涉及礼仪的位移和守望，表现为事实认定与价值判断。

在古典学语境中，"礼"（禮）和"体"（體）的原初观念不乏会通之处，尤其在字形、字音及字义方面强调一种差异性和规范性，表明"合礼""得体"观念，既与崇拜、祭祀有关，也与取身、取物有关。就字形所示，"禮""體"拥有共同构件，即"豊"。"豊"字形始见于殷商时期，从珏从壴，上端如同打绳结的玉串，下端就像有脚架的建鼓，合而表示击鼓献玉，敬奉祖先和神灵，承续"鼓上饰玉之形"①，被视为行礼活动的重要礼器。《说文解字·豊部》："豊，行礼之器也。"②"豊"指礼器，以器具祭祀祖先和神灵。当"豊"成为构件时，古人又加"天垂象，见吉凶，所以示人也"的"示"旁而造"礼"字，指敬奉仪式，强调"礼"的祭祀之义。正如许慎所释："礼，履也。所以事神致福也。从示，从豊，豊亦声。"③古人用"豊"从事祭祀活动，击鼓奉玉成"礼"，祭享天地，沟通鬼神，攘除不祥。孔子曾感叹："礼云礼云，玉帛云乎哉？乐云乐云，钟鼓云乎哉？"④可见，古人把"玉帛""钟鼓"结合的敬奉仪式称为"礼"，推及社会生活中需要履行的规则、制度和手段。明乎此，再来看"体"字的原初意涵。就出土资料来看，明确的"体"字可溯源至战国时期，在礼仪、政治、制度等方面的使用频率非常高，主要有"體""膿""軆""豊""僼"⑤五种字形。"体"的早期字形从"豊"表音，所从形旁"骨""月""身""亻"皆表义相通。由此可见，身体之"体"与祭

---

① 董莲池：《说文解字考正》，作家出版社 2005 年版，第 192 页。
② 段玉裁：《说文解字注》，上海古籍出版社 1981 年版，第 208 页。
③ 段玉裁：《说文解字注》，上海古籍出版社 1981 年版，第 2 页。
④ 阮元校刻：《十三经注疏》，中华书局 1980 年版，第 2525 页。
⑤ 陈民镇：《"文""体"之间——中国古代文体学基本概念的界说与证释》，《文化与诗学》2018 年第 1 辑。

祀之"豊"在构成及次序上不乏相通之处，孕育出一系列的样式、准则和规范，对追溯文体观念之始提供了重要的线索。

"豊"是"体"的核心构件，且为古"禮"字，可以说"体"的初义也包蕴着"礼"的祭祀观念。《说文解字·骨部》："体，总十二属也。从骨，豊声。"段注："首之属有三：曰顶、曰面、曰颐。身之属三：曰肩、曰脊、曰臀。手之属三：曰厷、曰臂、曰手。足之属三：曰股、曰胫、曰足。"[1] 据此可知，"体"指头部、躯干和四肢的十二个部位，乃是身体之外所见的各个部位的总称，即生命结构的总属。古人云："国之大事，在祀与戎。"[2] 作为一种指称观念，"体"的用法并非仅限于言说人的身体，其命意也来源于供祭祀、盟誓及宴享使用的牲畜之躯体。如《周礼·天官·内饔》："辨体名肉物。"郑注："体名，脊、胁、肩、臂、臑之属。"[3] 宋人易祓《周官总义》对"体名"概念亦有释解："牲有体名，或贵或贱；牲有肉物，或燔或胾，以至百品味之物，或羞或荐，则当辨其可用而去其不可用者。"[4]《仪礼·公食大夫礼》："载体进奏。"郑注："体，谓牲与腊也。"[5] 在早期祭祀礼仪中，"体"延续了"豊出祭祀"的思维逻辑，作祭品理解，指被宰杀的牛、羊、豕等牲畜的躯体或切块，主要用于祀神、供祖或悼亡活动。《周礼·天官·序官》："体国经野。"郑注："体，犹分也。"[6]《礼记·礼运》："体其犬豕牛羊。"郑注："分别骨肉之贵贱，以为众俎也。"[7] 古典之"体"有动词之义，呈现为一定的统序和架构。《释名·释形体》："体，第也，骨肉、毛血、表里、大小

---

① 段玉裁：《说文解字注》，上海古籍出版社1981年版，第166页。

② 阮元校刻：《十三经注疏》，中华书局1980年版，第1911页。

③ 阮元校刻：《十三经注疏》，中华书局1980年版，第661—662页。

④ 永瑢、纪昀等编纂：《景印文渊阁四库全书》第92册，台湾"商务印书馆"1983年版，第299页。

⑤ 阮元校刻：《十三经注疏》，中华书局1980年版，第1080页。

⑥ 阮元校刻：《十三经注疏》，中华书局1980年版，第639页。

⑦ 阮元校刻：《十三经注疏》，中华书局1980年版，第1417页。

相次第也。"①可见,"体"的架构有一定的系统性。此外,又如清人毛奇龄《辨定祭礼通俗谱》对"体"概念的解诠:

> 祗割牲为腥,各有裁制。《士丧礼》分七体,《特牲》分九体,《少牢》分十一体,其中有肩、胳、臑、脅、脊、臂、臑、肫、脡、骼诸名,总是以前后左右分贵贱之等。《周礼》"内饔掌割烹",有辨体,谓解羊豕之体,而辨其前后、左右、横直之不同。今其制已不可考,则但分六体,而以前为贵,以后为贱,而次第献之,似亦不失礼意矣。②

从献祭过程来说,"体"有分解之义,可作解体、剖体理解,也就是按部位切割牲体,凸显出生命形态的构成及排列次序,"兼有形而上与形而下、抽象与具象于一'体'"③,包孕着对牲畜之体与祭祀之礼的价值判断及选择。

在"豊出祭祀"总题下,若"体"是对"礼"的选择和确立,那"礼"便是对"体"的拓展和延伸。"相鼠有体,人而无礼。人而无礼,胡不遄死?"(《诗经·鄘风·相鼠》)人体之"体"因有礼仪的规训而区别于禽兽之"体"。《左传·定公十五年》:"夫礼,死生存亡之体也。将左右周旋,进退俯仰,于是乎取之;朝祀丧戎,于是乎观之。"④可见,以"体"表明"礼"的重要性和必要性,能够凸显出"礼体互训"的主体性观念。《礼记·礼器》:"礼也者,犹体也。体不备,君子谓之不成人。"孙希旦注:"礼也者,体也,此以人之体喻礼之体也。人之肢体不可以不

---

① 刘熙:《释名》,中华书局 2016 年版,第 24 页。
② 永瑢、纪昀等编纂:《景印文渊阁四库全书》第 142 册,台湾"商务印书馆"1983 年版,第 781 页。
③ 吴承学、沙红兵:《中国古代文体学学科论纲》,《文学遗产》2005 年第 1 期。
④ 阮元校刻:《十三经注疏》,中华书局 1980 年版,第 2152 页。

备，而设之又不可以不当。为礼亦然。"①礼不备，不可成人，在写作方面，体不备，亦不可成文。"礼""体"在统序和架构上不乏相通之处。《释名·释言语》："礼，体也，得事体也。"②此以"身体"喻"事体"，蕴含"合礼""得体""适宜"等观念。《礼记·礼运》："礼也者，义之实也。"孔疏："礼者，体也。统之于心，行之合道，谓之礼也。"③《礼记·丧服四制》："凡礼之大体，体天地，法四時，则阴阳，顺人情，故谓之礼。"郑注："礼之言体也。"④在"豊出祭祀"演进中，"体"成为礼学思想的发端和形式，在互训中延续了"礼"的规范之义及价值观念。焦循《易章句》释"刚柔有体"："体，犹礼也。有体则次序不紊。"⑤《大戴礼记·卫将军文子》："说之以义而观诸体。"孔广森注："体，礼也。"⑥《大戴礼记·虞戴德》："参黄帝之制制之大礼也。"王聘珍解诂："制，法也。礼犹体也。"⑦就原初观念而言，以"礼"解"体"，在制度、规范、秩序、法式等方面具有较强的适用性，促使"体"从牲体外表（显性形态）转化为礼学内容（隐性形态）。

鉴于"礼者体也"在仪制上的实践性，"礼训练身体使其被社会接受，而社会同时需要规范化的身体来维系尊卑秩序"⑧。"体"是对人之生命存在更具体内在层次的自觉，描述人自身时，指与心相对的肉身躯体；指人生命以外的其他事物时，则是对事物具体存在的整体呈现⑨。从"礼"到"体"的意义生成，既有形而下的具体层面，割解、陈载、敬

① 孙希旦：《礼记集解》，中华书局 1989 年版，第 651 页。
② 刘熙：《释名》，中华书局 2016 年版，第 47 页。
③ 阮元校刻：《十三经注疏》，中华书局 1980 年版，第 1426 页。
④ 阮元校刻：《十三经注疏》，中华书局 1980 年版，第 1694 页。
⑤ 焦循：《易章句》，《易学三书》下册，九州出版社 2003 年版，第 365 页。
⑥ 孔广森：《大戴礼记补注》，中华书局 2013 年版，第 119 页。
⑦ 王聘珍：《大戴礼记解诂》，中华书局 1983 年版，第 179 页。
⑧ 何建军：《礼者体也：先秦典籍中关于身体与礼的讨论》，《文化与诗学》2013 年第 2 辑。
⑨ 姚爱斌：《"体"：从文化到文论》，《学术论坛》2014 年第 7 期。

献牺牲之体；也有形而上的抽象层面，构建吉凶、贵贱、尊卑的规则。这一过程浸润着先民对身体、祭祀、占卜和鬼神的认识，从外在的约束化为内心的自觉，扩展成为吉、凶、军、宾、嘉等礼仪。早期文体的写作主体、使用对象和使用情景，都能在六祝六祠之属中找到对应的心理定势、思想共识和叙述契约。刘勰《文心雕龙·祝盟》云："祝史陈信，资乎文辞。"①又如刘师培《文学出于巫祝之官说》提出：

> 盖古代文词，恒施祈祀，故巫祝之职，文词特工。今即《周礼》祝官职掌考之，若六祝六词之属，文章各体，多出于斯。又颂以成功告神明，铭以功烈扬先祖，亦与祠祀相联。是则韵语之文，虽匪一体，综其大要，恒由祀礼而生。欲考文章流别者，曷溯源于清庙之守乎！②

如果我们承认各体文章源于"清庙之守"的话，那么文章之"体"（如诏令、奏疏、书启、尺牍、祝文、诔辞、墓铭、行状、碑志等）源于"巫术与宗教"③也就有了某种程度的合理性。礼义、礼制、礼数的执行，需要诉诸口头或书面的言辞，或是抒己意以示人，或是宣己意以达神。在此，刘氏将文章之始溯源至"祀礼"，此说虽然未必有普遍性的意义，但是却奠定了"体"的基本格局和生成机制，我们不妨视为"礼以立体，据事制范"的一种文体生成论。饶宗颐《选堂赋话》说："六辞者：祠、命、诰、会、祷、诔。后世文体可追溯焉。……殷人之文学，宜存于祝辞；而祝辞书于典册，卒归澌灭。"④饶先生此说视"通上下亲疏远

---

① 范文澜：《文心雕龙注》上册，人民文学出版社 1958 年版，第 176 页。

② 陈引驰编校：《刘师培中古文学论集》，中国社会科学出版社 1997 年版，第 217 页。

③ 江林昌：《诗的源起及其早期发展变化——兼论中国古代巫术与宗教有关问题》，《中国社会科学》2010 年第 4 期。

④ 何沛雄编著：《赋话六种》，生活·读书·新知三联书店 1982 年版，第 101 页。

近"的"六辞"为后世文体之渊源，蕴含着"以礼立体"的潜在线索。巫祝各掌其辞，根据执行主体、执行对象和程序的需要，选择特定体制、准则和规范的言辞。邓国光先生《〈周礼〉六辞初探——中国古代文体原始的探讨》①一文亦有"体出六辞"论述，认为文辞体类的分野与功能性的祝辞具有紧密的关系。可以说，祝辞(杂文学)之"体"成为文章(纯文学)之"体"的生成基础，对后世文体的发生、分类、形态及功能产生重要影响。

二、"制礼"与"立体"的交互发展

在先秦时期，文体的原初发展尚处于萌芽阶段，并无独立的批评形态和言说方式，时人对文辞、文类、文体的认识比较模糊，故而，文体命名未必准确，文体界定未必分明，文体分类未必系统。早期文体的产生源于不同的言说方式，先秦人论"体"的话语实践也很大程度上取决于言说方式的不同。② 针对"以礼立体"一系列言说方式的演变，郭英德指出："当一种'言说'方式被人们约定俗成地确认为某一'类名'以后，与这种'言说'方式相对应的文辞样式就形成特定的文本方式，而这种'言说'方式的行为特征同时脱胎换骨地成为特定文本方式的文体形态特征。"③某些仪式、制度和规范的命名往往与一系列的"言说方式"联系在一起，通过"制礼作乐"诉诸口头或书面言辞，并由所建构的"文辞方式"得以彰显。"言说方式"与"文辞方式"皆为文体的构成形态，然而二者的界限并不是那么分明的，即便是在某一特定文体的文本方式中，也不易明确厘定、区分。鉴于文体是一种内蕴丰富的理论范型，诸子不约而同地遵循"礼各有体"原则，将文本作者、职事方式和

---

① 邓国光：《〈周礼〉六辞初探——中国古代文体原始的探讨》，《汉学研究》(台北)1993 年第 1 期。

② 李冠兰：《先秦礼学与文体批评》，《南京大学学报》2015 年第 5 期。

③ 郭英德：《中国古代文体学论稿》，北京大学出版社 2005 年版，第 42 页。

言说行为纳入"履礼"的话语体系，通过礼制、礼辞、礼义规训文体的属性、体系及边界，论说卜祭、朝聘、盟誓、训诫等社会效用，遂形成了以"礼义"为华实、以"礼辞"为主干、以"礼制"为根柢的谱系。从"言说方式""文本方式"到"文体形态"的考察、阐发及建构，包括先秦人对"合礼仪"与"得事体"的社会实践，均可看作是"以礼立体"思潮的表现形态，以便于我们更好地理解早期文体的生成机制与批评模式。

作为早期文体的生成模式，"礼仪"与"文体"常被并举，呈现为"因礼生体"的特色①，经历了从"解体""献体"向"识人""识文"的转变，沿着"统之于心""践而行之"方向发展，大体上遵循着从"辨礼"到"辨体"、从"合礼"到"得体"的思维路径。《礼记·昏义》："夫礼始于冠，本于昏，重于丧祭，尊于朝聘，和于射乡。此礼之大体也。"②郑玄《礼序》训释："礼者，体也，履也。统之于心曰体，践而行之曰履。"③在"履礼之喻"总题下，礼学观念融入特定交际场合，通过"言说方式—文辞方式—文本方式"的转换，由"辨礼明非"而"辨体明性"。《新书·道术》："动有文体谓之礼，反礼为滥。"④《春秋繁露·竹林》："礼者，庶于仁、文，质而成体者也。"⑤"礼"既是"体"的阐释基础，也是"体"的创构前提。"礼""体"相表里，有着内在的相似性与相关性，指不可或缺的体制、准则和规范。《战国策·齐策》："孟尝君令人体貌而亲郊迎之。"姚宏注："体，一作'礼'。"⑥又如《汉书·贾谊传》："此所以为主上豫远不敬也，所以体貌大臣而厉其节也。"颜师古注："体貌，谓加礼容而敬之。"⑦此"体貌"指礼貌、礼遇，使用符合特定礼仪的言语、行动、仪容去接待相应的群体，以规范化的身体行为来表示敬意。在特定

---

① 叶国良：《礼仪与文体》，《中国文化研究》2015 第 2 期。
② 阮元校刻：《十三经注疏》，中华书局 1980 年版，第 1681 页。
③ 阮元校刻：《十三经注疏》，中华书局 1980 年版，第 1225 页。
④ 贾谊：《新书校注》，中华书局 2000 年版，第 304 页。
⑤ 苏舆：《春秋繁露义证》，中华书局 1992 年版，第 55 页。
⑥ 何建章注释：《战国策注释》，中华书局 1990 年版，第 360 页。
⑦ 班固：《汉书》第 8 册，中华书局 2013 年版，第 2255 页。

场合中(如朝觐、接见、会面、拜访等),"体"通"礼",作"履礼"理解,二者可同义置换,强调"言而可履""依礼而行"的活动性、实践性及体验性。

相较于其他典籍,"体"与《礼》结合最为密切,无论是《大戴礼记》《小戴礼记》,还是《周礼》《仪礼》,"体"字都频繁出场,关联及互动之处更屡见不鲜。①《春秋说题辞》:"礼者,体也。人情有哀乐,五行有兴灭,故立乡饮之礼,终始之哀,婚姻之宜,朝聘之表,尊卑有序,上下有体。"②在礼学系统中,礼义、礼辞、礼制是维持社会秩序和人际关系的规范与准则,"体"的价值判断和价值选择离不开"礼",使之从"常辞""常礼"的"行为方式"转为系统化的"文本方式"。礼仪制度为这一系列言辞的"文本化"提供了普遍的价值导向,以此规训不同群体的言说行为(身体行为),呈现为"以礼训体"的话语模式。《论语·述而》:"《诗》《书》执《礼》,皆雅言也。"邢昺疏:"礼不背文诵,但记其揖让周旋,执而行之,故言执也。"③在文本方式及其功能的体认中,"礼"的建构与践履取决于执行主体的诠释与调适,通过礼仪制度来负载特定要素(体制、语体和风格),通过言、歌、唱、诵、咏等实践方式,将"雅正"的言辞样式落实为普遍性的言说规范或行为要求,成为"以礼立体"思潮的话语资源和传播媒介。"以礼立体"思潮进入早期文体(如韵文、散文)的话语实践,从"公共话语"转向"个体抒情",其文本方式分为"质言""文言"两类,前者如《尚书》中《汤誓》《牧誓》《大诰》《康诰》等篇,辞句质朴,直书其事,不加文饰;后者如《尚书》中《尧典》《禹贡》《洪范》《顾命》,以及《仪礼》十七篇,出于精工,义蕴宏深,条理细密。刘师培《文章源始》:"言之质者,纯乎方言者也;言之文者,纯乎

① 李立:《"體"之"禮"——论"文体"的"体势"层次及其规范》,《文化与诗学》2017 年第 1 辑。

② 李昉等:《太平御览》第 3 册,中华书局 1960 年版,第 2743 页。

③ 阮元校刻:《十三经注疏》,中华书局 1980 年版,第 2482-2483 页。

雅言者也。"①如将未经修饰、如实描述的言语视为"质言",那么"合礼""得体"的言说和言辞就是标准、规范的"雅言""文言",以结构、形式、语言来承载礼学规范。从"体"的生成看,正是礼仪制度和语境规约催化着文辞、文类、文体的意义发生,以职事言辞的语体风格塑造出一系列早期文体的原初形态。

先秦人用礼学思想论说早期文体观念,不仅将礼制内化为体制,还将辨礼延伸为辨体,亦将礼辞变革为文体。在礼仪活动及实施过程中,从"辨礼"向"辨体"变迁与延伸,"循名实而定是非,因参验而审言辞",既以"合礼"衡判"得体",又以"僭礼"评骘"失体",从而形成论"体"谱系中的"以礼立体"思潮。《汉书·艺文志》:"《礼》以明体,明者著见,故无训也。"②《法言·寡见》:"说体者莫辩乎礼。"李轨注:"正百事之体也。"③鉴于"体"这一概念既是思辨的亦是实践的,古人引入礼学思想论"体",以宗教仪式、政治礼仪和生活礼俗的实施标准及其原则来论说"体"的原初形态,通过对特定职事言辞的情感关联而制定相关的体制、准则和规范。《左传·哀公十二年》:"盟,所以周信也,故心以制之,玉帛以奉之,言以结之,明神以要之。"④《文心雕龙·宗经》:"《礼》以立体,据事制范。"范文澜注:"立体犹言明体。"⑤"以礼立体"成为确立文章之式、彰显文章之用的潜在线索。"礼"即"体"的要点和原则,"体"即"礼"的载体和形式。《文心雕龙·序志》:"文章之用,实经典枝条,五礼资之以成,六典因之致用。"⑥其中"五礼"出自《周礼·春官·小宗伯》,指吉礼(祭祀之事)、凶礼(丧葬之事)、军礼(军旅之事)、宾礼(宾客之事)和嘉礼(冠婚之事)。

① 陈引驰编校:《刘师培中古文学论集》,中国社会科学出版社 1997 年版,第 213 页。

② 班固:《汉书》第 6 册,中华书局 2013 年版,第 1723 页。

③ 汪荣宝:《法言义疏》,中华书局 1987 年版,第 215 页。

④ 阮元校刻:《十三经注疏》,中华书局 1980 年版,第 2170 页。

⑤ 范文澜:《文心雕龙注》上册,人民文学出版社 1958 年版,第 27 页。

⑥ 范文澜:《文心雕龙注》下册,人民文学出版社 1958 年版,第 726 页。

这些礼仪活动须借助现实的口头或书面言辞来践行和施用，通过一系列文本方式的结构、形式及语言等发挥"饰礼""释礼""辨礼"的功能。巫祝之官为了保存、传递和讲述职事言辞（顺祝、年祝、吉祝、化祝、瑞祝及筴祝），借助礼制、礼数和礼辞加以规范及定型，并将言辞、文字及文本植入这些仪式活动中，从而形成了一系列礼仪文本的原初形态。

当"礼"的知识和记忆开始为"体"服务时，对不同群体的日常生活和社会活动产生规约作用，关注点就从仪式程序发展到对礼仪文本的理解、判断、阐释和评价上。《淮南子·齐俗训》："礼者，体情制文者也。"①"礼"掌握着辐射祭祀、朝聘、盟誓、婚嫁等仪式活动的"制空权"②，包含了诸多文化权利运作的考虑，经由口头传述、书面记载及实际演习的传承，促成了礼仪文本的语言设计、布局结构和情感表达。《左传·襄公二十年》："夫子之家事治，言于晋国无隐情，其祝史陈信于鬼神无愧辞。"③《礼记·曲礼上》："祷祠祭祀，供给鬼神，非礼不诚不庄。"④根据礼学观念来"体情制文"或"制礼作乐"，须有一定原则，方能在"立身""立言"的基础上实现"立体"的诉求。《礼记·礼器》："礼，时为大，顺次之，体次之，宜次之，称次之。"⑤事体之"礼"的制订原则有五项，"随时、达顺、备体、从宜、合称"，因不同效用而分列不同位置，形成了与礼仪制度、意识形态密切相关的文体序列。《礼记·曾子问》："贱不诔贵，幼不诔长，礼也。唯天子称天以诔之，诸侯相诔，非礼也。"⑥礼仪文本的传授、讲习催化着尊卑观念的自觉，"常礼""变礼"潜藏着"正体""变体"生成契机，"礼"为"体"提供了合法性依据，而"体"为"礼"示范了可行性路径，这也正是判断言辞或文

① 何宁：《淮南子集释》，中华书局1998年版，第788页。
② 王长华、郗文倩：《中国古代文体的价值序列》，《文学遗产》2007年第2期。
③ 阮元校刻：《十三经注疏》，中华书局1980年版，第1996页
④ 阮元校刻：《十三经注疏》，中华书局1980年版，第1231页。
⑤ 阮元校刻：《十三经注疏》，中华书局1980年版，第1431页
⑥ 阮元校刻：《十三经注疏》，中华书局1980年版，第1398页。

本是否"合礼""得体"的标准。如《左传·襄公十九年》:

> 非礼也。夫铭,天子令德,诸侯言时计功,大夫称伐。今称
> 伐,则下等也;计功,则借人也;言时,则妨民多矣。①

早期文体的文本构建与"礼"的知识、观念和制度紧密关联,"以礼用辞""以礼献辞"传统不仅是文体立名、称引、定型的因缘,而且使早期文体始终具有祭祀性、礼仪性的特征。《周礼》:"作盟诅之载辞,以叙国之信用,以质邦国之剂信。"②"凡命诸侯及孤卿大夫,则策命之。"③《礼记·礼运》:"祝嘏莫敢易其常古,是谓大假。祝嘏辞说,藏于宗祝巫史,非礼也。"④礼仪制度成为礼仪言辞的内在规制,为之提供了一套标准化、规范化的叙述样式。《荀子·礼论》:"故丧礼者,无它焉,明死生之义,送以哀敬而终周藏也。故葬埋,敬藏其形也;祭祀,敬事其神也;其铭、诔、系世,敬传其名也。"⑤先秦人将礼仪言辞的主体、场合、内容及措辞等整合为系统化的礼仪文本,将宗教仪式、政治活动中的敬畏心理转化为生活礼俗中的情感关联,在"以礼立体"的架构方式(依礼而行)中催生出铭、谥、诔、盟、誓、吊、祝、嘏等早期文体。

三、"礼体"与"文体"的关联互动

诸子在"以礼立体"上的会通并非偶然,而是深植于先秦时期的知识、观念及制度。钱穆先生曾说:"欲求了解某一民族之文学特性,必于其文化之全体系中求之。换言之,若我们能了解得某一民族之文学特

---

① 阮元校刻:《十三经注疏》,中华书局 1980 年版,第 1968 页。
② 阮元校刻:《十三经注疏》,中华书局 1980 年版,第 816 页。
③ 阮元校刻:《十三经注疏》,中华书局 1980 年版,第 820 页。
④ 阮元校刻:《十三经注疏》,中华书局 1980 年版,第 1417-1418 页。
⑤ 王先谦:《荀子集解》,中华书局 1988 年版,第 371 页。

性，亦可对于了解此一民族之文化特性有大启示。"①若要解诠"文各有体"的生成机制与实践指向，还原"以礼立体"的礼仪文化语境，同样需要"于其文化之全体系中求之"，阐释者的关注点至少应包括仪式传承的客观现实和礼乐蜕变的思想状况。探其底色，正是礼乐仪式(如玉帛荐献、进退揖让、黄钟大吕和干戚羽旄等)的变迁及运用，通过执行主体、职事方式和言说行为的逻辑自洽与整体关联，促进"体"的文本化和语境化，开启从"仪式"向"文本"、从"事体"向"语体"的过渡阶段，从而形成"职事制度——话语权力——文体形式"的文化谱系。经过仪式、程序及场合等不同层面的日常化，造成执行主体或创作主体的分化，促使仪式性话语转变为叙述性话语，催化着先秦人论"体"的理论姿态和批评策略。《周礼·秋官·士师》："以五戒先后刑罚，毋使罪丽于民，一曰誓，用之于军旅。二曰诰，用之于会同。三曰禁，用诸田役。四曰纠，用诸国中。五曰宪，用诸都鄙。"②根据军旅、会同、田役、国中、都鄙等需要，时人由礼乐制度与仪式系统出发，在"以礼立体"的话语实践中创制出誓、诰、禁、纠、宪等戒令类文体。《周礼·春官·大祝》："大祝掌六祝之辞，以事鬼神示，祈福祥，求永贞。……作六辞，以通上下亲疏远近，一曰祠，二曰命，三曰诰，四曰会，五曰祷，六曰诔。"③从言辞功能来看，其中"六祝"用于祭祀之礼，"六祈"用于祈祷之礼，"六辞"用于生人之礼。④ 随着"六祝""六祈""六辞"成为社会纪实和仪式传承的焦点，"以礼立体"自然进入先秦人的知识视野，为"文各有体"的产生奠定礼学基础。《礼记·经解》："朝觐之礼，所以明君臣之义也；聘问之礼，所以使诸侯相尊敬也；丧祭之礼，所以明臣子之恩也；乡饮酒之礼，所以明长幼之序也；昏姻之礼，

---

① 钱穆：《中国文学讲演集》，巴蜀书社 1987 年版，第 21 页。
② 阮元校刻：《十三经注疏》，中华书局 1980 年版，第 874 页。
③ 阮元校刻：《十三经注疏》，中华书局 1980 年版，第 808-809 页。
④ 李冠兰：《先秦礼学与文体批评》，《南京大学学报》2015 年第 5 期。

所以明男女之别也。"①先秦人注重以仪式功用来"定体","礼"名类愈多,"体"分化愈细(表现为生成机制与传播模式),愈可证明"以礼立体"的应用广泛。

一系列仪式活动需要传承下去,如何培养职业的传承者,确保仪式、文本的准确性和规范性,就成为先秦人论"体"所关注的核心问题。在早期中国社会实践中,仪式性文辞的制作"出于巫祝之官",职官制度与行文辞令在"礼"上的话语实践,既指向社会秩序的构建,又渗透于人伦日用之中,并将"事体"推广为"文体",通过创作、宣读或诵唱等言说行为昭显不同阶层的尊卑、贵贱、远近、亲疏。在"体出祀礼"的考量中,先秦人将"以礼立体"置入事神致福、非礼弗履、备体成人、观礼施教、据事制范等情境中,以"事体"训"语体",探讨在这一核心观念的统领下建构"体"的必要性、可能性及限度。《周礼·春官·宗伯》记载:"大史掌建邦之六典","小史掌邦国之志","内史掌书王命","外史掌书外令"以及"御史掌邦国都鄙及万民之法令"②,表现出典、志、命、令等特定文辞的职掌归属,由职能具体分工延伸出一定的文体分类观念。《尚书·无逸》:"民否,则厥心违怨;否,则厥口诅祝。"孔疏:"诅祝,谓告神明令加殃咎也。以言告神谓之祝,请神加殃谓之诅。"③在此,"诅""祝"既有职官制度的取向,又有礼仪文化的取向,负责"掌盟、诅、类、造、攻、说、禬、禜之祝号"④,在动态考察与静态审辨中衍生出一系列富有文体特征的言说方式。《礼记·曲礼下》:"诸侯未及期相见曰遇,相见于郤地曰会,诸侯使大夫问于诸侯曰聘,约信曰誓,莅牲曰盟。"⑤在诸侯及大夫之间的交往中,以"辨礼明非"为现实底色,借助不同的社交策略将"遇、会、聘、誓、盟"等礼

---

① 阮元校刻:《十三经注疏》,中华书局 1980 年版,第 1610 页。
② 阮元校刻:《十三经注疏》,中华书局 1980 年版,第 817-822 页。
③ 阮元校刻:《十三经注疏》,中华书局 1980 年版,第 222 页。
④ 阮元校刻:《十三经注疏》,中华书局 1980 年版,第 816 页。
⑤ 阮元校刻:《十三经注疏》,中华书局 1980 年版,第 1266 页。

仪活动转化为"辨体明性"的言说行为，以此聚焦这一系列仪式文辞的风格、形式和语体，必然会在叙述规约、叙述行为及叙述惯例等方面滋生出相应的文体意识和文体结构。

随着"辨礼"与"辨体"的交互发展，很多时候职官体系和文辞样式并非是一一对应的，既有某个职官执掌多种文辞的情况，也有某种文辞涉及多个职官的现象。① 虽然以职官体系来区分文辞样式的结构和层级不尽准确，但是也能在一定程度上呈现出"以礼立体"的心理定势、思想共识和叙述契约。如《周礼·春官·瞽蒙》："瞽矇掌播鼗、柷、敔、埙、箫、管、弦、歌。讽诵诗，世奠系，鼓琴瑟。掌九德、六诗之歌，以役大师。"②在此，瞽矇负有劝谏职责，既执掌"讽诵诗"，又执掌"九德、六诗之歌"。"歌体"用于合乐，关联情感；"诗体"用于讽诵，戒劝人君，乃是不同文体形态的言辞样式。《周礼·春官·大师》："大祭祀，帅瞽登歌，令奏击拊，下管，播乐器，令奏鼓𫐄。大飨，亦如之。大射，帅瞽而歌射节。大师，执同律以听军声，而诏吉凶。大丧，帅瞽而廞，作匶谥，凡国之瞽矇正焉。"③在大祭祀、大飨、大射、大丧等祭祀仪式及秩序中，瞽矇这一群体唱诵的内容、依凭的方式、配饰的音乐各不相同，在演奏行为的基础上将乐舞、文辞、仪式融于一体，形成了相对稳定的体例规范和言辞模式。④ 除了宗教仪式与政治礼仪的话语实践，先秦人论"体"还关注到生活礼俗中的人际情感体验，在"讲之素明，习之素熟"基础上，强调"临事之际"须"合宜应节"。⑤《礼记·曲礼上》："知生者吊，知死者伤。知生而不知死，吊而不伤；知死而不知生，伤而不吊。"郑注："人恩各施于所知也。吊、伤皆谓致命辞

① 李冠兰：《先秦礼学与文体批评》，《南京大学学报》2015年第5期。
② 阮元校刻：《十三经注疏》，中华书局1980年版，第796页。
③ 阮元校刻：《十三经注疏》，中华书局1980年版，第797页。
④ 刘湘兰、周密：《先秦祭礼与祝祷文体》，《社会科学研究》2013年第3期。
⑤ 朱杰人等主编：《朱子全书》第7册，上海古籍出版社、安徽教育出版社2002年版，第873页。

也。"①"吊辞""伤辞"各有所用，既是纪纲人道的礼仪，又是悲实依心的文辞，在后世衍生为相应的文体规范和风格传统，"或骄贵而殒身，或狷忿以乖道，或有志而无时，或美才而兼累"②。于是，作为制度的"祭辞"、象征礼仪的"事体"和用于言说的"语体"相交织，或投射为"以礼立体"的现实底色，或显现为"以体饰礼"的话语策略，塑造出文体观念"在定型前的前'文体'状态"③。先秦人崇奉"礼"的知识、观念及制度，践行"言得其要，理足可传"的目标，使"职事制度——话语权力——文体形式"这一潜在线索"在文体模糊的前提下，由消极被动的'寄生'或'共存'走向积极主动的'弥漫'或'生长'"④，沉淀为"以礼立体"的价值观念与社会情感。

相较于祭祀仪式中的"事体"，先秦人所言说的"文体"⑤已进入公共礼仪而更加日常化、生活化，从"巫祝底色"转向"人伦底色"，就其内涵看，或抒发下情，或歌颂上德；就其性质看，或缘情体物，或言志抒怀；就其风格看，或典雅之章，或俚俗之篇；就其形态看，或篇幅校长，或短小精悍。⑥ 可以说，早期文体的文本构建及演变与"礼"紧密关联，以"礼义"为根基，以"礼辞"为中心，以"礼制"为载体，将"典、谟、训、誓、祠、命、诰、会、祷、诔"等文体归到规范、严整及有序的礼仪秩序中。先秦时期的刻辞、铭文、五经和六艺及其附属物，均由礼仪来定义并加以规范、限制和引导，文体形态和文体结构也是礼仪实

---

① 阮元校刻：《十三经注疏》，中华书局 1980 年版，第 1249 页。
② 范文澜：《文心雕龙注》上册，人民文学出版社 1958 年版，第 240-241 页。
③ 胡大雷：《论"语体"及文体的前"文体"状态》，《文学遗产》2012 年第 1 期。
④ 李建中等：《中国古代文论诗性特征研究》，武汉大学出版社 2007 年版，第 347 页。
⑤ 李冠兰：《论先秦文体的同体异名与异体同名现象》，《中山大学学报》2017 年第 4 期。
⑥ 蒋晓光、许结：《宾祭之礼与赋体文本的构建及演变》，《中国社会科学》2014 年第 5 期。

践的具体呈现。①《诗经》《尚书》《礼记》《周易》《春秋》中的韵语、言辞，能提供礼仪、礼俗的缩影，既有"言而可履"的阐释和理解，又有"依礼而行"的统序和架构。先秦人将行为方式之"礼"与文本方式之"体"相勾连，文体为礼仪所用，以特定言辞保存、传递文化记忆；礼仪为文体所系，确保特定言辞的准确性和规范性。早期文体在很大程度上面临着"礼"的规训与整合，由礼仪、政治与制度的建构让渡为言辞、事体和语体的建构，内化为文体选择及话语实践，强调一种敬畏感、秩序感和仪式感。在早期中国文化的研究中，与其以"文本"为首要，不如以"礼仪"为中心，这就包含"以礼训体""以体昭礼"的底色，既彰显出"文各有体"的特色，又寄托着"示人达神"的效用，可作为解读早期文体系统与文体族群的基本依据。

"以礼立体"的文化现象突出地表现于"事神致福"与文体立名、"雅言执礼"与文体结构、"观礼施教"与文体功用以及"据事制范"与辨体传统等诸方面，还涉及从"王官之学"转向"诸子之学"过程中的论辩说理、权事制宜、昭德宣威等效用。如刘师培《文章学史序》从礼仪的角度分析文体之起源，认为"墨家出于清庙之守，则工于祷祈；纵横家出于行人之官，则工于辞令"②。在刘氏看来，虽然文体各自成家，取法各殊，但是追溯文体之起源，亦能在礼仪实践中寻得潜在线索。鉴于礼仪文化成为早期文体选择及话语实践的原始语境，无论是明道阐理、敬天明鬼、正名析词，还是论事骋辞、揣情摩意、量权谋虑，都会触及"以礼制体""以体践礼"的基本问题，在一系列礼仪言辞中得到确认、传播和发展并加以规范。于是，"以礼立体"发展为先秦时代的公共话题，具有表祈祷、分尊卑、别贵贱、严内外等内涵，经过礼仪文化的酝酿和裂变以及仪式、程序、场合、阶层的规训，最终形成"倒着说"而非"顺着

---

① 罗军凤：《文本与礼仪：早期中国文化研究与礼仪理论》，《文学评论》2013 年第 3 期。

② 陈引驰编校：《刘师培中古文学论集》，中国社会科学出版社 1997 年版，第 218 页。

说"的文体史叙述。通过对"以礼立体"现象及其"事体""语体"的考察、阐发和建构，无论是以礼学观念重构文体观念，还是以文体观念解读礼学观念，实际上都是从现时的立场来重演往时的事件，以合理程序对"礼""体"的关系作出理解、判断、阐释和评价，可为"文各有体"与"文无定体"的关联和互动提供众多思想资源。

在中国早期礼仪实践中，"体"与"礼"相互形塑，通过对待立义、互文见义、由境生义等形式彼此关联。"体"为"礼"所用，以"体"传承礼仪的话语方式；"礼"为"体"所系，以"礼"解读文体的意义生成，可作为文体史研究的"辅助线"。作为"辅助线"的"以礼立体"现象，不是文体史研究的直接对象，也非文论史教材的固有说法，而是为了解、厘清早期文体的意义生成而设置的线索。不同的礼仪实践需要不同的文体形态，故"礼"成为"体"的底色和基调，"体"成为"礼"的情感和形式，从"事体"到"文体"的解题过程，勾勒出"文各有体"的言说脉络，始于"因情立体""因言成势"的会通，终于"因声求气""因义赋形"的适变，似已成为"以礼立体"的动态成像过程。如果我们承认早期文体的生成出于"上古礼制"①的话，也就是出于"饰礼""昭礼""履礼"的需要，那么沿着"以礼立体"这条潜在线索(认知方式、生存样态和知识宗旨)而探寻下去，还能发掘出"体"与"情""言""声""义"之间的谱系建构和知识演绎。

在礼仪文化语境中，"体出祭祀""礼各有体"本就是阐说"文各有体"的典范观念。作为制度的"祭辞"、象征礼仪的"事体"和用于言说的"语体"铺垫了"以礼立体"的文化底色，更是把握、处理文体与礼仪关

---

① 根据其性质和运用的场合，上古礼制可分为原始宗教礼制和政治制度。在这两种制度之下的特定场合中生成的文体，根据其指向对象的不同，又可分为原始宗教性文体和政令性文体。原始宗教性文体的指向对象为天神地祇人鬼；政令性文体的指向对象为生人，包括天子、诸侯、卿、大夫、士和庶人等。参见叶修成：《论上古礼制与文体的生成及〈尚书〉的性质》，《中国文化研究》2008 年第 1 期。

系时所勾划的"潜在线索"①，勾连语言、结构、技巧及手法等要素，为早期文体的术语溯源和理论阐释提供有力支持，对文体史研究中的"解体"或"辨体"过程是必要的。"以礼立体"以"辅助线"的姿态统摄了中国早期文体观念发生期的主要背景，在"制礼作乐"传统上开启了"仪式——文辞——文体"的制作模式。礼仪实践为职事言辞的"文本化"和"语境化"提供一种模式惯例和体式传统，在仪式之外继续发挥着规范、鼓励、教诫、交流等作用，倾向于追求"合礼""得体"的形体结构、气势风格，对创作主体、施用对象来说是一种心理定势和叙事契约。只有着力凸显"体"的语言风格和情感基调，深入挖掘"体"所蕴含的价值规范、行为准则、情感关联及话语秩序，才能使我们更准确地理解早期文体的形态特征、语言特色和写作意图。就礼仪规训与文体生成而言，"以礼立体"成为论"体"思潮的理论基础，既以"变礼"彰显"变体"的辩证性和灵活性，也以"常礼"确保"常体"的合法性和有效性，奠定了中国文体史中"文各有体"与"文无定体"关联和互动的理论基础。

---

① 袁劲：《"以射喻怨"与"诗可以怨"命题的意义生成》，《文艺研究》2019 年第 8 期。

第四章 "辨体明性"与"体"的意义生成

中国文论关键词"体"经历了由显性而隐性、由具象到抽象的内在蜕变，不仅是对生命存在的整体通观，更涉及复杂的汉字文化渊源及表义模式，尤其是在文论发生期规定了文体思想的视野与方向。通过分析"体"与"豊"的早期字形，我们可发现有"骨豊相依""月豊相傍""身豊相从""亻豊相合"及"由豊而立"五种形义依据；借助声符"豊"及其文化记忆的变迁，可探得"礼"之话语权力与"体"之等级秩序的意义来源；将"体"置入"人—身—物"理论框架中，可呈现出"体"从文化观念到文论观念的转换过程。从形、声、义等层面推求"体"字的本字及语根，诠释其特殊的跨域涵指方式，有助于重审"体"与礼仪、政治与制度等主题的关联，考察"辞尚体要""文各有体""体制为先"等文论命题的语义根源。

一、汉字构形与文化记忆

作为一种重要的生命范畴，"体"带着强大的冲击力和影响力出现在中国早期文化史中，既萌生于先民对躯体的辨析和厘分，又与祈祷、祭祀、占卜及鬼神等原始观念密切相关。此外，脱胎于身体观察的"体"还蕴有整体关联的思维模式，与"形""神""气""志"等概念相互交融，构成了一组描述生命存在的观念序列，成为古人在"近取诸身，远取诸物"中所感受、体验、认识和表现的对象。中国早期文论形态中卜祭、训诫、传释、说理等都或多或少地涉及"体"的形态、存在与构成，显示了从称人之"体"到称物之"体",到称文之"体"的递进顺序。然而,与"体"之于中国文体学及文体史的重要性相比,现有围绕文论关键词"体"的表义模式、生成机制及文化逻辑等方面的研究还稍显薄弱,只是在诗文评领域内从体制、体势、体貌诸层面对文体之"体"进行阐释,或是梳理分类,或是详析沿革,鲜有"刨根问底"式的词义训释及其考辨。因此,本书尝试对文论关键词"体"进行文字学考察,从形、音、义层面探讨其文字谱系和文化传统,追寻中国文体批评史的"本"与"根"①,并据此反观当前中国古代文体观念研究的"内涵萎缩""简单化""表面化"②等问题。

文字是中国文学及文论的存在方式。刘师培《文章源始》说:"积字成句,积问成文,欲溯文章之缘起,先穷造字之源流。"③中国文论的根柢,就深藏在甲骨卜辞、铜器铭文、简牍帛书及秦汉碑刻等文字中,也就是刘勰所说的"因字而生句,积句而成章,积章而成篇"④,呈现出"文字—文体—文论"的认同模式。根据刘氏的论断,倘若研究文论关键词的产生和发展,也应从探求造字源流开始,从古文字的构形依据和构意模式入手。章太炎《文学论略》提出"研论文学,当以文字为主,不当以彣彰为主"⑤的看法,将"文字"视为"文学"的衡量标准。鲁迅在撰写中国文学史课程讲义时,先从"自文字至文章"⑥一节讲起,尤为强调汉文学的"字生性"特征。近代学者姚华将文章之源追溯至卜辞铭文,

① 李建中:《中国文学批评史的本与根》,《光明日报》2020 年 3 月 30 日第 13 版。
② 钱志熙:《论中国古代的文体学传统——兼论古代文学文体研究的对象与方法》,《北京大学学报》2004 年第 5 期。
③ 陈引驰编校:《刘师培中古文学论集》,中国社会科学出版社 1997 年版,第 210 页。
④ 范文澜:《文心雕龙注》下册,人民文学出版社 1958 年版,第 570 页。
⑤ 章太炎:《文学论略》,陈平原编《章太炎的白话文》,贵州教育出版社 2001 年版,第 138 页。
⑥ 鲁迅:《汉文学史纲要》,《鲁迅全集》第 9 卷,人民文学出版社 2005 年版,第 353 页。

《弗堂读稿》指出："书契既兴，文字牺成，吉金贞卜，始见殷商。……文章之原，必稽于此。"①由此可见，各体文章与古文字具有密切关系。就文字与文体之渊源而言，一些早期文体（如"占体""谱体"）就直接滥觞于甲骨卜辞本身，由炼字意识产生朦胧的文体意识；另有一些文体（如"策体""祝体""诰体"）孕育于古文字时代，名称为卜辞所记录，在礼仪规训的文化背景中受到文字之渊源流变的某些影响。② 因之，诠释中国早期文论的原始观念，演绎文论关键词之原生、衍生及再生的生命历程，须依据"刨根式"之"汉字批评"的观念、路径和方法，方可看出早期文体实践及其演变的一些规律，亦可探出一条文论阐释的中国路径。③ 在文论语境中探讨"体"的字义根柢和构形依据，解读从生命之"体"到称物之"体"，再到称文之"体"的训诂过程，将字词校释和义理阐释相结合，继而秉持"一为求证据，二为求本字，三为求语根"④的理念，乃至通观字形的简化与繁体、正体与异体、勾连古音与今音、方言与通语，以及梳理语义的核心与边缘、所指与能指⑤，可厘清文论关键词"体"的基本义、引申义和比喻义。

今见"体"字乃是"體"的简化形式，在"六书"中属于形声字，由意符和声符组合而成，脱胎于先民对自身躯体的观察和认识，既是直观的存在形态，又是抽象的生命概念。就目前的文献资料来看，明确的"体"字只能溯源至战国时期的古文字阶段。即便如此，也并不意味着在此之前就没有相关的字形存在。

有学者将"体"的早期写法上溯至甲骨文字形中，结合"囟"字族的早期字形进行考察，认为"戾"从"囟"得声，假借"戾"表示"体"，推测

① 姚华：《弗堂读稿》，沈云龙主编《近代中国史料丛刊续编》第 2 辑第 20 册，台湾文海出版社 1974 年版，第 1-2 页。
② 徐正英：《甲骨刻辞中的文艺思想因素》，《甘肃社会科学》2003 年第 2 期。
③ 李建中：《汉字批评：文论阐释的中国路径》，《江汉论坛》2017 年第 5 期。
④ 黄侃：《文字声韵训诂笔记》，武汉大学出版社 2003 年版，第 195 页。
⑤ 袁劲：《中国文论关键词"怨"的文字学考察》，《南京师范大学文学院学报》2019 年第 4 期。

骨豊

（古"体"字）

"囨"可能就是兆体之"体"的表义初文。① 甲骨卜辞中的"囨"字，似与"卜骨之形"相关，像动物肩胛骨上有卜兆之形，以所呈现的具体裂纹来判断吉凶、祸福。《尚书·金滕》："体，王其罔害。"孔传云："如此兆体，王其无害。"②所谓"体"指兆体。又如《诗经·卫风·氓》："尔卜尔筮，体无咎言。"毛传云："体，兆卦之体。"③此"体"与兆卦之象有关。《周礼·春官·占人》："凡卜篡，君占体。"郑注云："体，兆象也。"④兆体之"体"和"囨"字的字形所象是相符合的。西周穆王时"县改簋"（《商周金文集成》4269）铭文中所见"🌾"字，有学者认为是"豊"的早期字形之一，读作"体"，即体㓅之"体"。⑤ 可见，在甲骨文、西周金文中，"体"有多种相同字形。《礼记·礼器》："礼也者，犹体也。体不备，君子谓之不成人。"⑥古"体"字从"豊"得声，且"豊"为"礼"（禮）的古字，上古音皆为脂部，时有通假之情形，在字形及字音方面具有相关性。因而可言，"体"字的初文或可上溯至战国以前的古文字。

---

① 宋华强：《释甲骨文的"戾"和"体"》，《语言学论丛》第 43 辑，商务印书馆 2011 年版，第 338 页。

② 阮元校刻：《十三经注疏》，中华书局 1980 年版，第 196 页。

③ 阮元校刻：《十三经注疏》，中华书局 1980 年版，第 324 页。

④ 阮元校刻：《十三经注疏》，中华书局 1980 年版，第 805 页。

⑤ 黄德宽主编：《古文字谱系疏证》第 3 册，商务印书馆 2007 年版，第 3091-3092 页。

⑥ 阮元校刻：《十三经注疏》，中华书局 1980 年版，第 1435 页。

直到战国文字时期，才开始产生较明确的"体"（體）字及其相关字形，主要以竹简、帛书为书写载体，在礼仪、政治与制度等方面的使用频率非常高。就字体构形而言，"体"是身体各部位的兼备与整合，在通观基础上形成一种特殊的生命观念及其况味。该字主要有"骨豊相依""月豊相傍""身豊相从""亻豊相合"及"由豊而立"五种构形依据。从字源学谱系来说，"体"与"豊"密切相关，其中"體"字形见于郭店简《缁衣》第8、9简，郭店简《性自命出》第17简，上博简《王居》第3简，上博简《兰赋》第5简，清华简《汤处于汤丘》第2简，清华简《赤鹄之集汤之屋》第9简，清华简《汤在啻门》第17简，清华简《心是谓中》第2简等；"膿"字形见于郭店简《穷达以时》第10简，上博简《性情论》第10简，上博简《民之父母》第5、7、11、12、13简，清华简《子产》第5简，睡虎地秦简《法律答问》第79简，睡虎地秦简《日书》乙种第246简等；"體"字形见于晋系铜器《中山王厝方壶》（《集成9735》）；"豊"字形见于郭店简《语丛·一》第46简，上博简《凡物流形》甲本第1、3、6简，《凡物流形》乙本第1、2、5简等。① 此外，"体"字还有一种不见其他材料的写法，见于上博简《缁衣》第5简，作"僼"，从人、豊声。上博简《缁衣》可看作"具有齐系文字特点的抄本"②，"僼"与"體"似有一定渊源，其并非楚系文字的典型写法，可能是受到晋系文字或齐系文字的影响。"体"的早期字形呈现出多种风格，"體""膿""體""豊""僼"等字形均可释读为身体之"体"，皆从"豊"表音，而所从形旁"骨""月""身""亻"表义相通，描述"人之本、躯之干"时可以同义置换。汉代以后，"体"的篆文字形大致从楚系简帛字形。"體"字形得到了保留，后世则通用"體—体"的简化字形。"体"字虽有不同书写形式，但也有

---

　　① 陈民镇：《"文""体"之间——中国古代文体学基本概念的界说与证释》，《文化与诗学》2018年第1辑。

　　② 据冯胜君先生论述，《上博简·缁衣》是"具有齐系文字特点的抄本"。参见冯胜君：《论郭店简〈唐虞之道〉、〈忠信之道〉、〈语丛〉一～三以及上博简〈缁衣〉为具有齐系文字特点的抄本》，北京大学博士后研究工作报告，2004年8月。

稳定的结构规律，声旁出于"豊"，形旁都涉及身躯的概念结构，即"身体之统称、生命之总属"①，指向先民对生命之躯的辨析和厘分。

就字义根柢而言，对于"体"的解释，训释者历来以许慎《说文解字》提出的"体，总十二属也，从骨、豊声"②的形声模式为主要意见，其中"骨"为形旁，"豊"为声旁。"体"的本义确实为身体或躯干，即对全身的通观性描述。这一解读视"体"的基本构形为左右结构，基本抓住了"骨"与"豊"的组合关系来释形义之源、考音声之变。段玉裁在许氏之"十二属"的基础上，根据人体之架构循名责实，对"体"的原始字义进行对照性解读，认为该字是首、身、手及足所分属部位的整体总括，即直观可见的肉身躯体。从字源谱系来看，"体"是一种"近取诸身，远取诸物"的身体比况，"将对人体构成的理解推衍到其他事物"③，由"肉之覈也，从凸有肉"④之"骨"确立其基本义，言说身体的内在构成和外在形式；由"行礼之器"⑤之"豊"确立其引申义和比喻义，并在"制礼作乐"的知识图景中建构出祈祷、祭祀、占卜及鬼神等原始观念。

欲发掘"体"的字义根柢，不妨先了解"礼"的早期内涵。许慎《说文解字·示部》："礼，履也。所以事神致福也。从示从豊，豊亦声。"⑥可知，"礼"重于祭祀，起于敬神，而"豊"是"事神致福"的行礼器具。"礼""体"皆从"豊"作偏旁，不约而同地强调一种规范性和仪式性。如此，早期的"体"字便继承并扩展了"豊"的部分字义。古"豊"字从珏、

---

① 李立：《"體"之"禮"——论"文体"的"体势"层次及其规范性》，《文化与诗学》2017 年第 1 辑。
② 段玉裁：《说文解字注》，上海古籍出版社 1981 年版，第 166 页。
③ 涂光社：《说古代文论中的"体"》，《长江学术》2006 年第 2 期。
④ 段玉裁：《说文解字注》，上海古籍出版社 1981 年版，第 164 页。
⑤ 段玉裁：《说文解字注》，上海古籍出版社 1981 年版，第 208 页。
⑥ 段玉裁：《说文解字注》，上海古籍出版社 1981 年版，第 2 页。

从豆，而非许慎所解释的"从豆，象形"。① 从原始字形来看，"豐"字并非是"从豆"，其上部如打结的玉串，"二玉相合为一珏"②；下部如有支架的鼓，"陈乐立而上见也"。③ 这两个偏旁合而表示击鼓献玉，或是祭享天地，或是沟通鬼神，或是敬奉祖先，彰显着不同社会阶层的身份、等级和权力，进而扩展为特定场合中的言说方式，即一种需要共同履行的行为参照。作为"体"的核心构件，"骨""豐"相会通，其中"骨"乃"体之质也"④，成为有形之"体"指称肢体、躯体的字形依据；而"豐"乃"事神之器"⑤，则成为无形之"体"指称事体、语体的字义根源。

从原始字形看，"体"之本义为筋骨相连、血肉相著的生命之"体"。王力先生说："本义是一切引申义的出发点，抓住了本义，引申义也就有条不紊。"⑥鉴于此，在中国文论阐释中，不求"体"之"根柢"，不原"体"之"本源"，则无法研究文论关键词"体"的早期形态及言说方式。通过对字形的分析，"体"是身体外部所看见部位的总称，既不包括内部的脏器，呈现"心""体"相对的言说方式；也不偏指外在的形质，凸显"形""体"有别的存在模式。⑦ 当"体"用于描述肉身躯体时，"肉中骨"与"祭之豐"都含有对躯体之内在结构和存在形式的切身理解，将对人体构成的理解推及各种事物之"体"，由生命感知升为整体把握，从显性形态转为隐性观念，进而在"体不备，不成人"的基础上引申为有

---

① 许慎根据"豐"已讹之篆形立说，所以造成了"豐"之"从豆"的误解。参见林沄：《豐豊辨》，《古文字研究》第 12 辑，中华书局 1985 年版，第 181 页。

② 段玉裁：《说文解字注》，上海古籍出版社 1981 年版，第 19 页。

③ 段玉裁：《说文解字注》，上海古籍出版社 1981 年版，第 205 页。

④ 丁福保编纂：《说文解字诂林》，中华书局 1988 年版，第 4425 页。

⑤ 李孝定编述：《甲骨文字集释》第五卷，台湾"中央研究院"历史语言研究所 1970 年版，第 1682 页。

⑥ 王力：《中国语言学史》，中华书局 2013 年版，第 35 页。

⑦ 本无形或较为抽象之事物，其外在总体表现形式，可称为"体"。由本体、主体之义，又引申出本质、法式、准则、规矩之义。参见李学勤主编：《字源》，天津古籍出版社、辽宁人民出版社 2013 年版，第 352 页。

形之物的完整面目、无形之物或抽象之事的总体表现形式。结合"体"字的原始构形,"百体以骨为质干也"①,"骨"出于古人对生命之躯的辨析,在字义生成中直接凸显"体"的生理状态;"说之以义而观诸体"②,"豊"出于古人对事神致福的践履,在字义演变中尤为侧重"体"的心理状态。"体"所表达的意义并非"肉中骨""祭之豊"的叠加,而是体现为一个由"躯体"及"事体"的认识过程。作为一种直观表述,"体"的初义主要是通过对人体结构的观察、认知和厘分来实现的,呈现出以"体"论人、以"体"论物的基本模式,大致框定了从生命之"体"到事物之"体"、从言辞之"体"到文章之"体"的表义依据。

二、话语权力与观念传递

从偏旁部首来看,"体"隶属于"豊"字族,与"禮""澧""醴"等形声字具有相同的构件,音、义皆密切相关。郑玄《礼序》:"礼者,体也,履也。统之于心曰体,践而行之曰履。"③在称人、称物的基础上,"体"这一概念经历了由显性而隐性、由具象到抽象的蜕变。"体"作名词时,有通"礼"之例,即"礼也者,犹体也",表示不可或缺的法度、准则和规范;用作动词时,有通"履"之义,即"礼者,履此者也",强调交互行为的体认、践行和效法。显然,"礼"之规训与"体"之规范,正是"体"字独立成词或作为构词元素的立义基础,两者又呈现为"大传统"和"小传统"的交相呼应,即礼仪制度之"体"和话语形态之"体"的会通。作为一种普遍的概念指称,"体,分于兼也"④,既有"分之则为体"的层级,指整体的各个部分;又有"众体则为兼"的层级,也指各部分合成整体。"体"这一概念具有普遍性的导向与约束的规范,蕴含极

---

① 丁福保编纂:《说文解字诂林》,中华书局 1988 年版,第 4425 页。
② 孔广森:《大戴礼记补注》,中华书局 2013 年版,第 119 页。
③ 阮元校刻:《十三经注疏》,中华书局 1980 年版,第 1225 页。
④ 孙诒让:《墨子间诂》上册,中华书局 2001 年版,第 309 页。

为丰富的文化意涵和情感体验，从等差化的行为方式转变为日常化的言说方式，在"常体—变体"框架中构筑出卜祭、训诫、传释和说理等公共话语，并与"礼"或"履"代表的敬畏心理和人际情感保持着大致同步的节律。鉴于关键词"体"是整体呈现的统序和架构，在返回语义现场之际，借助"豊"及其字族的关联和互动，在"礼体互训"总题下探得"礼"之话语权力与"体"之等级秩序的意义来源。

汉字是一种表意性质的音节文字，"有古形、有今形，有古音、有今音，有古义、有今义"①，蕴含"音生于义，义著于形"的解字线索。围绕形、音、义关系，段玉裁指出："一字必兼三者，三者必互相求；万字皆兼三者，万字必以三者彼此交错互求。"②在以部首为类的解字基础上，段氏又提出"名者自其有音言之，文者自其有形言之，字者自其滋生言之"③的注解，对"名""文""字"的训释理据作出区分，并已注意到"音训"之于"形训"的特殊性。鉴于此，发掘文论关键词"体"的字义根柢，所循训释之例不应限于一种考察形式，除了"审形求义"的形体结构分析，还可通过"审音求义"的声音线索分析，来探求和诠释该字意涵。从形声结构来看，"體""禮""澧""醴""鱧"等右旁从"豊"之字，皆以"豊"作声符，时有兼义现象，不约而同地都涉及礼学文化内涵。以声符推求汉字字义便可称为"右文说"。

如沈括《梦溪笔谈》卷十四记载：

> 古之字书皆从左文，凡字，其类在左，其义在右，如木类其左皆从木。所谓"右文"者，如戋，小也，水之小者曰浅，金之小者曰钱，歹而小者曰残，贝之小者曰贱，如此之类皆以戋为义也。④

---

① 段玉裁：《经韵楼集》，上海古籍出版社 2008 年版，第 187 页。
② 段玉裁：《说文解字注》，上海古籍出版社 1981 年版，第 764 页。
③ 段玉裁：《说文解字注》，上海古籍出版社 1981 年版，第 754 页。
④ 沈括：《梦溪笔谈》，上海古籍出版社 2015 年版，第 96 页。

按此，"體""禮""澧""醴"等皆以"豊"为语义之始。于是，右旁之"豊"字符就成为这一序列的释义依据，即根据"豊"的声音迹象来考察和探究"体"的字义。所谓"审形以知音，审音以知义"找寻的正是文字本身蕴藏的线索，"疑于义者以声求之，疑于声者以义正之"①，从而聚焦同系列字族中右侧声旁所潜藏的表义迹象。在"体"的文字学考察中，"因形以得其音，因音以得其义，治经莫重于得义，得义莫切于得音"②，借助声符"豊"及其文化记忆的变迁来说解"体"的基本义、引申义和比喻义，在"行礼之器"或"事神致福"的"大语境"中追索"体"的规范性和典范性。

王念孙在《广雅疏证》自序中提出一条原则："就古音以求古义，引申触类，不限形体。"③结合文字释读情况，"礼""体"的早期字源，皆可追溯至"豊"字形，有相似的书写方式，或以之作字形构件，或以之作单独字形。在声符和声韵方面，"礼"从豊表音，上古音系来母脂部；而"体"从豊表音，上古音系透母脂部，声纽皆为舌音，韵部相同，存在某种程度的对转关系。"礼""体"可谓是同源字，"上古音都是脂韵，属音近通假"④。从中古音来探寻，"礼""体"的内在联系更易解题。《唐韵》《正韵》《段注》认为"体，他礼切"，而《集韵》《韵会》则认为"体，土礼切"。⑤ 显然，"礼""体"在中古音上具有密切的联系。又如陈澧《切韵考》："切语之法，以二字为一字之音：上字与所切之字双声，下字与所切之字叠韵。"⑥按"上字取声，下字取韵"的反切原则，"体"的反切下字为"礼"，二者读音较近。据此而言，所切之字"体"与反切下字"礼"属于叠韵关系。

---

① 戴震：《戴震集》，上海古籍出版社 1980 年版，第 106 页。
② 段玉裁：《经韵楼集》，上海古籍出版社 2008 年版，第 187 页。
③ 王念孙：《广雅疏证》，中华书局 1983 年版，第 2 页。
④ 欧绍华编：《常见通假字字典》，广东教育出版社 1995 年版，第 144 页。
⑤ 张玉书等编纂：《康熙字典》第 5 册，汉语大词典出版社 2002 年版，第 1446 页。
⑥ 陈澧：《陈澧集》第 3 册，上海古籍出版社 2008 年版，第 2 页。

那"礼""体"和声符"豊"又有怎样关联？周伯琦《六书正讹》、朱骏声《说文通训定声》①认为"豊"即古"禮"字，王国维《说文练习笔记》②、李孝定《甲骨文集释》③认为"豊""禮"为一字。如此来说，初文"豊"和后加"示"偏旁而造的"禮"可看作是一对古今字，"豊—禮"具有源流相因的族属关系。就汉字渊源而言，"豊"是"体"字早期形式的核心构件，表音兼表义，无疑更是增强了"礼""体"之间的相似性与连续性。"礼"与"体"在声韵方面获得相对一致的造字理据，通过这一点也直接促成了"礼体互训"的言说模式。在声符与本字的互求中，有关"体"的训释思路形成"礼—豊—体"的言说模式，由"豊出祭祀"引申出事神致福、非礼弗履、备体成人、观礼施教、据事制范等公共话语。

在先秦两汉时期，"体"概念的生成与发展与礼学的话语体系密切相关，两者的思维模式及理论形态不乏相通之处。法国学者福柯说："一个特定话语的形成，当它在一个新的话语群中被重新采用、安排和解析时，可以揭示一些新的可能性。"④鉴于这种思路，若要深入解诠"体"的生成机制与实践指向，还原"以礼训体"的历史文化语境，就须将"体"这一话语置于先秦礼学观念的话语群中进行考察。训释者的关注点至少应包括祭祀仪式的消解和礼乐制度的蜕变。《释名·释形体》："体，第也，骨肉、毛血、表里、大小相次第也。"⑤"体"除了指称人躯体的结构和统序，还有"牲体""载体""辨体""割体"等观念，蕴含"体者分也"的行为方式，从属于祭祀之礼的话语体系，尤指供祭祀、盟誓

① 宗福邦、陈世饶、萧海波主编：《故训汇纂》，商务印书馆 2003 年版，第2160 页。

② 谢维扬、房鑫亮主编：《王国维全集》第 20 卷，浙江教育出版社 2009 年版，第 130 页。

③ 李孝定编述：《甲骨文字集释》第五卷，台湾"中央研究院"历史语言研究所 1970 年版，第 1682 页。

④ ［法］福柯：《知识考古学》，谢强、马月译，生活·读书·新知三联书店2003 年版，第 72 页。

⑤ 刘熙：《释名》，中华书局 2016 年版，第 24 页。

及宴飨使用的牲畜躯体。《周礼·天官·内饔》:"掌王及后、世子膳羞之割烹煎和之事,辨体名肉物,辨百品味之物。"郑注:"体名,脊、胁、肩、臂、臑之属。"《周礼·天官·外饔》:"掌外祭祀之割亨,共其脯脩刑膴,陈其鼎俎,实之牲体鱼腊。"①《礼记·燕义》:"俎豆、牲体、荐羞皆有等差,所以明贵贱也。"②可见,"牲体"的割解方式和使用方式具有别吉凶、享人鬼、辨尊卑、明贵贱、严内外等一系列礼制意义。③《仪礼·公食大夫礼》:"载体进奏。"郑注:"体,谓牲与腊也。"④《礼记·礼运》:"体其犬豕牛羊。"郑注:"分别骨肉之贵贱,以为众俎也。"⑤在礼仪礼规中,"礼"成为"体"的潜在规约,牺牲之"体"可肆解、陈载、辨别,表现出非常明显的等级差异。《周官总义》:"牲有体名,或贵或贱;牲有肉物,或燔或羝,以至百品味之物,或羞或荐,则当辨其可用,而去其不可用者。"⑥在"辨体明用"模式中,作为话语权力的"礼"和用于祭祀行为的"体"相会通,或投射为"以礼立体"的现实底色,或显现为"以体饰礼"的话语策略,或整合为"礼体互训"的理论框架,从而沉淀为周人论"体"的历史语境和思想背景。

欲探明"礼"之规训与"体"之规范的潜在关系,我们不能满足于"体"的外在形式,仍需于整体的文化体系中进行求索。《诗经·鄘风·相鼠》:"相鼠有体,人而无礼。人而无礼,胡不遄死?"⑦"体""礼"相提并论,指向区别兽体与人体的标准,即是否有礼仪规范,"凡人之所以为人者,礼义也"⑧。孔颖达疏:"人能有礼,然后可异于禽兽也。"⑨

---

① 阮元校刻:《十三经注疏》,中华书局 1980 年版,第 661-662 页。
② 阮元校刻:《十三经注疏》,中华书局 1980 年版,第 1690 页。
③ 曹建墩:《周代牲体礼考论》,《清华大学学报》2008 年第 3 期。
④ 阮元校刻:《十三经注疏》,中华书局 1980 年版,第 1080 页。
⑤ 阮元校刻:《十三经注疏》,中华书局 1980 年版,第 1417 页。
⑥ 永瑢、纪昀等编纂:《景印文渊阁四库全书》第 92 册,台湾"商务印书馆" 1983 年版,第 299 页。
⑦ 阮元校刻:《十三经注疏》,中华书局 1980 年版,第 319 页。
⑧ 阮元校刻:《十三经注疏》,中华书局 1980 年版,第 1679 页。
⑨ 阮元校刻:《十三经注疏》,中华书局 1980 年版,第 1231 页。

因之可以说，人体之"体"因有礼仪、礼义的规训而区别于禽兽之"体"。《左传·定公十五年》："夫礼，死生存亡之体也。"①据此，"礼"之于身体之"体"的重要性是可想而知的。如果说"得事体"是对"礼"的选择和确立，那么"设礼仪"就是对"体"的拓展和延伸。根据声训原理，"礼""体"以祭祀之"豊"作为声符，在造字理路上紧密相关。班固《白虎通》、郑玄《仪礼注》《礼记注》《周礼注》、孔颖达《礼记正义》、贾公彦《周礼注疏》、许慎《说文解字》以及刘熙《释名》均有"礼者，体也""礼者，履也"之语例。从以履训礼，到体、履二训，再到仅以体训礼，对体字之训越来越强调二者思想的相似性和观念的连续性。②顺着"礼体互训"的思路，以物类事象之"体"来譬喻礼制礼仪之"体"，可在"统之于心""践而行之"之间构成一个相对完整的意义体系。焦循《易章句》释"刚柔有体"："体，犹礼也。有体则次序不紊。"③孔广森《大戴礼记补注》和王聘珍《大戴礼记解诂》注解亦有"礼犹体也"的训释思路。在"同源于豊"的总题下，由"体"的架构和统序延伸出对礼制、礼仪和礼俗的价值选择，研究者不可将"体"简单限定为"身体""肉体"之义。事实上，"体"这一概念既有形而下的具体层面，即身体、躯体或肢体之全部，也有形而上的抽象层面，用于构建尊卑、贵贱、亲疏、远近的规则，从外在的约束转化为内心的自觉，浸润着原始先民对身体、祭祀、占卜和鬼神的整体认识，随后扩展为对社会群体的一系列规范与约束，并呈现为"吉礼、凶礼、军礼、宾礼、嘉礼"等事体观念，从而奠定了中国早期文体的生成基础。

三、观念转向与范式塑造

以"体"为话语起点和观念指归，在"事神降福"和"履道成文"之

---

① 阮元校刻：《十三经注疏》，中华书局 1980 年版，第 2152 页。
② 吴飞：《郑玄"礼者体也"释义》，《励耘语言学刊》2020 年第 1 辑。
③ 焦循：《易学三书》下册，九州出版社 2003 年版，第 365 页。

间，衍生出一系列有关存在方式、思维方式和行为方式的表述及命题。无论是作为"通神明之德"的文化关键词，还是作为"类万物之情"的文论关键词，"体"概念都不乏"身—物—文"的譬喻之例，在指称完整面目和总体形式之余，形成了从人体之"体"到称物之"体"，再到文章之"体"的表义模式。"体"概念由身体比况而生成，成为一种指称方式及认知状态，在推己及物的体验中进一步呈现和展开其语义转换的过程。当"体"用于描述生命事物的特征、构成及层次时，指直观可见的肉身躯体；当"体"用于描述非生命事物的关系、性质及状态时，则表示事物存在的整体呈现，由此形成了中国文化及文论关键词"体"的两种语义指向，即称人之"体"和称物之"体"。① 随着认识范围的扩展、仪式程序的繁化以及参与阶层的扩大，"身—物—文"的观念链条进入祭祀仪式、政治礼仪及生活礼俗中，在礼制规范的传承、展示和再现中搭建起一系列言说方式，适应于特定的交际场合或交际情境，而与这种言说方式相对应的文辞方式就形成具有特定文体形态特征的文本方式。② 源于"生命之喻"的"体"概念经历了从称人称物向称文举类的转变，即从显性的形态转为隐性的形态，从外在的约束化为内在的自觉，爰及二端，"一是物体，言万物贵贱、高下、小大、文质，各有其体。二曰礼体，言圣人制法，体此万物，使高下、贵贱各得其宜也"③，生成各式各样的"体"，开启了从行为方式向文本方式的过渡进程，奠定了文章之"体"的基本形态和发展范式。

"体"这一概念有助于将不同事物的构成统合于一个认识框架，却也隐含了某种特殊性和复杂性。首先，"体"既是万事万物的总名，又能在万事万物之中得以体现。《荀子·富国》："万物同宇而异体，无宜

---

① 姚爱斌：《"体"：从文化到文论》，《学术论坛》2014 年第 7 期。
② 郭英德：《由行为方式向文本方式的变迁——论中国古代文体分类的生成方式》，《陕西师范大学学报》2005 年第 1 期。
③ 阮元校刻：《十三经注疏》，中华书局 1980 年版，第 1225 页。

而有用为人，数也。"①从哲学思辨出发，这种论见恰似潜藏着"体一分殊"观念，不妨作为中国文化及文论关键词"体"的一种解读角度。万物总合，统于"一体"，即"整体"。万物分殊，归于"一体"，即"个体"。就"明体一而分殊"来说，普遍之"体"存在于不同事物之中，但其所处之境不同，所居之位不同，因此"体"的交互原理和呈现样式就有不同表现。一物之"体"即万物之"体"，每一事物之"体"并不是分有"体"的一部分，而是禀受了"体"的全部意义。"体一"保证了事物的存在和发展，"分殊"则为事物的差异、等级及秩序提供了依据。②"体"概念用于人伦日用，既是总体架构的分类，又是内在要素的统一。在《周礼》《仪礼》《礼记》等典籍中，围绕"体"生发出"体国经野""体异姓也""就贤体远""体物而不可遗""体群臣也"③等一系列表述。孔颖达疏解"体"这一概念："体不备，君子谓之不成人，释体也。人身体发肤、骨肉、筋脉备足，乃为成人。若片许不备，便不为成人也。"④在"体"的语义场中，这种理解不仅用于言说人的身体部位的统序和架构，更可推及对牲体、物体、事体、国体的理解，表示划分、连结、亲近、生成、接纳等含义。

其次，"体"概念既与"心"对言，又与"形"对言。"体"字的本义指身体，是全身总称，然"心"与"形"构成"体"的参照性维度。前者如《礼记·缁衣》："民以君为心，君以民为体。心庄则体舒，心肃则容敬。心好之，身必安之；君好之，民必欲之。心以体全，亦以体伤，君以民存，亦以民亡。"⑤又《礼记·大学》："富润屋，德润身，心广体

① 王先谦：《荀子集解》，中华书局 1988 年版，第 175 页。

② 《中华思想文化术语》编委会编：《中华思想文化术语（3）》，外语教学与研究出版社 2016 年版，第 60-61 页。

③ 阮元校刻：《十三经注疏》，中华书局 1980 年版，第 639、1409、1521、1628、1630 页。

④ 阮元校刻：《十三经注疏》，中华书局 1980 年版，第 1435 页。

⑤ 阮元校刻：《十三经注疏》，中华书局 1980 年版，第 1650 页。

胖，故君子必诚其意。"①在"生命之喻"的建构模式中，"体"不仅有"俱为一体"的认同，还有"各为一体"的理解，用于言说社会、政治、礼仪和制度等方面的构成关系。"体"与"心"相对言，"体"侧重于向外探寻，乃是身躯外部所直观可见部位的总称，并不包含内脏器官。此外，上博简《缁衣》和郭店简《缁衣》的相关内容，亦可与《礼记·缁衣》比勘。后者如上博简《凡物流形》："凡物流形，奚得而成？流形成体，奚得而不死？"②"民人流形，奚得而生？流形成体，奚逝而死？"③马王堆汉简《十问》："民始蒲淳溜刑，何得而生？溜刑成体，何失而死？"④在中国古典语境中，"刑"通"形"，"溜刑"意同"留刑""流刑"，作"流形"来理解，爰及"成体""塑体"，表示孕育生成之意，尤指从无形物质转化为有形物质的开始阶段。⑤ "流形成体"与"云行雨施，品物流形""风霆流形，庶物露生"的含义较为接近。"流形"之"形"与"成体"之"体"有实质性的区别，并非同一个概念。"形"指形式、形状，乃是"成体"的根源，"体"指实质、实体，乃是"流形"的结果。

再次，"体"既是一种譬喻方式，又是一种思维方式。"体"的形态不是简单相加的物理现象，而是在"仰观"与"俯察"的交互中表示不同事物的整体存在或整体风貌。⑥ 如《周易·系辞上》："阴阳合德，而刚柔有体。以体天地之撰，以通神明之德。"⑦《荀子·天论》："天有常道

---

① 阮元校刻：《十三经注疏》，中华书局 1980 年版，第 1673 页。
② 马承源主编：《上海博物馆藏战国楚竹书（七）》，上海古籍出版社 2008 年版，第 223 页。
③ 马承源主编：《上海博物馆藏战国楚竹书（七）》，上海古籍出版社 2008 年版，第 226-228 页。
④ 裘锡圭主编：《长沙马王堆汉墓简帛集成（陆）》，中华书局 2014 年版，第 143 页。
⑤ ［日］大西克也：《试说"流形"原意》，《出土文献》第 1 辑，中西书局 2010 年版，第 181-184 页。
⑥ 党圣元：《体貌与文相》，《贵州社会科学》2016 年第 12 期。
⑦ 阮元校刻：《十三经注疏》，中华书局 1980 年版，第 89 页。

矣，地有常数矣，君子有常体矣。"①《论衡·道虚》："天之与地皆体也。"②据前所引，"体"兼有"实貌"与"虚相"的属性。世间万物，以"体"称之，以"体"拟之，则有各式各样的姿态，即"有大者，谓有大及多为贵也。有小者，谓有小及少为贵也。有显者，谓有高及文为贵也。有微者，谓有素及下为贵也"③。各随事物"实貌""虚相"而引类譬喻，通过"体天地，法四时，则阴阳，顺人情"④而使万物敞现其原初之性状。以"体"为词根的一系列语词和概念，无论是用于称"人"，还是用于称"物"，抑或用于称"文"，都可视为生命之"体"的直接譬喻，大体上遵循着"身—物—文"的表义机制。"体"的表义机制主要是通过对不同事物的宏观把握与微观体认来实现的，蕴有"天地与我并生，而万物与我为一"⑤或"天地与我同根，万物与我一体"⑥的思维观念。从"体"出发，先秦两汉诸子不仅从"体者，身也"的物理属性中建构出"称名也小，取类也大"的致思范式，还从"体者，履也"的行为属性中拓展出"拟诸形容，象其物宜"的譬喻传统。随着概念的跨域映射，"体"进入称人、称物、称文的日常语境中，描述不同事物的架构和统序，由整体指称而及整体对待，"大者不可损，小者不可益，显者不可揜，微者不可大"⑦，蕴含古人对生命整体观的独特感受、体验和理解，后来引申出本质、法式、准则、规矩等抽象含义。

关键词"体"不只是对生命现象的描述，更有生命经验的凝聚、生命体验的位移，在"统之于心"和"践而行之"之间延伸出体性、体道、体情、体物等概念。循此机制，周尽一体而无内外之别，如文辞之

---

① 王先谦：《荀子集解》，中华书局 1988 年版，第 311 页。
② 黄晖：《论衡校释》，中华书局 2017 年版，第 372 页。
③ 阮元校刻：《十三经注疏》，中华书局 1980 年版，第 1435 页。
④ 阮元校刻：《十三经注疏》，中华书局 1980 年版，第 1694 页。
⑤ 郭庆藩：《庄子集释》上册，中华书局 2012 年版，第 85 页。
⑥ 赜藏主编集：《古尊宿语录》上册，中华书局 1994 年版，第 146 页。
⑦ 阮元校刻：《十三经注疏》，中华书局 1980 年版，第 1435 页。

"体"、文类之"体"、文则之"体"、文义之"体"，等等。《庄子·天地》："体性抱神，以游世俗之间者。"①"体"即体悟。成玄英疏解"能体纯素"道："体，悟解也。"②《庄子·知北游》："夫体道者，天下之君子所系焉。"③《荀子·解蔽》："知道察，知道行，体道者也。"④通过身体比况，"体"既由外在导向转为内在导向，又由生命况喻转为哲思运绎，从而发展出体察、体认、体会、体现、体验、体悟等一系列概念，并在"身体"原义之外又带有设身处地与切身感受、总体印象联系去感悟、冥合、品味、会意之义，由切身体验和心灵感悟出发，直接上升为整体把握的运思方式、认知方式和实践路径。⑤ 文论关键词"体"的比况用法，如刘勰《文心雕龙》"体物写志""体情之制""体物为妙"等一系列言说方式。沈君烈《文体》："文之有体，即犹人之有体也。"⑥在生命观照中，身体之"体"又有悟解、妙契、观照、把握之义，其内在理路呈现为"行为方式—思维方式—言说方式"的交互状态，凸显出非逻辑、非理性和非常规的基本特征。如徐寅《雅道机要》："体者诗之家，如人之体象。"⑦经由"体"的语义转换，文章结构和生命结构建立了某种程度的关联，以"体"论"文"，蕴含"身—物—文"的流变线索。"文章之无体，譬之无耳目口鼻，不能成人。"⑧从物质活动领域到精神活动领域，"体"不仅有文化语义的特征，始于生命体验和生命认知，建构出身体、牲体、骨体、形体、物体、事体等指称方式，表示不同事物的总

① 郭庆藩：《庄子集释》中册，中华书局 2012 年版，第 443 页。
② 郭庆藩：《庄子集释》中册，中华书局 2012 年版，第 547 页。
③ 郭庆藩：《庄子集释》中册，中华书局 2012 年版，第 751 页。
④ 王先谦：《荀子集解》，中华书局 1988 年版，第 397 页。
⑤ 涂光社：《说古代文论中的"体"》，《长江学术》2006 年第 2 期。
⑥ 阿英编：《晚明二十家小品》，河北人民出版社 1989 年版，第 405 页。
⑦ 张伯伟：《全唐五代诗格汇考》，凤凰出版社 2002 年版，第 436 页。
⑧ 永瑢，纪昀等编纂：《景印文渊阁四库全书》第 1115 册，台湾"商务印书馆"1985 年版，第 817 页。

体架构和结构统序；还有文论语义的特征，转向"辨体明性"和"人化文评"①，引申出体制、体势、体貌、体格、体要、体韵等赋义方式，表示各体文章的整体存在和整体风貌，从而为中国传统文论中"体"的广泛使用奠定了观念基础。

解诠中国文论关键词"体"的生成机制与实践指向，还原"体"的字义根柢和构形依据，需要于其历史文化语境之全体系中求索之。字形、字音、字义可作为考察探究的基本方向，以厘定"体"的基本义、引申义和比喻义，但其中一些潜在的问题也应引起研究者的重视。首先，过于遵循"体"的形义关系，容易走向"强制阐释"②式的望文生义、曲解原义；其次，盲目地推广"审形知音，审音知义"的释义特例，不免将"体"直接等同于"礼"或"履"而有失明辨；再次，因准确界定和把握不易操作，直陈其义而不借助字音、字形，又难免会产生心、体、形不分之偏差。③ 关于这些释义问题，章太炎先生在《小学略说》中提出了相关的意见："大凡惑并音者，多谓形体可废。废则言语道窒，而越乡为异国矣。滞形体者，又以声音可遗。遗则形为糟魄，而书契与口语益离矣"④。就汉字阐释而言，字形、字音、字义三者相辅相成，乃是一个不可偏废、不可割裂的整体结构，如若顾此失彼，便会影响到汉字释义的完整性和一致性。

中国文论关键词"体"的文字学考察，尤为需要关注上述问题，并

---

① 钱锺书先生认为中国古代文学批评有"把文章通盘的人化或生命化""把文章看成我们自己同类的活人"的特点，参见其《中国固有的文学批评的一个特点》，《文学杂志》第 1 卷第 4 期，1937 年 8 月。另见钱锺书：《谈艺录》，中华书局 1984 年版，第 40 页；敏泽：《中国美学思想史》第 1 卷，齐鲁书社 1987 年版，第 512 页；吴承学：《生命之喻——论中国古代关于文学艺术人化的批评》，《文学评论》1994 年第 1 期。

② 强制阐释的缺陷表现为实践与理论的颠倒、具体与抽象的错位，以及局部与全局的分裂。参见张江：《强制阐释论》，《文学评论》2014 年第 6 期。

③ 袁劲：《中国文论关键词"怨"的文字学考察》，《南京师范大学文学院学报》2019 年第 4 期。

④ 章太炎：《国故论衡》，商务印书馆 2010 年版，第 7 页。

应将这种考察深入具体的历史文化环境中，避免陷入字形、字音、字义相割裂或相对立的释义模式。在"身—物—文"的语义流变中，"体"经历了从生命之"体"到文章之"体"的位移，并在生命整体观的引发下，由身体结构的笼统感知转化为文章结构的具体认知，或作呈现、指称，或作分类、区别，或作典范、样本。探讨"体"的文字谱系和文化传统，除了通观字形、字音、字义的古今变化，还须同出土简帛及传世文献中的"巫祝之辞"①相比勘。在"礼以立体"总题下，文辞之"体"（韵语之文）的流变过程，"恒由祀礼而生"②，不仅涉及体类式样的形成、内容风格的确立，还涉及体制规范的建立、写作经验的传承。通过"行为方式—言辞方式—文本方式"的变迁与发展，揭示"体"的跨域涵指方式，有助于重审文辞之"体"与礼仪、政治与制度等主题的关联，考察"辞尚体要""礼以立体""文各有体""体制为先"等文论命题的语义根源。

---

① 从目前材料看，"六辞"文体均极重文采。这些文辞总体而言篇幅简短，功利性较强，虽然注意文句的对称、音节的工整、音韵的和谐，但往往语气生硬、表现手法单调，与诗歌一类的文体存在明显不同。参见陈民镇：《一种文体生成论——"文学出于巫祝之官"说的再思考》，《学术研究》2018 年第 7 期。

② 陈引驰编校：《刘师培中古文学论集》，中国社会科学出版社 1997 年版，第 217 页。

第五章 "辨"与"体"的双向建构及策略

在中国古代文学批评中，"辨体"以"一词三义"的灵活性和适应性参与到文体观念的谱系建构和知识演绎中，由"内饔之职"的文化形态上升为"生命之喻"的文论形态。传统"辨体"思想以"解体"为程序，以"献体"为仪式，蕴有从"礼法"向"技法"的位移；"辨体"以"得体"为契约，以"失体"为规训，蕴有从"辨体"向"明性"的转化，并在"从变""从义"的制衡中，呈现出中国文体学的批评观念、得失观念和阐释观念。为此，考察传统"辨体"思想与文体阐释的意义生成，正是新时期实现中国古代文体观念认同和文论话语体系建构的题中应有之义。

"辨体"是一个甚深微妙、有待默悟的文体学关键词，用于言说不同的文体现象、批评事件及文论效用。无论是防御不知限度的逾越，还是破解陈规旧习的禁锢，都会涉及传统"辨体"的意向聚集与意义生成。"辨体"首先是作为批评观念出现的，其次是作为阐释尺度看待的；既有不同文体之间的渗透、交叉和跨越，又有同一文体的移位、变形和降格。每一文体都有自身的基本特征和表现手法，历代文论家以"体"论文，围绕各体文章的语言层、现象层、意蕴层，建构出体制、体式、体貌、体格、体类等观念，"就像一个大湖，上游的水，都注入这个湖；下游的水，也都是由这个湖流出去的"①。对于文章体类的划分、文章性质的说明、文章演变的探讨，对于文章范文的选定、文章风格的鉴

---

① 郑骞：《宋代在中国文化史上的定位》，《永嘉室杂文》，辽宁教育出版社1998年版，第218页。

赏、文章规则的讲评，这些方面最终都会在"辨"的意向聚集与"体"的意义生成中得到反映与体现。因此，通过对"辨"的事实认定与价值判断，透视"体"的历史基因和文化谱系，分析文体观念折射出的划界与越界的冲突及融合，彰显文体阐释的复杂性、多义性和不确定性，可为我们认识传统文体观念的原初事实与整体面目提供一种衡判标准和省察原则。

一、解体与献体："辨体"意识的发生

考察"辨体"的理论生命，须着眼于其思辨特征、审美特征及语言特征，寻求传统文体之"同异""正变""雅俗""尊卑""本末""优劣""高下""得失"等问题的发生缘由。据已有材料来看，"辨体"最早出现在《周礼·天官·内饔》中："内饔掌王及后世子膳羞之割、亨、煎、和之事，辨体名肉物，辨百品味之物。"郑玄注："体名，脊、肋、肩、臂、臑之属。"①"内饔"是周代官制中天官的属官，辨别体名，析分百味，掌管周王庭中君王、王后、世子的饮食和宗庙祭享用品。在具体的流程中，"辨体"是内饔的基本技能，割切、烹调、煎煮、和味等加工程序都离不开这一环节。易祓《周官总义》云："牲有体名，或贵或贱；牲有肉物，或燔或胾，以至百品味之物，或羞或荐，则当辨其可用而去其不可用者。"②在此，易氏阐明"辨体"的原始意涵，由对牲体的选择延伸到对百物的选择，辨别其可用之处，去除其不可用之处，已有明显的辩证思维。"辨体"是对牲体的评判和取舍，定牲体之名的类目和次第。如毛奇龄《辨定祭礼通俗谱》云："'内饔掌割烹'有'辨体'，谓解羊豕之体而辨其前后左右横直之不同。今其制已不可考则，但分六体，而以

---

① 阮元校刻：《十三经注疏》，中华书局 1980 年版，第 661-662 页。
② 永瑢、纪昀等编纂：《景印文渊阁四库全书》第 92 册，台湾"商务印书馆"1983 年版，第 299 页。

前为贵，以后为贱，而次第献之，似亦不失礼意矣。"①"辨体"源于儒家礼制，以"解羊豕之体"为发端，以"献羊豕之体"为目的，围绕"体"之前后、左右、横直等属性，从"礼法"转为"技法"，在"辨"中明贵贱、定次第、分高下，含有丰富的价值判断及其选择。

从词源角度来看，"辨""体"相会通，皆与生命结构相关，蕴含辨别、辨认、辨析、辨识等基本语义。段玉裁《说文解字注》释："体，总十二属也。十二属许未详言，今以人体及许书核之。首之属有三，曰顶，曰面，曰颐。身之属三，曰肩，曰脊，曰。手之属三，曰厷，曰臂，曰手。足之属三，曰股，曰胫，曰足。"②又《心部》释："辨，判也。"③在此，"辨"是对"体"的选择、确立及培育，"体"是对"辨"的聚焦、整合及建构，二者相互为用，既致力于生命结构的探索，也致力于生命观念的会通。"辨体"源于"解羊豕之体"和"献羊豕之体"的打通，以"牲体"类推"人体"，以"人体"比附"文体"，即以人体由外而内的肉、骨、气、神等构成之整体结构，来比附文章及书画诸艺术的由表及里的结构层次④，在"人化"或"生命化"⑤的批评观念中建构出众多文体观念。因而，由"辨体"孕育出富有辩证意识的思维方式和阐释方式，从"牲体之辨"转向"人体之辨"，成为最初的发端和形式；从"人体之辨"转向"文体之辨"，成为最终的目的和功能。文体阐释的方法论和认识论研究，基本上体现在以"辨体"思考为起点的思路中，有关文体形态、文体观念、文体分类及辨体批评的研究更是在"辨""体"之间不断演进与生成的。"辨""体"有效结合，激活了"文体"语义空间，从显性外表转为隐性内容，既有形而下层面，解羊豕之体，献羊豕之体，定体

---

① 永瑢、纪昀等编纂：《景印文渊阁四库全书》第 142 册，台湾"商务印书馆"1983 年版，第 781 页。

② 段玉裁：《说文解字注》，上海古籍出版社 1981 年版，第 166 页。

③ 段玉裁：《说文解字注》，上海古籍出版社 1981 年版，第 180 页。

④ 党圣元：《体貌与文相》，《贵州社会科学》2016 年第 12 期。

⑤ 蒲震元：《"人化"批评与"泛宇宙生命化"批评——中国传统艺术批评模式中的两种重要批评形态》，《文学评论》2006 年第 5 期。

名之属，辨前后、左右、横直之不同；也有形而上层面，喻生命之体，观生命之貌，识诗文之相，辨贵贱、尊卑、优劣之分等。

"辨体"之名目、内涵及外延是在传统思想文化中建构与演进的，其文体意识、逻辑意识及思辨意识直接得益于中国古代朴素辩证法思想以及正名思想、名实之辨和类合同异思想的滋养。① 如此，"辨体"的产生、流衍及意义绝非一个封闭的话语圈就能说清楚的，理应走出封闭的话语圈，将传统文体范畴及其体系放到传统文化哲学的大背景下来考察，采用一种将文体阐释与文化哲学结合起来的研究方法。② 作为文体学基本范畴，由"解体""献体"而"辨体"可通向众多古代文体观念，须在传统文化哲学的背景下勾勒中国古代文体阐释的理论谱系，把握其思维方式、审美方式及言说方式。于是，"辨体"作为两套话语而同时存在，又因对方的思想、知识及方法而发生"移位"，从而不断地向外辐射和传播，拓展出文体观念的体系和层级，聚拢于以"辨"为核心的思维体系中，汇合于以"体"为核心的话语体系中。严羽《答出继叔临安吴景仙书》云：

> 作诗正须辨尽诸家体制，然后不为旁门所惑。今人作诗差入门户者，正以体制莫辨也。世之技艺，犹各有家数，市缣帛者，必分道地，然后知优劣，况文章乎？仆于作诗，不敢自负，至识则自谓有一日之长，于古今体制，若辨苍素，甚者望而知之。③

据此而言，以"辨体"涉及诗文批评，重在辨体制同异，既可让"辨"的

① 任竞泽：《论中国古代辨体发生的文化哲学渊源》，《江西师范大学学报》2010 年第 3 期。

② 从发生学的角度来看，传统文论概念范畴的产生与中国古代文化哲学有着非常密切的血缘关系，它们中的绝大多数是从中国古代文化哲学概念、范畴中导引出来的。参见党圣元：《中国古代文论范畴研究方法论管见》，《文艺研究》1996 年第 2 期。

③ 张健：《沧浪诗话校笺》，上海古籍出版社 2012 年版，第 765-766 页。

批评意识融入诗文评视域，强化文体规范，凸显文体意识；又可用"体"的话语形态来校正文体学概念，遵循文体规律，引导文体实践。余孟麟《文章辨体序》云："文胡可以无体？抑胡可以弗辨也？"①若能知晓"辨""体"之间的差异，必然会成为我们理解"辨体"这一妙词的基础。

"辨体"带有强烈的冲击力出现在中国早期文化视域中，人体与文体的相似之处，显性形态与隐性形态的精妙之处，则成为研究者理解传统文体观念的关键所在。当以"辨"为核心的思维体系和以"体"为核心的话语体系对接时，"辨体"经历了从"解体""献体"向"识人""识文"的转变，沿着辨名理、术法和辨才性、风格两个方向继续发展，遵循从"辨实"到"辨名"，"辨名"到"辨理"的路径，依次发展了辨文体类别、风格、源流等批评方式，深化了古人对文体内部结构因素与理论范畴之间逻辑层次的价值判断和价值选择。② 因此，从"解体""献体"到"辨体"，具有较强的构词能力和造词能力，既构成了文体观念的观念史和思想史，又构成了文体阐释的话语依据和通约前提。

二、得体与失体："辨体"传统的转换

传统"辨体"的观念互动与模式建构，既有"得体"的激发和引导，"旧练之才，则执正以驭奇"③；又有"失体"的检测和校正，"新学之锐，则逐奇而失正"④。作为对立统一的文论概念，"得体"与"失体"可复归于"辨体"的言说与实践："得体"是在"辨体"观念下，主张"尊体""合体""正体"，遵守文体体制，确定文体观念；"失体"是在"辨体"体系中，逾越文体界限，倡导文体革新，超出体裁、体格、体类的原有界

---

① 黄宗羲编：《明文海》，中华书局 1987 年版，第 2164 页。
② 贾奋然：《魏晋名理学与辨体批评》，《甘肃社会科学》2019 年第 3 期。
③ 范文澜：《文心雕龙注》下册，人民文学出版社 1958 年版，第 531 页。
④ 范文澜：《文心雕龙注》下册，人民文学出版社 1958 年版，第 531 页。

限，属"讹体""乖体""变体"的范围。祝尧《古赋辨体》："宋时名公于文章必辩体，此诚古今的论。然宋之古赋，往往以文为体，则未见其有辩其失者。"①"辩其得"与"辩其失"成为文体观念之拓展与延伸的联结点和过渡点，勾连同异、源流、本末、体用、优劣、高下等观念，既对以"辨"为核心的思维体系有所促进与推动，又对以"体"为核心的话语体系有所省察和反思。因此，在重识"辨""体"之事实本体和真实面目的基础上，阐说从"得体""失体"到"辨体"的微妙关系和内涵特征，可为传统文体观念研究实现文化身份认同、话语体系建构及重建理论自信提供一些有益经验。

从传播学的角度来讲，文学创作是一种高级的编码活动，须有特定的符号和模式，才能顺利地进行生产、传播和流通。通过文章完成明道、征圣、宗经的重任，以及实现修身、齐家、治国、平天下的使命，其关键之处就在于"文"是否得"体"。但凡写文章，务须找到一种表意、表情的特定形式或要件，也就是恰如其分的文体形式。章潢《图书编》云："学《易》莫要于玩象，学《诗》莫要于辨体。"②如果文章无"体"或失"体"的话，那么就不能顺利地进行"因字而生句，积句而成章，积章而成篇"的编码活动。因为各体文章是以语言模式和文体模式作为传播基础的，所以作者在写作过程中由"辨体"而"得体"，才有可能实现其历史重任和精神使命。对创作者而言，从事文学创作或文学批评的首要任务，就是要辨别清楚体裁、体格和体类之间的理论特征及其层级关系。又如车大任《又答友人书》云："诗文各有体，不辨体而能有得者，未之前闻也。夫文贵显也，不显不足以敷畅其事情。诗贵隐也，不隐不足以见深长之味。"③据此而言，"辨体"不仅是文体实践的核心取向，

①　永瑢、纪昀等编纂：《景印文渊阁四库全书》第 1366 册，台湾"商务印书馆"1986 年版，第 817 页。

②　永瑢、纪昀等编纂：《景印文渊阁四库全书》第 968 册，台湾"商务印书馆"1986 年版，第 406 页。

③　黄宗羲编：《明文海》，中华书局 1987 年版，第 1617 页。

还是文体研究的基本起点。皎然《诗式》提出"辩体有一十九字"①的观念。在"辨""体"的转换生新中，体类的划分、性质的说明、演变的探讨、范文的选定、风格的鉴赏、章法的讲评等一系列活动，最终都会得到有效的体现，揭示出各体文章的体例及方法，为正确判断和批评文章确立规范。以"体"为核心的话语体系一旦契合文章规范和传统，就会在以"辨"为核心的批评意识的引发下，转换为体制、体式、体貌、体裁、体格及体类，并成为中国古代文体观念链条上的不同环节。

在文体观念的发轫时期，"辨体"源于"解羊豕之体"和"定体名之属"的建构，进而辨同异、明贵贱、定次第、分高下、论得失，形成了得失互参的批评体系。"辨""体"的结构论和关系论，还有更深刻的哲学思想，既受到辩证思维的濡染，也受到有无之辨的滋养，那就是"得体"与"失体"的相互校准和验证，即"得"兮"失"所伏，"失"兮"得"所倚。如果说"得体"是"辨"的逻辑延伸的话，那么"失体"就是"体"的省察原则。传统"辨体"的批评初衷是使得文章在"辨"中入"体"、立"体"，实现"尊体""正体"的诉求，要求在文学创作中要推尊文体，遵守各体文章的写作规范和格式要求，即避免"失体"，也就是避免外向度的"失语"和内向度的"失性"。在"辨体"观念的流变中，"得体"既有"立范运衡，宜明体要"的要求，也有"辞致侧密，事语坚明"②的形式，亦有"意匠有序，遣言无失"③的规范。与"得体"论相对，"失体"既有"严分体制，细别品类"的考虑，也有"繁则伤弱，率则恨省"④的权衡，

---

① 李壮鹰：《诗式校注》，人民文学出版社 2003 年版，第 69 页。
② 郁沅、张明高编选：《魏晋南北朝文论选》，人民文学出版社 1996 年版，第 368 页。
③ 郁沅、张明高编选：《魏晋南北朝文论选》，人民文学出版社 1996 年版，第 368 页。
④ 郁沅、张明高编选：《魏晋南北朝文论选》，人民文学出版社 1996 年版，第 370 页。

亦有"存华则失体，从实则无味"①的取舍。"得体""失体"相交织，构成文体观念的常态化问题和规范化路径。"辨体"最富意味之处，是以"得""失"为羽翼，聚焦文体观念的沉潜与激活、衔接与赓续、返本与开新，延及"昭体""熔体""有体""无体""以文为诗""以诗为词""以古为律"等文体观念关键词，形成概念范畴之间的合力，参与中国古代文体观念的谱系建构和知识演绎。

"得体"与"失体"构成辩证关系，既是"辨"的组成部分，又是"体"的衡判标准。在得失转换中，"得体"是"辨"的批评取向，其要义是锁钥文体观念、开启文体功能及助力文体创造；"失体"是"体"的判断原则，其作用为裁量文体向度，参定文体章法及衡判文体效力。任竞泽先生指出："得体，是辨体理念的逻辑延伸。辨体即尊体，要求文学创作中要推尊文体，遵守文体的写作规范，这样才能得体，避免失其体制。"②"得体"与"失体"成为"辨体"思想的判断原则，既在"辨"中验证"体"的思维方式、审美趣味、话语形态及文化意蕴，又在"体"中省察"辨"的思想资源、知识形态及方法理论。

> "文辞以体制为先"，讲"体"是中国古代文学的一个十分突出的特点。尤其是文学观念自觉之后，文人"体"的意识就更为鲜明。有"体"无"体"甚至成为一个诗人有无成就、影响大小的重要标志，也成为一个时期的文学影响近远的标志。③

对创作者及批评者而言，辨析、解读及欣赏各体文章，就是要"辨体明

---

① 郁沅、张明高编选：《魏晋南北朝文论选》，人民文学出版社 1996 年版，第 370 页。

② 此"得体"与"失体"论亦可用来批评人物之言语举止和为人处事上是否符合人物的身份和性格。参见任竞泽：《曹雪芹的文体学思想——兼及脂评本〈红楼梦〉的文体文献学价值》，《文艺理论研究》2014 年第 4 期。

③ 詹福瑞：《古代文论中的体类与体派》，《文艺研究》2004 年第 5 期。

性"，辨别"体"之语言形式、结构形态、表述形式的得失之处，先须"度其体格宜与不宜"①，则有"密会者以意新得巧，苟异者以失体成怪"的情况。其中，合理的状态当是"循体而成势，随变而立功"②。从"得体""失体"到"辨体"，可视为中国古代文体观念之拓展与延伸的核心取向和判断原则。

在"辨体"的流变中，以"辨"为核心的思维体系和以"体"为核心的话语体系进入传统文学批评，历代学者用众多文体现象、批评事件及单元性质予以对接，"将它试用于每一个方面，每一种意图，试验其严格意义的可能延伸范围，试验其一般原理，以及衍生原理"③，从而建构出"体制定其得失""体式辨其尊卑""体貌分其雅俗""体裁别其源流""体格识其高下""体类次其是非"等范式。如果说从"解体""献体"到"辨体"是文体观念的发生基础，那么从"得体""失体"到"辨体"应该是文体观念的基本原则。无论是尊体、破体，还是正体、变体；无论是观体、择体，还是昭体、熔体，都会受到"辨""体"之关联和互动的影响。可以说，古人辨析文章之古今、源流、正变、雅俗、尊卑、高下等基本属性，无不涉及"得失之思"的转换思维。从"得体""失体"到"辨体"，对文体观念的意义生成而言，既是历史逻辑之必须，又是理论逻辑之必然。

三、从变与从义："辨体"阐释的原则

"辨体"的"一词三义"在讲究规范(知识是确定的)的学科视域下，看似有些令人费解。经由"辨"与"体"的组合、递进及引申，传统文体观念有常有变，过于"从变"，流衍开来，因牵强附会而失之于妄；过

---

① 曹雪芹、高鹗：《红楼梦》下册，人民文学出版社 1996 年版，第 1104 页。
② 范文澜：《文心雕龙注》下册，人民文学出版社 1958 年版，第 530-531 页。
③ [美]克利福德·格尔茨：《文化的解释》，韩莉译，译林出版社 1999 年版，第 3 页。

于"从义",不知变通,因拘泥成规而失之于固,便会遮蔽传统文体观念的事实本体与真实面目。面对"辨体"的生命历程,研究者何以从应然的思想资料和本然的历史脉络来阐释文体观念。中国古代文体观念及其思维方式、审美趣味、话语形态、文化意蕴究竟是怎样的?随着中西文体学思想的交汇,我们如何摆正"自我"与"他者"之关系?如何考察文论关键词"体"的心理结构或民族性格,这些问题须在中国古代文体观念的现代阐释中予以回应。

作为中国古代文体观念的意义建构方式①,"从变"与"从义"论出自董仲舒《春秋繁露·精华》:"《诗》无达诂,《易》无达占,《春秋》无达辞,从变从义,而一以奉人。"②在文体学视域中,"从变从义"是文体阐释的自由与限制特征,"从变"是自由取向,阐释的灵活性和变通性,阐释者可依据自己所处的历史文化语境对文体进行灵活自由的理解和解释;"从义"是限制取向,阐释的原则性和立足点,强调阐释者对文体的理解和解释不能出于应有之义,须顾及文体本身的客观依据和基本内涵。③"从变"与"从义"可视为传统文体阐释的指导思想和基本纲领。如王若虚《论语辨惑序》:

> 解《论语》者,不知其几家,义略备矣。然旧说多失之不及,而新说每伤于太过。夫圣人之意或不尽于言,亦不外乎言也。不尽于言而执其言以求之,宜其失之不及也;不外乎言而离其言以求之,宜其伤于太过也。盍亦揆以人情而约之中道乎?④

---

① 刘明华、张金梅:《从"微言大义"到"诗无达诂"》,《文学遗产》2007 年第 3 期。

② 苏舆:《春秋繁露义证》,中华书局 1992 年版,第 95 页。

③ 李有光:《中国诗学"从变"与"从义"阐释思想研究》,《河南社会科学》 2017 年第 9 期。

④ 胡传志、李定乾校注:《滹南遗老集校注》,辽海出版社 2005 年版,第 33 页。

在文体阐释中,"从变"是对"辨体"的补充,复归于"得体",崇于"不尽于言";而"从义"则是对"辨体"的规约,避免离散于"失体",尚于"不外乎言"。由传统文体观念出发,"辨体不清则诠义不澈"①,阐释者应根据感性体验和理性言说的历史场境,在"辨体"中调动自身的生活经验、审美经验和创作经验,以及想象力、知解力和判断力,对文体观念进行意义建构。

从阐释角度来看,"辨""体"之间的关系论和结构论,涉及传统文体之本质论、价值论、通变论、鉴赏论、批评论等问题,乃是自由取向(从变)与限制取向(从义)的统一。换言之,"从变"论、"从义"论可在"辨体"历史流变中实现相互制衡的阐释效力。传统文体阐释的意义建构,既应持"不尽于言"的自由取向,在"辨"中不被文体的语言文辞所束缚与局限,对体裁(文体的形式和载体)、体格(文体的灵魂和精神风貌)和体类(文体分类的基础)②进行阐释;又应持"不外乎言"的限制取向,回到"体"之自身,促成文体的创造性转变和创新性发展而不脱离文体应有依据、内涵及意义。所以,"辨体"既有对合理阐释(有限释义)的强调,拓展出合体、正体、立体、有体、得体等概念;又有对过度阐释(无限释义)的预防,从而延伸出讹体、变体、乖体、无体、失体等观念。如果我们在"辨"中只是张扬阐释者自由释义的权利而弃"体"的意义于不顾,那么它会因为陷入极端的中心主义而使自身的理论价值大打折扣③,也不可能成为一种渗透到中国古代文体学的知识领域并成为其认识论、方法论的学问。从这一方面来说,中国古代文体观念之拓展与延伸的落脚点和出发点,应当是"从变""从义"相制衡的阐

---

① 永瑢、纪昀等编纂:《景印文渊阁四库全书》第 968 册,台湾"商务印书馆"1986 年版,第 407 页。

② 曾枣庄:《论古代文体学研究的基础和对象》,《清华大学学报》2012 年第 6 期。

③ 李有光:《中国诗学"从变"与"从义"阐释思想研究》,《河南社会科学》2017 年第 9 期。

释思想。

在传统"辨体"观念的滥觞处,"从变"与"从义"论演绎出"以'体'为根柢,以'言'为主干,以'用'为华实"①的阐释方式,建构出文体形态、文体观念、文体分类及辨体批评的理论谱系与知识图景。就文体阐释而言,无论趋于"从变",还是趋于"从义",有关"辨体"问题的阐释,都须有所附着,有所统系,那便是回到文体关键词自身(即"体""言""用"等具体层面),就是说惟本体、本义、本位是求。伽达默尔《文本与阐释》一文说:"有这样的文本,它们在我们理解它们的行动中并不消失,而是在那儿用标准的要求面对我们的理解,它们不断地面对文本能够说话的每一种新方法。"②据此阐释理念,只有回到文体观念自身,文体阐释才可能实现其全部意义。在"理一分殊"的文体系统与"轻重有别"的文体族群③中,文体本身及"辨体"的意向聚集既是文体阐释的附着点,又是文体阐释的出发点,阐释者辨同异,辨贵贱,辨次第,辨高下,辨得失,如此一来,既能保证文体观念生成的合法性和有效性,又能维护阐释者对文体实践较自由的想象力、知解力和判断力。

在对文体观念的理解和阐释上,阐释者容易出现"穿凿附会,胶柱鼓瑟,不失之固,即失之妄"④的情况,可以说,唯此易解,亦唯此难说。叶燮《原诗·外篇下》:"学诗者,不可忽略古人,亦不可附会古人。忽略古人,粗心浮气,仅猎古人皮毛。"⑤在文体学阐释中,无论是忽略古人的阐释,还是附会古人的阐释,势必偏执一端,使古代文体观念的意义建构,要么不及,要么太过。作为意义建构方式,"从变""从义"都是文体观念的阐释基础,以相互制衡的原则不断向外辐射和传

---

① 李建中:《中国古代文体学范畴的理论谱系》,《北京大学学报》2011 年第 6 期。

② 严平编选:《伽达默尔集》,上海远东出版社 1997 年版,第 71 页。

③ 谷曙光:《文体系统与文体族群——中国古代文体学研究的新维度》,《中国社会科学报》2016 年 5 月 16 日第 005 版。

④ 方玉润:《诗经原始》,中华书局 1986 年版,第 4 页。

⑤ 蒋寅:《原诗笺注》,上海古籍出版社 2014 年版,第 463 页。

播，建构出"辨体"思想的理论体系。在具体实践中，阐释者易出现执"辨"而离"体"的情况，一方面对"辨"的关注大于"体"，另一方面对"变"的热情远高于"义"。如果阐释者一味地张扬"从变"的自由取向，而忽略了"从义"的限制取向，便会遮蔽"辨体"的活力、效力及魅力。为了有效地理解"文体"的意义世界，我们有必要重新思考以"辨"为核心的思维体系和以"体"为核心的话语体系相对接的"有效性验证"问题。无论是以"辨"来激发"体"的阐释潜能，还是以"体"来引导"辨"的批评效力，"只要不超出语言指涉的有效半径，不同的解释都可能是合理的"①，终落实为"不尽于言，不外乎言"的阐释理念。惟有坚持"从变"论与"从义"论相结合的阐释原则，"入乎其内，故能写之；出乎其外，故能观之"②，不离"辨"，亦不执"辨"，不离"体"，亦不执"体"，方能获取"辨体"的中正之意。传统"辨体"思想最好的阐释状态，应当是"归诸中正，辞不害志"：

> 夫人感物而动，兴之所托，未必咸本庄雅。要在讽诵紬绎，归诸中正，辞不害志，人不废言。虽乖谬庸劣，纤微委琐，苟可驰喻比类，翼声究实，吾皆乐取，无苛责焉。③

梁启超曾指出："凡一民族之文化，其容纳性愈富者，其增展力愈强，此定理也。"④"辨体"思想的理论生命经历了一个历史过程，由形而下的"内饔之职"发展为形而上的"人化文评"，不仅有从"辨体"向"明性"的转化，还有从"礼法"向"技法"的转变，亦有从"从变"向"从

① 周裕锴：《中国古代阐释学研究》，上海人民出版社 2003 年版，第 398 页。
② 王国维：《人间词话》，人民文学出版社 1960 年版，第 220 页。
③ 唐圭璋：《词话丛编》，中华书局 1986 年版，第 1637 页。
④ 梁启超：《翻译文学与佛典》，《佛学研究十八篇》，上海古籍出版社 2001 年版，第 196 页。

义"的转移。"不述先哲之诰，无益后生之虑。"①因此，从语言和文化方面阐说中国文学及文体的书写传统，考察与探源"体"的产生、流衍及意义，展开"书写"②的规约意识(政教化、文学化和范畴化)，即批评观念、得失观念和阐释观念的辩证统一，深入研究关系文体阐释的关键问题，判断传统文体的研究走向及趋势，增强文体关键词对当下的感召力，力图实现传统之精义与现代之意识、西方之观念的会通。本书在语言和文化上阐说"辨""体"的历史语义，在总结传统和标举规律之基础上展开"辨体"的解诠思路，昭示其"前世今生"的生命活力、"旧瓶新酒"的阐释张力、"望今制奇"的创新动力，避免中国古代文体观念关键词"失效"焦虑，并使之成为中国古代文体学研究实现文化身份认同、话语体系建构及重建理论自信的核心问题。

---

① 范文澜：《文心雕龙注》下册，人民文学出版社 1958 年版，第 726 页。
② 党圣元：《先秦"书写"神圣性观念研究》，《社会科学战线》2021 年第 3 期。

第六章 辨"得"：文体批评的体认与觉解

"以体论文"与"文各有体"是传统文学批评的显著特点，由"体"引申出一系列涉及文体观念生发的文体学基本概念，以"得体"为著述传统和书写原则，以公私相济和内外相维为认知路径，则成为历代文论家把握"文"的重要形式和实践样式。传统文体批评善于在"得体"与"失体"的交织中探讨建构文体观念的必要性、可能性及其限度，审辨卜祭、训诫、传释、说理等形态，勾连语言、结构、技巧、手法等要素。古人论说文体的属性、外延及其边界，解诠文体的体系、层级及其族群，往往首先称名定体、推原明用，离不开对文体观念的"立言之宗旨""作述之情态""类例之依据"①的识别和提炼。

透过"话语方式——文本形态——文体形式"观念谱系，以"得体为用"为认知路径，探讨文体之"公""私""内""外""真""伪"等基本问题②，不仅涉及公共文体的渗透、跨越和衔接，还涉及私人文体的移位、降级和升格。在公共文体与私密文体之间，由"得""失"之别异引发出的一系列文体思想观念，构成传统文学批评中的"得体"论景观，

---

① 程千帆：《言公通义——章学诚学术思想综述之一》，《南京大学学报》1982 年第 2 期。

② 参见[日]浅见洋二：《文本的"公"与"私"——苏轼尺牍与文集编纂》，《文学遗产》2019 年第 5 期。此外，《诗来自何处？为谁所有？——关于宋代诗学中的"内"与"外"、"己"与"他"以及"钱"、"货"、"资本"概念的讨论》、《关于"梦中得句"——中国诗学中的"内"与"外"、"己"与"他"》。二文俱载[日]浅见洋二著《距离与想象——中国诗学的唐宋转型》，金程宇、[日]冈田千穗译，上海古籍出版社 2005 年版，第 390-433 页。

呈现出文体生成、接受、传播的历史过程与复杂形态。"得体"与"失体"的关系并不总是二元对立，二者的区分是多层面和多变的，具有内在的复杂性，两者界限也在不断变动。① 在文体生成中，公共文体与私人文体有何内在的逻辑和外在的张力？"得""失"之关联和互动，如何从思想史研究迁移到文论史研究？"得体"与"失体"的文体成像过程又应如何显现？在文体思想史视野中，如何发掘"言—情—体"的潜在线索，梳理出有关"得体"论的文体观念和批评论述。因此，通过对传统文学批评中"得体"论的体认和默会，将分散的文体现象集中化，把不规则的批评论说有序化，探究文体观念的一些核心论题。

一、宗旨：心生言立，言立文明

作为一种文体思想观念，"立言"是古人在"得体"论之创作实践和批评鉴赏中所秉持的理念，既有"言公"的伦理维度，又有"言私"的情感维度。无论是孔子的"天无私覆，地无私载，日月无私照"②，还是孟子的"公事毕，然后敢治私事"③，抑或荀子的"公道达而私门塞矣，公义明而私事息矣"④，先秦诸子所强调"立言"之公、私的问题凝结着人格心理、道德标准及伦理情感。"立言"概念可溯源至古代中国的"轴心时代"⑤（The Axial Period），先秦诸子不约而同地遵循"言公""言私"之著述传统和书写原则，由生活经历、切身体验及其群己权界衍生出相

---

① 王汎森：《权力的毛细管作用——清代的思想、学术与心态》，北京大学出版社 2015 年版，第 443-468 页。

② 阮元校刻：《十三经注疏》，中华书局 1980 年版，第 1617 页。

③ 阮元校刻：《十三经注疏》，中华书局 1980 年版，第 2703 页。

④ 王先谦：《荀子集解》，中华书局 1988 年版，第 239 页。

⑤ 德国哲学家卡尔·雅斯贝尔斯认为约公元前 800—前 200 年，尤其是公元前 500 年前后，是人类文明的"轴心期"。它突出地表现在古中国、古印度、古希腊以及古希伯来，深刻地影响了人类两千多年来的文明格局。参见 Karl Jaspers, The Origin and Goal of History, Yale University Press, 1953, pp. 51-70.

应的言辞样式，并在"言"的"公""私"或"得""失"转换中涉及中国早期文体观念及话语方式的体例、内容和语言等方面的内容。

《左传·襄公二十四年》："太上有立德，其次有立功，其次有立言，虽久不废，此之谓不朽。"①其中，"立德"指树立高尚的道德，"立功"指国为民建立功绩，"立言"指提出具有真知灼见的言论。对此，孔颖达阐述："立德，谓创制垂法，博施济众，圣德立于上代，惠泽被于无穷，故服以伏羲、神农，杜以黄帝、尧、舜当之，言如此之类，乃是立德也。……立功，谓拯厄除难，功济于时，故服、杜皆以禹、稷当之，言如此之类，乃是立功也。……立言，谓言得其要，理足可传。记传称史逸有言，《论语》称周任有言，及此臧文仲既没，其言存立于世，皆其身既没，其言尚存。故服、杜皆以史佚、周任、臧文仲当之，言如此之类，乃是立言也。老、庄、荀、孟、管、晏、杨、墨、孙、吴之徒，制作子书，屈原、宋玉、贾逵、扬雄、马迁、班固以后，撰集史传及制作文章，使后世学习，皆是立言者也。"②可见，古人极为注重对"立德""立功""立言"的追求。虽然人的生命是有限的、短暂的，但是有限的生命可以赋予永恒的价值。在此"三立"价值体系中，"立言"是"立德""立功"的延续，将"创制垂法，博施济众""拯厄除难，功济于时"过程中发生的知识、经验、问题和观念以一系列言辞样式固定下来（如制作子书、撰集史传及制作文章），将其"言"的过程方式和成果方式传之于世，记载"言"之划分、规定、建构和联系，力求"言得其要，理足可传"，从而确立独到、精辟、透彻的论说之"言"。

在古汉语中，"言"是一个内含事理和情态的关键词，既可上循天理，剖析法度之意；亦可下表性情，领会心声之处。作为寓理表意的载体，"言"是传统文体观念的话语基础，表示发声、发音。从字源学谱系来看，"言"的早期字形主要有"𝑌"（《甲骨文合集》30697）、"𝑌"

---

① 阮元校刻：《十三经注疏》，中华书局 1980 年版，第 1979 页。
② 阮元校刻：《十三经注疏》，中华书局 1980 年版，第 1979 页。

（《殷周金文集成》2456）、"ạ"（上博简《缁衣》第 17 简）等类。从甲骨文到战国文字，"言"字形有"象形"兼"指事"的双重特点，该字上为"一"或"二"，下为"舌"，表发音动作，也就是人鼓动舌头而发出声音。许慎《说文解字·言部》对小篆"言"进行释义："直言曰言，论难曰语。从口辛声。凡言之属皆从言。"①如此看来，"言"乃上下结构，上部为"辛"，得音；下面为"口"，得形，表说话、讲话。"辛"部即"辠也"，指违背法则而遭到惩罚。"辛"又由"干""二"组成，"干"指"犯也"，有触犯、冒犯等义；"二"则指"地之数也"，乃是天地和阴阳的表征，也是道的体现。"口"部指"人所以言食也"，即发声和进食的器官。② 从早期构形来看，言由舌出，道理借言语以表达，分为"直言"与"论难"两类，按生理机能直接说话为"言"，解答疑难、议论辩驳则为"语"。"言"的字义是言说法度，既是天意的体现，也是人事的体现，亦是心声的体现。"非先王之法服不敢服，非先王之法言不敢道，非先王之德行不敢行。"③如果违背了"言"的秩序与规范，那么就会受到天道自然的惩罚。可以说，在"从口""从辛"的基础上，"言"培育出古人的话语形态和表达方式。

随着古人对语言的重视，对意义的追求，"言"不仅成为信息沟通、情感交流的载体，还成为价值、理念与原则的认同基础。《尔雅》："言，我也。"④《释名》："言，宣也，宣彼之意也。"⑤《玉篇》："言，言辞也，我也，问也。"⑥《广韵》："言，言语也。"⑦《集韵》："言，讼

---

① 段玉裁：《说文解字注》，上海古籍出版社 1981 年版，第 89 页。
② 段玉裁：《说文解字注》，上海古籍出版社 1981 年版，第 54、87、102、681 页。
③ 阮元校刻：《十三经注疏》，中华书局 1980 年版，第 2547 页。
④ 阮元校刻：《十三经注疏》，中华书局 1980 年版，第 2573 页。
⑤ 刘熙：《释名》，中华书局 2016 年版，第 48-49 页。
⑥ 胡吉宣：《玉篇校释》第 2 册，上海古籍出版社 1989 年版，第 1745 页。
⑦ 周祖谟：《广韵校本》上册，中华书局 1960 年版，第 117 页。

也。"①可见，古语"言"可作"说"理解，其用意不限于普通之言，也指称富有德行、学识和修养的语言能力，即一种高水平的"言论""言辞""言语"，建构起"言循天理为外，言表心声为内"②的语言观念。根据古人的阐说，"言"的本义乃是"口语之言"，直言曰言，论难曰语，进而有"书面之言"，贵有物、贵有序③，延伸出特殊的"艺术之言"，为心声、为心画④。"言"是传统文体观念的话语基础，呈现出通俗与高雅、大众与精英的语言风格，既有广泛性与普通性的"言"，亦有审美性与艺术性的"言"。作为循天理而表心声的特殊形式，"言"是"人之所以为人"的生命表征，既有对自然的叩问，也有对生命的敞现，亦有对文艺的言说。"言"观念的形成是一个历史过程，由"得形""得音"而"得言"，既是自然之事，也是自然之理；既是生命之情，也是生命之态；既是文艺之体，也是文艺之用。从"口语之言"到"书面之言"，再到"艺术之言"，"言"这一形式既有"近取诸身""远取诸物"的取向，也有"归本自然""尚中致和"的取向，亦有"随物赋形""随心表意"的取向。在"天地化育，人文化成"的思想体系中，作为"口之力"之"言"提供了观物、观人及观己的整体思维，观事、观情及观理的直觉思维，既激发出自然世界的无限奇妙，深化了时人的感受能力；又激发出精神世界的无限可能，提高了时人的理解能力；亦激发出人文世界的无限想象，增强了时人的鉴赏能力。

可见，中国古人对"言"是极为注重的，用"言"描述和概括那些有关日常生活、社会活动、交互行为的知识、经验、技能以及综合现象。

---

① 赵振铎：《集韵校本》中册，上海辞书出版社 2013 年版，第 1132 页。

② 余和群：《文字之道——华夏汉字探源》，中国友谊出版公司 2016 年版，第 144 页。

③ 方苞《又书〈货值传后〉》云："《春秋》之制义法，自太史公发之，而后之深于文者亦具焉。义即《易》之所谓'言有物'也，法即《易》之所谓'言有序'也。义以为经而法纬之，然后为成体之文。"参见方苞：《方苞集》，上海古籍出版社 1983 年版，第 58 页。

④ 汪荣宝：《法言义疏》，中华书局 1987 年版，第 160 页。

在"言"的分化与整合中，依文而言，代天宣化，确定相关的模式惯例和体式传统，依照义理变化来说话，呈现出"言—辞—体"的语言形态，则为"文言"（书面语言）；由口而发，融于生活，追求言辞的表现力和声音的感染力，依照情感变化来说话，呈现出"言—情—体"的语言形态，则为"口语"（口头语言）。

> 所谓立言之宗旨者：心生言立，言立文明，生民有初，兹事即著。然古人之言，其旨也公；后人之言，其旨也私。言或同而所以为言则不同。此不可不审也。①

就"立言"之宗旨而言，"文言"与"口语"构成"言"的双重结构，确立了相应的秩序、规则及预期，经由"事体—语体—文体"的转换，衍生出不同的言说方式和话语形态（或"公"或"私"）。"文言"组成各体文章，注重典故、骈骊对仗、音律工整，主要包含策、诗、词、曲、八股、骈文等。"口语"也形成了相应的文体，浅显通俗、明白易懂、富于变化，包含变文、语录、话本、拟话本、小说等。"言"成为"体"的生成基础和建构路径，"立言"成为"得体"的必要前提和运转规则。李渔《闲情偶寄》："尝怪天地之间有一种文字，即有一种文字之法脉准绳。"②每一种文字都有其法脉准绳（文体特性与规范结构）载于其中。这种特性、规范是人们受思想支配而表现在外的活动，反过来又影响写作者的思维与行为，具有相当的感召力和认同度。《文心雕龙·原道》："心生而言立，言立而文明，自然之道也。"③于是，各种文章在"言—辞—体"和"言—情—体"的发展运演过程中，形成自身的特性（表现为"字""句""章""篇"），建立相对稳定而精致的规范和结构。葛洪《抱朴子·行

---

① 程千帆：《言公通义——章学诚学术思想综述之一》，《南京大学学报》1982 年第 2 期。

② 李渔：《李渔全集》第 3 卷，浙江古籍出版社 1991 年版，第 2 页。

③ 范文澜：《文心雕龙注》上册，人民文学出版社 1958 年版，第 1 页。

品》："摛锐藻以立言，辞炳蔚而清允者，文人也。"①"立言"侧重文案写作和辞章结撰的表达能力，强调文采、藻饰、音律之美。作为"得体"的关键标志，所立之"言"也须精练扼要。《文心雕龙·书记》："随事立体，贵乎精要，意少一字则义阙，句长一言则辞妨，并有司之实务，而浮藻之所忽也。"②正是出于对"立言"的重视，古人对"立体"的实践，就落实于"言"之"音""形""象""意"等方面，而兼及"才"（艺术才能）、"气"（性格气质）、"学"（学识修养）、"习"（生活习染），由此培育出的语言品格、语言秩序及语言素养，成为文体之"体"的人文源头和原始动力。

由"立言"而论，所谓"得体"，即言语、行动得当；恰当；恰如其分。《礼记·仲尼燕居》："官得其体，政事得其施。"孔颖达疏："谓设官分职，各得其尊卑之体。"③在传统思想文化中，"得体"一词原指仪容、服饰、举止等与身份相称，后指言行得当、恰如其分。《旧唐书·吕元膺传》："元膺学识深远，处事得体，正色立朝，有台辅之望。"④此"得体"指注意分寸，掌握火候，坚持适度的原则，即根据语境、情境及规矩而把握合适的"度"（呈现为具体的"言"）来指导言行举止。洪迈《容斋随笔·四六名对》："四六骈俪，于文章家为至浅，然上自朝廷命令、诏册，下而缙绅之间笺书、祝疏，无所不用。则属辞比事，固宜警策精切，使人读之激印，讽味不厌，乃为得体。"⑤此"得体"指在"立言""立论"中合乎"体统"，称乎"体制"，不得有违大局、事理，不得异乎所用体裁特征和语体特征。《宋史·岳飞传》："飞还兵于舒以俟命，帝又赐札，以飞小心恭谨、不专进退为得体。"⑥此"得体"指行为

① 杨明照：《抱朴子外篇校笺》上册，中华书局1991年版，第536页。
② 范文澜：《文心雕龙注》下册，人民文学出版社1958年版，第460页。
③ 阮元校刻：《十三经注疏》，中华书局1980年版，第1613、1614页。
④ 刘昫等：《旧唐书》第13册，中华书局2013年版，第4106页。
⑤ 洪迈：《容斋随笔》，上海古籍出版社2015年版，第283页。
⑥ 脱脱等：《宋史》第33册，中华书局2013年版，第11392页。

举止合乎规范，与"礼貌原则"相结合，庄重、谨慎而又从容。张邦基《墨庄漫录》卷七："优词乐语，前辈以为文章余事，然鲜能得体。……凡乐语不必典雅，惟语时近俳乃妙。"①此"得体"是本色的意思，合乎"体"之本来面目(表达方式、语气口吻、文风词藻等)。

以乐语之"言"为例，其语言风格"俳谐通俗""明白晓畅""达意宣情""工丽切当"方可视为"得体"。洪应明《菜根谭》："文章做到极处，无有他奇，只是恰好；人品做到极处，无有他异，只是本然。"②这里的"恰好"与"本然"正是对"立言"的描述，也是"得体"的显著特征。因为"言"的性质往往会涉及"体"的性质，撰制之时稍不注意，就会引起言辞之"体"的变异(如信息的失落、歪曲、变形、增添)③，从而导致某种程度的"立言失体"。《宋书·谢灵运传论》："爰逮宋氏，颜、谢腾声。灵运之兴会标举，延年之体裁明密，并方轨前秀，垂范后昆。"④此"体裁明密"大体是指颜延之诗歌守于轨范、章法紧密有类于典章制度。如此，语言朗丽明密，可视为"得体"。语言(意象、典故、用字)是否"得体"，必然影响文章是否"得体"。各体文章都对其"言"有明确要求，也都有质的规定性。《文心雕龙·定势》："章表奏议，则准的乎典雅；赋颂歌诗，则羽仪乎清丽；符檄书移，则楷式于明断；史论序注，则师范于核要；箴铭碑诔，则体制于弘深；连珠七辞，则从事于巧艳。"⑤"定势"是对"言"的深化和落实，在"立言"中呈现为相对统一的基调，"并总群势"而又不违"总一之势"。因之，作者所定之"体"的风格，自然也包括所立之"言"的风格，如记叙类文章的语言，要求明白晓畅，形象生动；论说类文章的语言，要求清晰严密，庄重有力；描写类文章的语言，要求细腻传神，曲尽其妙；抒发类文章的语言，要求挚

---

① 张邦基：《墨庄漫录》，中华书局 2002 年版，第 203 页。
② 洪应明：《菜根谭》，中华书局 2013 年版，第 178 页。
③ 曹顺庆等著：《比较文学变异学》，商务印书馆 2021 年版，第 281 页。
④ 沈约：《宋书》第 6 册，中华书局 2013 年版，第 1778-1779 页。
⑤ 范文澜：《文心雕龙注》下册，人民文学出版社 1958 年版，第 530 页。

切深沉，刚柔相济。① 就"立言"之宗旨而言，所谓"得体"当是得其语言表达方式、情感表达方式和文章表达方式。

二、情态：洞晓情变，曲昭文体

"得体"的根本意义就是得其"事体—语体—文体"的内在规律。"体"原指按一定规律组织起来的躯体架构，后以之立"言"、明"文"、环"情"②，并衍生出"体要""体性""体制""体式""体貌""体裁""体格""体类"等概念范畴，形成一系列的作述之情态，其主要目的就在使为文者明确不同文体的体制规范和写作要求。在"立体""昭体"过程中，就创作传述而言，"得体"既是内容上的要求，也是文辞形式上的要求，否则就会导致"失体"，陷入"谬体""讹体"的窠臼。《文心雕龙·诠赋》："情以物兴，故义必明雅；物以情观，故词必巧丽。"③情感由事物所引起，内容必要明了雅致；事物通过情感体现，文辞必要巧妙华丽。"情"成为"体"的内在基础，并勾连"心""言""文"等要素，建构出文体之"体"的文化空间和情感空间，形成创作者所共同接受的规范和准则。

为文者之所以能够"得体"，就在于临文之际"触兴致情，因变取会"，进而"拟诸形容，则言务纤密；象其物宜，则理贵侧附"④，通过"言辞"的选择和使用而形成种种具体的情形状况。在文体的匹配和参酌中，我们对"得体"的考察研究，须考察清楚其生成、接受、传播的历史过程与复杂形态，"非穷理尽性者，不能知其指归，非原始见终

---

① 张会恩：《试论"立言得体"》，《殷都学刊》1984年第4期。
② 文爽：《"环情草调"与"声得盐梅"——〈文心雕龙〉"声味"观刍议》，《北京社会科学》2018年第8期。
③ 范文澜：《文心雕龙注》上册，人民文学出版社1958年版，第136页。
④ 范文澜：《文心雕龙注》上册，人民文学出版社1958年版，第135页。

者，不能得其情状也"①。在一定条件下，客观事物的发展过程及其规律反映到作者的主观世界中，经过人脑的过滤、提炼和加工，凝聚为一定主题或表达某种情绪意旨，发为言辞进行交流时，必定选择特定的时间、空间、地点、人事，外化为一定的表达形式和表达方式。② 值"体"转换生新之际，在"旧体"与"新体"的流通中，原有的文体结构、文体形式、文体语言、文体风格等均有某种程度的借鉴意义。虽然说"旧体"会对"新体"产生"渗透诱发"③影响，但是未必对"新体"的生成起到决定性的作用。因为作家在进行文学创作和文体书写时，都是从客观世界的实际和思维世界的实际出发去运用某些原有的"语体""事体"，能否"得体"或在多大程度上"得体"，其间有着极大的灵活性，也有着极广阔的解读空间。

所谓"得体"，就是旨在得文体的内在规定性和外在指向性，形成一系列的著述传统和书写原则，既沿着"因情立体，即体成势"④的技术路线而逐步展开，呈现为"才、气、学、习"的综合素质和综合能力；又沿着"外文绮交，内义脉注"⑤的组织结构而积极推进，呈现为"文、野、雅、俗"的价值谱系和价值秩序。在创作追求和文体实践中，古人对"得体"的把握和运用，以及对"失体"的判断和省察，往往都是聚焦于"体"这一概念上的，以探讨其边界、范围和限度为主。虽然说文体观念及其形态表现出较为明显的复杂性、多义性和模糊性，由文体之

---

① 王明：《抱朴子内篇校释》，中华书局 1986 年版，第 284 页。
② 张会恩：《试论"立言得体"》，《殷都学刊》1984 年第 4 期。
③ 研究不同文体之间某些艺术因素如何互相吸收、互相转化，以及彼此间倚伏消长的深层原因，不仅有助于还原一代文学的真实面貌，理清各种文体乃至整个文学史发展变化的轨迹，而且对某些文体何以盛，何以衰，何以能容受、消化、整合其他文体的异质因素，乃至对不同文体在兼融性和调节功能上的差异，可能会获得一些更深的甚至带规律性的认识。参见余恕诚、吴怀东：《唐诗与其他文体之关系》，中华书局 2012 年版，第 6-7 页。
④ 范文澜：《文心雕龙注》下册，人民文学出版社 1958 年版，第 529 页。
⑤ 范文澜：《文心雕龙注》下册，人民文学出版社 1958 年版，第 571 页。

"公"与"私""内"与"外""真"与"伪"等问题引发诸多解读和论述，但是基本上遵循着"先文后笔、先源后流、先公后私、先生后死、先雅后俗"等基本规则，这些规则分别体现了文体之"体"的"语体特征、时间特征、空间特征、功能特征和审美特征"，并分别根植于中国古代的学术观念、历史观念、宗法观念、伦理观念和审美观念。① 如此，"得体"问题成为古人作述的首要问题，即按照"以求得为失"和"以矫失为得"②的原则来"谈议文章利病得失，甲乙篇章品次优劣"③，并在"言说方式—文辞方式—文本方式"的得失转换中，涉及文体内部的公私之别、内外之辨、真伪之争。

> 自私学朋异，言公义泯，百家腾说，寝失其方。公私之别既严，真伪之争乃起。宋明迄清，辨伪遂成鸿业。其术密栗，近世称焉。然古人贯道之文，无取虚理；口耳之传，胜于文字；专家之学，不重主名；诸子之言，每存旧典。述作之情，大异后来。……前人之蔽，误伪为真，时人之缪，诬真为伪。④

实际上，所谓"得体"观念，正是出于对"前人之蔽，误伪为真，时人之缪，诬真为伪"的辩证认识和深刻把握。文章作述并非刻板不变成为固定形式，而是具有灵活的联动机制，由"声音""文字"而"著述"，或由"足言""明志"而"贯道"⑤，其间"防弊""纠谬"可自由拆卸组合，具有相当的延展性和实践性。在一定条件下，满足"得体"条件的文章形态

① 郭英德：《论"文选"类总集文体排序的规则与体例》，《北京师范大学学报》2005 年第 3 期。
② 叶适：《叶适集·水心别集》，中华书局 1961 年版，第 789 页。
③ 党圣元：《"辨体明性"与传统文体批评》，《中国社会科学报》2021 年 10 月 21 日第 A03 版。
④ 程千帆：《言公通义——章学诚学术思想综述之一》，《南京大学学报》1982 年第 2 期。
⑤ 叶瑛：《文史通义校注》上册，中华书局 1985 年版，第 169 页。

也会发生位移改变，由"旧体"入"新体"，并与"失体"相交织，从而产生一些的新奇效果，如"分化与综合、限制与超越、对流与融通、熟悉与陌生、陈旧与新颖、固有与超越"①。

一个值得关注的现象是，在古人的创作传述中，"得体"观念并没有固定的定义和模式，只是一种论"体"的规约意识，力求"掌握分寸、恰到好处"，往往取决于作家的驾驭能力和表达能力。文体规则从来就不是限制作家的创作和书写的，而是出于对文体的确立和发展，对传统的认同和遵守，容纳有丰富的写作技巧、艺术手法、创作风格，从而助力于中国古代文体观念的疆域拓展与范式转型。所谓"得体"之"得"，既是对"循体而成势"与"随变而立功"②的要求，也是对"洞晓情变"与"曲昭文体"③的要求，解决的问题也就是"得"之"度"的问题，涉及有形与无形、被动与主动、感性与理性、瞬间与延续等层面，进而呈现为不同因素（如立意、选材、结构、形式、语言、视角、修辞等）的较量、妥协、互化。所谓"得体"之"度"是由不同文体的特点所决定的。

是以模经为式者，自入典雅之懿；效《骚》命篇者，必归艳逸之华；综意浅切者，类乏酝藉；断辞辨约者，率乖繁缛。④

在作述过程中，作家同时面临"辨体明性"和"立体选文"的两重任务，也就是文体观念"说什么"（言说内容）和"怎么说"（言说方法）⑤问题。凡是取法于儒家经典的作品，必有典正高雅的特征；仿效《楚辞》的作品，必有艳美飘逸的特征；内容浅近的作品，缺乏含蓄委婉的特

① 谷曙光：《关键词：解读古代文体的新维度》，《光明日报》2016年6月13日第16版。

② 范文澜：《文心雕龙注》下册，人民文学出版社1958年版，第530页。

③ 范文澜：《文心雕龙注》下册，人民文学出版社1958年版，第514页。

④ 范文澜：《文心雕龙注》下册，人民文学出版社1958年版，第530页。

⑤ 李建中：《中国文论：说什么与怎么说》，《长江学术》2006年第1期。

征；措辞简明的作品，缺乏辞采繁多的特征。对作家而言，无论是先解决哪一重任务，实际上都存在着一个"度"（法度、限度），即恰如其分地握住"言、意、辞、情"之"度"，选择合适的"言说方式—文辞方式—文本方式"，作为文体之"体"的规约与标准。在以一种样式表现一种情致时，"得体"的文章形态是由"情致"和"文势"共同体现的。由于得到文章体势的规范，"情致"跃动飞扬而不至于泛滥；由于得到创作主体的驾驭，"文势"充满张力而不至于生硬。如此，可视为"得体"。无论哪一个层次上出现"过"或"不及"的情况，都会导致"失体"的出现。那么，我们该如何理解"得体"的对立面？如临文创作之际，"情致"妄动，该"摹经"时反而"效骚"，该"效骚"时反而"摹经"；错会"体势"，只认为"壮言慷慨"才有"风力"，不识"嬉笑之怒，甚于裂眦，长歌之哀，过于恸哭"①；曲解"循体"，把文章体势曲解成生硬、单板的"定体"，把积极的适应曲解成消极的固守。② 要想创作出符合"得体"标准的各体文章，创作者应从"文体"的内部要素出发，把握好"言、意、辞、情"之"度"，也就是要做到刘勰所强调的"情深而不诡"（感情深挚而不诡谲）、"风清而不杂"（文风纯正而不杂乱）、"事信而不诞"（叙事真实而不虚诞）、"义直而不回"（义理正直而不歪曲）、"体约而不芜"（文体简约而不繁杂）、"文丽而不淫"（文辞华丽而不过分）③等方面的要求。

传统诗文评中的"得体"观念，指形式要求与内容要求的高度契合，由"情致"而立，由"文势"而出；由"事理"而达，由"应变"而明，最终要落实到文章体制的层面。就创作传述而言，"文各有体"④，即"体"各有分工、各司其职。诸"体"之间相互为用，从文体描述发展为文体

---

① 洪迈：《容斋随笔》，上海古籍出版社 2015 年版，第 9 页。

② 梁道礼：《中国古代文论对"艺术精神转型"的理论自觉》，《陕西师范大学学报》2008 年第 2 期。

③ 范文澜：《文心雕龙注》上册，人民文学出版社 1958 年版，第 23 页。

④ 陈文新：《"文各有体"》，《南京师范大学文学院学报》2014 年第 2 期。

批评，从文体实践发展为文论认证，进而构成相应的文体谱系①和辞章形态，以及相应的逻辑秩序和身份定位。于是，"情"（情理、情性、情志）和"采"（对偶、声律、辞藻）便在"得体"论的框架中建立关联。无论是以"情"唤"采"，还是以"采"附"情"，抑或"情""采"并茂，都属于"得体"的具体表现。所谓"得体"之"度"，也就是要"联辞结采"，即"设谟以位理，拟地以置心，心定而后结音，理正而后摛藻，使文不灭质，博不溺心"②。以"得体"来审视文学创作的话，那便是根据创作规范来安排所要表达的内容，拟定文章要求来处理所要抒发的感情，遣词造句于感情明确之后，铺陈词藻于思想确定之后，使得文采不致遮盖内容，征引不致淹没情感。如此，一定的文章内容须有一定的衡量标准，而符合一定衡量标准的文章内容又讲求一定的语言艺术。

传统诗文评中"得体"并不固定于一种结构、惯例和传统，"有时须繁，有时须简，有时宜粗，有时宜细，有时尚显，有时尚隐，有时应实，有时应虚，有时该重，有时该轻，有时要亢，有时要卑，有时主厉，有时主和，有时求雅，有时求俗"③。事物各有特性和规律，作家各有情志和意趣，临文创作之际，出口成章，下笔为文，无不协调、融洽，是为"得体"；反之，为"失体"。章学诚《文史通义》指出："凡为古文辞者，必先识古人大体，而文辞工拙，又其次焉。不知大体，则胸中是非，不可以凭，其所论次，未必俱当事理。"④章氏所指斥的古文弊病，乃是"得体"的反面经验，也就是不识文章大体（义理、纲要），逾越了"体"之"度"，指文章写作或则失实，或则浮夸，或则空洞，或则庸腐，或则繁杂，或则剽袭。所谓"得体"就是要得文章结构和文章内

---

① 文体谱系的发展确定了文体的立场，既是对各种文体进行源起、形体等描述，更重要的是对文体间的因果关系、相互影响进行论证。在此基础上，文体谱系不再满足于对现有文体的归纳与整理，而是在理性指导下寻求扩张与延展。参见胡大雷：《古代文体谱系论》，《中山大学学报》2018年第1期。

② 范文澜：《文心雕龙注》下册，人民文学出版社1958年版，第538-539页。

③ 张会恩：《试论"立言得体"》，《殷都学刊》1984年第4期。

④ 叶瑛：《文史通义校注》上册，中华书局1985年版，第504页。

容之大体，顾识大局、辨别主次、理清头绪，在创作过程中"操纲领，举大体"①。得体为益，失体为弊。如果刻意追求"得体"而文章再造，无论在"新体"中裁剪、合并"旧体"，还是在"旧体"中开拓、创建"新体"，稍不注意，容易偏离"体"之"度"，可能导致"欲益而反弊"②的结果。凡写各体文章，循其事理而动，顺其本性而行，不得主观臆断、凭空猜测方能"得体"；倘要肆意妄为，强行比附，不识大体，有违事理，即为"失体"。

三、依据：类例既分，文体自明

从文体学传统来看，"类例"③指文体分类的标准和方法、文体排序的规则和体例。传统诗文评中的"得体"就是对"体"之类例的描述和限定，由"得"而知"体"，由"体"而证"得"，在为文过程中落实为具体的字、词、句、章，落实为具体的制、式、貌、类，从而成为文体写作（如"择体""观体""铸体""昭体"等阶段）的重要内容。

> 六艺九流，自为部次；七略四库，代有异同。其间出入分合，前人究之详矣。……若绳以公私之义，则经之于史，古人公言之所存也；子之与集，后人私言之渐集也。史乃经之本，集则子之流。依据既知，区以别矣。④

---

① 陈寿：《三国志》第 3 册，中华书局 2013 年版，第 645 页。

② 胡传志、李定乾校注：《滹南遗老集校注》，辽海出版社 2005 年版，第 9 页。

③ "类例"指类别和体例。沈括《梦溪笔谈》卷十五："自后浮巧之语，体制渐多，如旁犯、蹉对、假对、双声、叠韵之类，诗又有正格、偏格，类例极多，故有三十四格、十九图、四声、八病之类。"参见沈括：《梦溪笔谈》，上海古籍出版社 2015 年版，第 102 页。

④ 程千帆：《言公通义——章学诚学术思想综述之一》，《南京大学学报》1982 年第 2 期。

面对为数众多的文体形态，只有对文体进行分门别类而使其有序化呈现，探其源流，观其发展，然后汇同一体，才能在宏观、中观与微观三个方面认识文体潜在的体系与层级。在宏观层面，古代文体以"三才"为主轴（"心""言""文"的统一），以"行为方式—言说方式—文本方式"为序列展开；在中观层面，文体之间通过相资相生、相互竞争、相互融通等形式彼此关联；就微观层面而言，文体自身还会因作者、作品、时代、地域、学派之异而有所区分。① 通过类例之依据，我们可更清楚地理解"得体"潜在的格局，即结构合理，形式合宜，归类合适。顾尔行《刻文体明辨序》："陶者尚型，冶者尚范，方者尚矩，圆者尚规，文章之有体也，此陶冶之型范，而方圆之规矩也。"②可见，文章写作须遵循文体规范，即"合型""合范""合规""合矩"，确立相关的体类和体例。各体文章之"类例"成为由"分体"而"知体"、由"明体"而"得体"的基本依据。鉴于"设文之体有常，变文之数无方"③的情况，那么，为文者何以做到"得体"？郑樵《通志·校雠略》："类例既分，学术自明。"④唯有通过类例之依据，汇聚众家，编选众体，选择典范的、优秀的作品来领悟写作理论和各种文体规范。《颜氏家训·文章》："自古执笔为文者，何可胜言。然至于宏丽精华，不过数十篇耳。"⑤所谓"学为文章"，通过对前人作品的借鉴和融合，由"分类""归类"出发，深入了解每一类文体的缘起、功用及体制特点、写作要求，便有可能达到"不失体裁，辞意可观"的标准。然而，"得体"并不意味要固守一体，定于一尊，在"效体""辨体""破体"时切忌生搬硬套、墨守成规。袁枚《续诗品·著我》认为："不学古人，法无一可。竟似古人，何处著我。字字

---

① 袁劲：《中国文论关键词的体系与层级》，《青海社会科学》2019 年第 6 期。
② 徐师曾：《文体明辨序说》，人民文学出版社 1962 年版，第 75 页。
③ 范文澜：《文心雕龙注》下册，人民文学出版社 1958 年版，第 519 页。
④ 郑樵：《通志二十略》，中华书局 1995 年版，第 1806 页。
⑤ 颜之推：《颜氏家训》，上海古籍出版社 2017 年版，第 109 页。

古有，言言古无。"①在"得体"的预期中，如果不向古人借鉴，就没有类例可以遵循；如果刻意和古人求同，那么也就失去自我独立性。

在传统文学批评中，历代文论家论文体，非常重视文体对写作活动的规范作用，不约而同地强调掌握文体的重要性和必要性。然而，各体文章的体例、体式并非是一成不变的，而是与"有"与"无"、"尊"与"破"、"得"与"失"等问题相交织，进一步呈现为"接受规范"和"拒绝规范"的交叉过程。王若虚《文辨》："或问：文章有体乎？曰：无。又问无体乎？曰：有。然则果何如？曰：定体则无，大体须有。"②所谓"体"就是文章的体例、结构、章法，也是为文者所要遵循的基本规则。文章写作没有一定之规，也没有固定不变的框架、模式、套路。

如果出于"得体"的考虑，非要用一个固定的类例来限制文章创作的话，甚至规定必须"是什么""写什么""怎么写"，那么只会导致文体的僵化衰落、封闭自囿，也使得其片面化、教条化、机械化。"世间万物都有其运行的规律，只不过有的比较明显，有的比较隐晦；有的比较明晰，有的比较含糊；有的比较刚性，有的比较弹性。"③文章创作属于比较隐晦、含糊、弹性的一类，所以说"得体"是一种动态的过程，也有可能酝酿"失体"的潜在状态。文无"定体"，但有"大体"。此"大体"可视为对"得体"的预设，即"体"的布局、结构、立意、语言，有的属于各类文体之间的共性特征，有的则是一种文体区别于其他文体的个性特征。胡应麟《诗薮》："古诗窘于格调，近体束于声律，惟歌行大小短长，错综阖辟，素无定体，故极能发人才思。"④就文体功能而言，不能"发人才思"的文体形式是必须加以扬弃、改造和突破的，因为这是"不

---

① 郭绍虞集注：《续诗品注》，人民文学出版社 2005 年版，第 176 页。
② 胡传志、李定乾校注：《滹南遗老集校注》，辽海出版社 2005 年版，第427 页。
③ 徐可：《定体则无，大体须有——散文创作之我见》，《中国文艺评论》2019 年第 5 期。
④ 胡应麟：《诗薮》，上海古籍出版社 1979 年版，第 55 页。

得体"的。"素无定体"的观念，也属于"得体"论的一环，并不影响"大体须有"的实现。"文章之道，有才有法"①，这就需要为文者同时兼顾"己"之"才"与"体"之"法"，相互调节，熔铸经史，驰骋才智，运用技巧，来进行文章创作和文体实践。姚鼐《与张阮林》："文章之事，能运其法者，才也；而极其才者，法也。古人文有一定之法，有无定之法。有定者，所以为严整也；无定者，所以为纵横变化也。"②经由"法"的规训与整合，"有""无"相济，"得""失"相待，古代文体表现出相当的复杂性、多义性和不确定性。因此，要想把握文体特点，发挥文体优势，当然不能像"照葫芦画瓢"那样来仿效制作某类文体，仅仅拘泥于"体"之形似，忽略了"体"之神似，而应从"读、思、悟、写"中细加品味，方知"得体"之奥妙。

作为一种批评观念，"得体"何以融入诗文评领域，发挥量体裁衣、相题立格的功能，校正"体类""体例"之偏差。鉴于文体是"写作实践中反复出现并被恪守的一种预构模式和隐形框架"③，所谓"得体"之"得"则是以写作经验为基础来建构文体事实，也就是得文章之"规矩"，主要涉及体裁规范、语体创造和风格追求等方面。传统文学批评中的"得体"论把"正体制"视为创作构思首先考虑的问题，这一观念乃是"对不同文体模式的自觉理解、熟练把握和独特感受，是对读写实践的一种能动的再认识"④。在"得体"的预期中，"体"的主要功能在于为写作提供"编码—解码"的程序，呈现出不同的组合程序和排列格式。各体文章的语言模式、内容图式、结构形式，正是这些程序的集中体现和直接负载，也是在长期实践中形成的模式惯例和体式传统。从写作动机的孕育到题材内容的摄取，从构思设计的安排到表现手法的处理，从语

---

① 汪道昆：《太函集》第 1 册，黄山书社 2004 年版，第 1 页。
② 贾文昭编著：《桐城派文论选》，中华书局 2008 年版，第 131 页。
③ 凌焕新：《论写作的文体感》，《南京师大学报》1994 年第 4 期。
④ 金振邦：《文体学》，东北师范大学出版社 1994 年版，第 69 页。

言风格的呈现到修辞技巧的运用①，这些程序表现出"得体"的策略性要求。

那么，"得体"何以落实为具体情状呢？为文者须根据所要表达的主题，在借鉴前人经验基础上，调动自身"才、气、学、习"或"才、胆、识、力"，选择恰当的语言模式、内容图式、结构形式，从众家、众体中建构出"体一分殊"的观念（总合，统于"整体"之"体"；分殊，归于"个体"之"体"）。《文镜秘府论·论文意》："凡文章体例，不解清浊规矩，造次不得制作。制作不依此法，纵令合理，所作千篇，不堪施用。"②如果不遵守文体规范和体例要求，那么文章写作就成了"信笔涂鸦"式的"猎奇"和"炫技"，很难实现既定的写作意图和审美理想。《文镜秘府论·论体》："故词人之作也，先看文之大体，随而用心，遵其所宜，防其所失，故能辞成炼窍，动合规矩。"③就文体流变而言，"大体"是文体最基本的体类和体例，也是"得体"之"得"所涉及的部分，即具体的规格和要求。在创作实践和批评鉴赏中，"遵其所宜，防其所失"正是各体文章所恪守的模式和框架，"尊"与"防""宜"与"弊""得"与"失"等问题相互交织，一方面以"博雅、清典、绮艳、宏壮、要约、切至"为"得体"现象，一方面以"缓、轻、淫、阑、诞、直"为"失体"现象。

在类例方面，"立辞而不明于其类，则必困矣"④。"得体"不仅是一种预期的行文状态，校正观念、行动和方向，体现出"结体、命意、练句、用字"⑤的规范要求。同时也是一种潜在的文本域限，框定文体，裁制篇幅，强调"咏物、抒情、叙事、言志"的分寸感和适度感。薛雪

---

① 崔正升：《写作教育新论》，中国书籍出版社 2018 年版，第 122-123 页。
② 卢盛江：《文镜秘府论汇校汇考》下册，中华书局 2015 年版，第 1315 页。
③ 卢盛江：《文镜秘府论汇校汇考》下册，中华书局 2015 年版，第 1386 页。
④ 孙诒让：《墨子间诂》下册，中华书局 2001 年版，第 413 页。
⑤ 张健编著：《元代诗法校考》，北京大学出版社 2001 年版，第 33 页。

《一瓢诗话》："得体二字，诗家第一重门限，再越不得。"①薛氏将"得体"视为创作的门限，这一原则不可逾越。所谓"得体"，一是指符合体制规矩，"澄心静虑，玩索穷研，以求必得"；二是指灵活遵守创作法则，"不为法转，亦不为法缚"；三是指创作个性与文辞风格相对应，"天之所赋，气之所禀"，一种个性有一种个性之文辞风格。②"得体"之期待不是对创作的限制和约束，而是对创作的引导和启发，展现出恰当适度的文体意识和文体策略。

无论是选材立意，还是谋篇布局，抑或遣词造句，"得体"观念都起到了一种潜在的"量度"作用。《文心雕龙·知音》："是以将阅文情，先标六观：一观位体，二观置辞，三观通变，四观奇正，五观事义，六观宫商。斯术既形，则优劣见矣。"③作为明确的衡文标准，"得体"源于"六观"之间的整体协作，由"博观"而"约取"，由"知宗"而"用妙"，以此接纳创作过程中的变化、矛盾和冲突。位体、通变、事义属于作品内容，置辞、奇正、宫商属于作品形式。只有从内容到形式、从整体到局部都作统筹考虑，力求妥帖匀称、恰到好处，"斯术既形，优劣见矣"。传统文学批评中的"得体"论，既保证了作者能够充分运用想象力、直觉力、洞察力来进行"编码—解码"程序，涉及体裁的安排、辞句的运用、手法的因革、表达的标识、典故的选择、音节的处理等具体方面；又维护了作者对文体观念的认知力、理解力、判断力，设计新规则，打破旧机制，不拘泥于既有的体类和体例，把不同文体的优长综合到同一文体中，从而熔铸出"意以经之，气以贯之，辞以饰之"④的文章。"得体"之"得"，注重的就是体制、结构和格式。"学文须熟看韩、柳、欧、苏，先见文字体式，然后更考古人用意下句处。学诗须熟看老

---

① 薛雪：《一瓢诗话》，人民文学出版社 1979 年版，第 102 页。
② 薛雪：《一瓢诗话》，人民文学出版社 1979 年版，第 102、117、143 页。
③ 范文澜：《文心雕龙注》下册，人民文学出版社 1958 年版，第 715 页。
④ 徐师曾：《文体明辨序说》，人民文学出版社 1962 年版，第 80 页。

杜、苏、黄，亦先见体式，然后遍考他诗，自然工夫度越过人。"①在"效体"与"辨体"中，作者对众家众体所具有的性质特点了然于心，归纳各种语言模式、内容图式、结构形式，自觉地对"体"进行取舍、加工、改造。因此，"得体"的目的，就在于确立"体"的辨识度和认可度。

---

① 陈鹄：《西塘集耆旧续闻》，上海古籍出版社 2012 年版，第 91 页。

第七章　辨"失"：文体省察及其实践路径

在传统文学批评中，"失体"是一个甚深微妙、有待默悟的关键词，首先是作为批评观念出现的，其次是作为阐释尺度看待的，触及不同的文体现象、批评事件及文论效用。就介入方式而言，"失体"既涉及不同文体之间的渗透、交叉和跨越，又涉及同一文体之内的移位、变形和降格。无论是在文体系统中防御不知限度的逾越，还是在文体族群中破解陈规旧习的禁锢，都极易陷入"失体"遭际，表现为外向度的"失语"和内向度的"失性"，影响到文体阐释与意义解读的内在连续性。通过对"失体"的事实认定与价值判断，有助于透视"体"的历史基因和文化谱系，分析其折射出的划界与越界的冲突及融合，发现传统文体观念研究的当代价值和可能的理论生长点。

中国古代文学批评中的"失体"观念，指违背了体裁、结构、形式及语言等因素，逾越文体向度，不合文体章法，弱化文体效力，甚至遮蔽或钳制了应有文章体统。每一种文体都有属于自身的基本特征和表现手法，历代学人以"体"论文，围绕"体"的语言层、现象层及意蕴层，建构出"体制""体式""体貌""体裁""体格""体类"等观念。因之，无论是对于体类的划分、性质的说明、演变的探讨，还是对于范文的选定、风格的鉴赏、章法的讲评，这些都会在传统"失体"观念链条中得到具体反映与体现。刘师培在《汉魏六朝专家文研究》一书中指出："文章既立各体之名，即各有其界说，各有其范围。句法可以变化，而文体不能迁讹，倘逾其界畔，以采他体，犹之于一字本义及引伸以外曲为之

解，其免于穿凿附会者几希矣。"①从文体规则来说，传统"失体"观念
具有批评观念与批评实践的取向，既有对"辨"的曲解、弱化及背离，
又有对"辨"的裁量、参定及衡判，进而判断文章之特征、功能、样式
是否符合规范和标准，以免陷入强行解释、穿凿附会的窠臼。"失体"
蕴含对体裁、文类或文体的审视和探索，对曲解、移位或混杂的衡判和
省察，并且在"划界"与"越界"②方面具有相当的价值判断及选择，透
射出文体的复杂性、多义性和不确定性。

一、证"失"：踵事增华，变本加厉

在传统与现代之间，中国古代文学批评研究最为突出的遭际是"失
体"。这里的"失体"乃是指对文章之"体"的遮蔽、搁置及遗忘，实际上
具有三重取向上的丢失：一是丢失了文体之体（文章的体裁）；二是丢
失了体格之体（文章的风格）；三是丢失了体类之体（文章体裁、题材或
内容的类别）。③ 就彼此观念互动而言，体类是文体的基础和前提，体
裁是文体的形式和载体，体格是文体的灵魂和风貌。因而可言，"失
体"所失之"体"的具体成分，则是丢失了各体文章的"制""式""貌"
"裁""格""类"，尔后引出传统文论的"失体"焦虑和"转型"诉求。正是
这三重意义上的"丢失"，使一系列传统文体观念陷入"边缘模糊、内涵
重合"④的境况，从而酿成当下文学批评的种种弊端。鉴于传统文学批
评在当下语境中的部分失效，及西方文论带来的阐释焦虑，"既有破坏

① 刘师培：《汉魏六朝专家文研究》，商务印书馆 2017 年版，第 150 页。
② 吴承学：《中国古代文体学研究》，人民出版社 2011 年版，第 16 页。
③ 曾枣庄：《论古代文体学研究的基础和对象》，《清华大学学报》2012 年第
6 期。
④ 李建中、李小兰主编：《中国文论话语导引》，武汉大学出版社 2018 年
版，第 9 页。

性的拆解亦有建设性的重构，既有涵泳学理的争鸣亦有充满火药味的批判"①，我们有必要清理并阐扬传统文学批评中的文章"失体"论，重铸文体的个性风骨和生命活力，建立"失体"比"失语"更重要的意识，在总结文章传统和标举文体规律之基础上，发现传统文体观念的当代价值和理论生长点。

作为一种批评观念，"失体"成为审视文体观念的路径，既有"横则严分体制，纵则细别品类"②的考虑，也有"繁则伤弱，率则恨省"③的权衡，亦有"存华则失体，从实则无味"④的取舍。在传统文学批评中，"事出于沉思，义归乎翰藻"⑤的文章被认为是真正的文学作品，既要有外在的文辞和体貌，又要有内在的思想和情感。刘勰《文心雕龙·定势》对"失体"观念有相关的论述：

自近代辞人，率好诡巧，原其为体，讹势所变，厌黩旧式，故穿凿取新，察其讹意，似难而实无他术也，反正而已。故文反正为乏，辞反正为奇。效奇之法，必颠倒文句，上字而抑下，中辞而出外，回互不常，则新色耳。夫通衢夷坦，而多行捷径者，趋近故也；正文明白，而常务反言者，适俗故也。⑥

就文体观念的流变而言，"失体"是对文章规范和原则的违背、反向及

---

① 李建中：《中国文论大观念的语义根源——基于 20 世纪"人"系列关键词的考察》，《文艺研究》2015 年第 6 期。
② 钱锺书：《中国文学小史序论》，《钱锺书散文》，浙江文艺出版社 1997 年版，第 478 页。
③ 郁沅、张明高编选：《魏晋南北朝文论选》，人民文学出版社 1996 年版，第 368 页。
④ 郁沅、张明高编选：《魏晋南北朝文论选》，人民文学出版社 1996 年版，第 368 页。
⑤ 萧统编：《文选》第 1 册，上海古籍出版社 1986 年版，序第 3 页。
⑥ 范文澜：《文心雕龙注》下册，人民文学出版社 1958 年版，第 531 页。

颠倒，出于"辞人爱奇""率好诡巧""穿凿取新"的心理，在语言修辞、章句结构等方面有"效奇""趋近""适俗"特征。在"失体"的应对过程中，精通写作的作者用新颖文意写出精巧文章，执求奇异的作者就会因违背规范而变成怪诞。"旧练之才，则执正以驭奇；新学之锐，则逐奇而失正；势流不反，则文体遂弊。"①明乎此，那么，何以规避"失体"呢。从刘勰的论述来看，唯有熟悉旧的知识、观念及话语，依照正常写法来驾驭新奇。相反，如果执于迎合新颖的创作模式，在追逐新奇的同时，势必会违反正常的写作原则，也就是会陷入"失体"的遭际。如果对"失体"趋势不加以纠正，反而是任凭这种现象发展下去，那么文章的正常体统(制度、规矩、格局)也就被败坏了。

在古人看来，文章有不同的要求和体例，在域限上划定了"体"的观念谱系和体裁类型，涉及言说"文体"的范围、性质与方法。每种文体各有其文学属性和内在规定性，也有不同的写作要求，不同文体之间的语体风格在某种层面上可能是截然相反的。刘祁《归潜志》就对各体文章的异同有所说明，强调"不可相犯"的原则，涉及文体之"选字""用字"②的规范和禁忌：

> 文章各有体，本不可相犯，故古文不宜蹈袭前人成语，当以奇异自强。四六宜用前人成语，复不宜生涩求异。如散文不宜用诗家语，诗句不宜用散文言，律赋不宜犯散文言，散文不宜犯律赋语，皆判然各异。如杂用之，非惟失体，且梗目难通。③

---

① 范文澜：《文心雕龙注》下册，人民文学出版社 1958 年版，第 531 页。

② 文章写作过程中的选字用字，既是以字载言、以言载道的过程，更是文心外化为文章之美的逐级生发并最终得以实现的过程。唯有字的"不妄"，才有句的"清英"；唯有句的"清英"，才有章的"明靡"；唯有章的"明靡"，才有篇的"彪炳"。参见党圣元：《〈文心雕龙〉文字发展观与美学观探微》，《文艺研究》2020 年第 12 期。

③ 刘祁：《归潜志》，中华书局 1983 年版，第 138 页。

在"文各有体，失体为弊"的预设中，古文、四六、散文、诗句、律赋等各类文体，各有各的"制""式""貌""裁""格""类"，在表达方式、表达内容、语言特性上都有很大的差别。鉴于此，从事文学创作与批评时，既不可蹈袭前语，缺乏创新，制造奇异；又不可混乱交出，互相诋诮，不知此弊。李东阳《匏翁家藏集序》指出：

> 言之成章者为文，文之成声者则为诗。诗与文同谓之言，亦各有体，而不相乱。若典、谟、诵、诰、誓、命、爻、象之谓文，风、雅、颂、赋、比、兴之为诗，变于后世，则凡序、记、书、疏、笺、铭、赞、颂之属皆文也，辞、赋、歌、行、吟、谣之属皆诗也。是其去古虽远，而为体固存。彼才之弗逮者，粗浅跼滞，欲进而不能强。其或过之，不失之奇巧，则失之诘屈；不失之夸诞，则汗漫而无所归。①

在李东阳看来，诗、文两大系统乃是同源而出，皆由"言"所建构和演绎，在文体族群之内类别分明、层次清晰，彼此不相侵害、紊乱。如果说作者缺乏相应学力、识见，对文体观念的认识不够准确，把握不住文体发展规律，那么就会出现奇巧、佶屈、夸诞和汗漫等"失体"现象。

又如其《春雨堂稿序》指出：

> 夫文者，言之成章，而诗又其成声者也。章之为用，贵乎纪述铺叙，发挥而藻饰；操纵开阖，惟所欲为，而必有一定之准。若歌吟咏叹，流通动荡之用，则存乎声，而高下长短之节，亦截乎不可乱。虽律之与度，未始不通，而其规制，则判而不合。及考得失，施劝戒，用于天下，则各有所宜而不可偏废。②

---

① 李东阳：《李东阳集》第 3 卷，岳麓书社 1985 年版，第 58-59 页。
② 李东阳：《李东阳集》第 3 卷，岳麓书社 1985 年版，第 37 页。

文章长于铺叙藻饰、纵横捭阖，诗歌格律严整，声调高下缓急有规律地变化，产生音乐的美感。尽管随时代的推移，诗与文各自所属的体裁在相应地扩展，但"言之成章"与"文之成声"的体式规制上的差别，在体式规制上具有自身独特的规定性，决定了二者不可混淆。此外，古人还有明确的文体意识，不同文体有不同的形式准则，并在诸多文体中区分了高低和卑下。

钱锺书《中国文学小史序论》说：

> 文章体制，省简而繁，分化之迹，较然可识。谈艺者固当沿流溯源，要不可执著根本之同，而忽略枝叶之异。譬之词曲虽号出于诗歌，八股虽实本之骈俪，然既踵事增华，弥复变本加厉，别开生面，勿得以其所自出者概括之。①

钱锺书先生不仅考察了文体所呈现出来的历史性特征，而且从内在审美规范特征的维度透视了文体的分类与创新。词和曲虽然"出于诗歌"，八股文实际"本之骈俪"，但是它们各自在发展过程中已"别开生面"，不能再以"其所自出者概括之"。虽然新旧文体之间发展演变的轨迹与脉络较为明显，在梳理和考辨文体的历史沿革时，不能因此就"执著根本之同，而忽略枝叶之异"。一种新兴文体的孕育和生成，虽然时常是导源于某种旧有文体，然而它一旦成熟定型之后，其内在审美结构规范特征，已经发生了很大的变化，显示出其自身独立的规范性与稳定性。所以，不应该简单轻率地用旧有文体来涵盖新兴文体。中国文学史上所出现文体虽然纷繁复杂，但彼此之间的内在审美规范与界律却精细严明，各自具有相应的强大的规范权力与约束作用。文学文体就像是一种制度或法则的存在，它将文学作品分门别类，确立文体之间的内部组织

---

① 钱锺书：《中国文学小史序论》，《钱锺书散文》，浙江文艺出版社 1997 年版，第 477 页。

或结构秩序。① 倘若作家的创作没有遵循特定准则，可能会被视为一种缺陷或悖逆，而不被批评家和读者所认同与接受。文章制式的变化是由简而繁、由疏而密的，各体文章在发展过程中早已别开生面，自然也就不可再以源出之体概括后出的文体族群。如果忽略文体界限，过度强调文体观念上的相似性与同源性，则为"失体"。

从批评观念上来看，"失体"指向文体批评的名分与义理，对传统文体观念的"定样"和"形塑"②产生重要作用；又成为文体批评的基本观念，以资衡判和省察，审视文体形态、文体观念和文体分类的偏颇之处。文体内在的惯例和成规，意味着"体"具有一定的封闭性与保守性。在传统文学批评中，固然存在严分体制的观念，确也存在突破体制的观念。"严分体制的观念是主正，突破体制的观念是主变。严分体制，遵守正统，体现为审美上的继承性；突破体制，打破正统，体现为审美上的变革性。"③因而，富有创新意识的作家在进行某种文体的创作实践中，往往以开放的审美姿态，积极主动地借鉴和吸纳其他文体的审美因素与结构特征，以期打破和解构文体之间严格分明的规则界限。站在"主正"立场上说，突破文体界限者为失体；站在"主变"立场上说，突破文体界限者为变体。正是因为作家能在修辞、选材与取境上做到"以故为新，以俗为雅"，所以才促进了文体内部的稳定因素与可变因素之间的交织互动，激发出文体发展、创新的生机与活力。读者也在文体变革中摆脱原有的审美感知定式，获得一种如俄国形式主义批评家什克洛夫斯基所谓的"反常化"④的全新艺术享受。所以，我们可以认为"失

---

① 许龙：《论钱锺书〈中国文学小史序论〉中的文学史观》，《福建师范大学学报》2003 年第 5 期。

② 党圣元：《传统诗文评中的文章"体制"论》，《云南师范大学学报》2019 年第 2 期。

③ 张健：《〈中国文学小史序论〉与钱锺书的文学观》，《北京大学学报》2014 年第 2 期。

④ ［俄］什克洛夫斯基等著：《俄国形式主义文论选》，方珊等译，生活·读书·新知三联书店 1989 年版，第 6 页。

体"既是一种审视眼光，又是一种反省意识，也蕴有"得体"的部分诉求，以"得"校"失"，以"失"证"得"，从而在批评警策中推动文类或文体的自我完善和发展。

> 传习既尔，作史者断不可执西方文学之门类，卤莽灭裂，强为比附。西方所谓 poetry 非即吾国之诗；所谓 drama，非即吾国之曲；所谓 prose，非即吾国之文；苟本诸《挈经室三集·文言说》、《挈经室续集·文韵说》之义，则吾国昔者之所谓文，正西方之 verse 耳。文学随国风民俗而殊，须各还其本来面目，削足适屦，以求统定于一尊，斯无谓矣。①

在钱锺书先生看来，中西文体观念不尽相同。所谓 poetry，不等同于"诗"；所谓的 drama，也非即是"曲"；所谓的 prose，同样不与"文"完全对等。在借鉴西方文体观念的同时，应该尊重中国文体自身的审美结构特征及其分类的独特性与复杂性，"还其本来面目"②，不能为"求统定于一尊"，削足适履，鸠占鹊巢，以至于将中西方文学史上的文体观念"强为比附"。正因如此，"失体"就成为我们审视各体文章之题材内容、语言形式及格律声调的关键节点。中西文体观念所指之"体"各有不同，不可忽视二者之事实本体和整体面目，否则在强行比附中出现

① 钱锺书：《中国文学小史序论》，《钱锺书散文》，浙江文艺出版社 1997 年版，第 478 页。
② 中国古代文体观念的"本来面目"是什么？钱锺书先生认为："在传统的批评上，我们没有'文学'这个综合的概念，我们所有的只是'诗'，'文'，'词'，'曲'这许多零碎的门类。"（《中国新文学的源流》）又如其《中国文学小史序论》："体制既分，品类复别，诗文词曲，壁垒森然，不相呼应。向来学者，践迹遗神，未能即异籀同，驭繁于简；不知观乎其迹，虽复殊途，究乎其理，则又同归。相传谈艺之书，言文则意尽于文，说诗则意尽于诗，划然打为数橛，未尝能沟通综合，有如西方所谓'文学'。昔之论者以为诗文体类既异，职志遂尔不同，或以'载道'，或以'言志'；'文'之一字，多指'散文'、'古文'而言，断不可以'文学'诂之。"参见钱锺书：《钱锺书散文》，浙江文艺出版社 1997 年版，第 81、480 页。

"失体"的境况。西方 literature 很难与传统视域中的"文章"相对应，现代语境中"文章"一词键闭为"文学"概念的主流文体之一，遮蔽了"体"的古典传统，不具有"诗、赋、颂、铭、箴、诔、论、诏、策、表、奏、启"等内涵，陷入"失体"的现代遭际，在某种程度上失去或遮蔽了原有的批评效用。

文学创作是"由字以通其词，由词以通其道"①的编码活动，须有特定形式的语言符号和建构模式，才能顺利地进行意义建构与价值生成。所以，在生活积累、创作构思及艺术表达等阶段中，就需要判断文章是否有"失体"现象，即是否有曲解、背离和移位等不契合文体规范的现象。所谓文体规范，亦即体类或者文类的体制规范，是经历了千百次重复形成的一种模式惯例和体式传统，其所起的规范、塑型作用，倾向于追求共性，对于创作者和接受者来说是一种心理定势和叙事契约。如果"失体"的话，那么以"体"为核心的话语体系就不能有效契合"文"的心理定势和叙事契约，就不能顺利进行编码活动。从事文学创作与批评的重要任务，就是谨防"失体"的出现，通过"乖体""讹体""逾体"观念的省察，裁量文体向度，参定文体章法及衡判文体效力，从而保证"体"的创作要旨与批评要义不受损伤。

二、辨"式"：分之双美，合之两伤

随着中国被强行裹挟进现代化的潮流中，传统文学批评就面临着"失体"挑战："古体"与"新语"之间的张力，"中学"与"西学"之间的冲突。中西文论对"体"有不同的言说，无论是用西方文体学的思想、观念及方法来解决汉语文体的问题，还是用西方文体学的属性、类型及结构来改造汉语文体的体系，最终都会面临"失体"的错位，并遮蔽了"文

①　戴震：《与是仲明论学书》，《戴震集》，上海古籍出版社 2009 年版，第183 页。

各有体"的古典传统。对传统文学批评研究而言，"失体"具备问题审视与路径建构的双重取向，既有颠覆的阐释，亦有创新的重构；既有学理的争鸣，亦有理性的批判；既有知识的演绎，亦有学科的推理。作为阐释尺度的"失体"，其要义与"体"的意义建构方式相关，被视为"从变"（自由取向）与"从义"（限制取向）的阈限。就阐释思想而言，"从变"强调文体的灵活性和变通性，"从义"是强调文体的原则性和立足点，两者结合起来，便是在"失体"的补充和规约中复归于"得体"。一般来说，阐释者对文体观念的理解，容易出现两种情况，其一有"失之于固"的现象，滞泥于经典论题或权威旨意而不化，其二有"失之于妄"的现象，过度诠释意义而使理解丧失有效性。鉴于此，传统文学批评中"失体"观念所蕴含的"从变"论、"从义"论原则，可以使我们直接注意"文体"本身，与西方解释学对合法诠释的强调、对过度诠释的预防不谋而合①，以此理解与阐释文体本旨和写作意图，不仅要避免忽略文体时随心所欲的偶发奇想和牵强附会，还要避免直面文体时难以觉察的思想局限和理论困境。

郭象《庄子注》言："物各有性，性各有极"，"物物有理，事事有宜"。② 世界上的事物都有自己的特点和规定性，事物一旦超越了自身的这种规定性，也就否定了自己的存在与特征。任何一种文体都有其自身的特点与要求，作家在创作过程中应当充分利用其特点，并将之发挥得淋漓尽致，也就达到了极致；一旦违背其特点与要求，也就失去了该文体的特点与效用。在应对西方学术话语的挑战中，中国文论研究深受"现代转换"诉求的影响，盲目效仿西方的学术话语，场外征用西方的理论概念，似已陷入"失体"的现代遭际，搁置"得体为佳"的古典传统，使得文体观念的阐释和理解出现"效奇""趋近""适俗"等现象。此外，章太炎先生《国学讲演录·文学略说》对"文各有体"的论述，也有助于

---

① 李有光：《中国诗学"从变"与"从义"阐释思想研究》，《河南社会科学》2017 年第 9 期。

② 郭庆藩：《庄子集释》上册，中华书局 2012 年版，第 13、90 页。

我们理解"体"的中心和边界：

> 然而宗派不同，门户各别，彼所谓古文，非吾所谓古文也。……要之，文各有体。法律条文，自古至今，其体不变。汉律、唐律，如出一辙。算术说解，自《九章》而下，亦别自成派。良以非此文体，无以说明其理故也，律算如此，事理、名理亦然。上之周秦诸子，下之魏晋六朝，舍此文体不用，而求析理之精、论事之辨，固已难矣。然则古人之文，各类齐备，后世所学，仅取一端。①

在此，章太炎通过对"文章"演变的探源和考察，说明"文各有体"形成的背景及文化渊源，强调"析理"与"论事""众体"与"一端"的变化，涉及古文的系统与族群，论述"明分职不得相逾越"②的合理性及必要性。文体规范是对以往文体观念的认同与传承，每种文体的"制""式""貌""裁""格""类"都是在长时期的创作过程中约定俗成而形成的。如果没有按这些规范去创作的话，那么，则属于"失体""逾体"行为，难免遭到抵制或反对。

随着中西文体学的碰撞与交汇，文体形态、文体观念及其分类方法发生了巨变，在解构中国文体学的过程中又有所建构，也有一些明显缺陷："基本上忽视甚至无视中国传统文体学，而套用西方文学范式来分割研究中国文学。"③事实上，西语中 style（风格）、genre（文类）、form（形式）等文体学概念，并非古代汉语中的"文章"或"文体"，两者的指

---

① 章太炎：《章太炎国学讲演录》，中华书局 2013 年版，第 287-288 页。
② 司马迁：《史记》第 10 册，中华书局 1959 年版，第 3291 页。
③ 在中西冲突交汇、古今变革嬗替、社会激变转型的背景下，传统文学渐趋萎缩，新文学不断壮大，西方大量的新文体与文体观念如潮水般涌入。在语言形态上，白话文代替文言文，文白的转型使传统文体学的生存语境发生根本变化。大量用于"经国大业"或跻身仕途的实用文体，突然失去其实用价值，新型的文学文体、公文文体、新闻文体、学术文体等则被大量引入和使用，文体观念遂发生翻天覆地的变化，文体价值谱系也被重新编定。参见吴承学：《中国文体学研究的百年之路》，《华东师范大学学报》2019 年第 4 期。

涉范围并不直接相等。①　在西方文论的影响下，中国文学史研究逐渐接受西方文体学的分类方法与聚类原则。研究者以西方文体学(纯文学)来衡量中国文体学(杂文学)，无疑会遮蔽中国传统文章中大量的实用文体。针对"古体"与"新语"之间的张力，"中学"与"西学"之间的冲突，张江先生在《当代西方文论若干问题辨识——兼及中国文论重建》一文中指出：

> 一个基本事实是，西方语言与汉语言，无论在形式上还是表达上都有根本性的差别，用西方语言的经验讨论和解决汉语言问题，在前提和基础上存在一些根本的对立。不能简单照搬，也不能离开汉语的本质特征而用西方语言的经验改造汉语。……语言的民族性、汉语言的特殊性，是我们研究汉语、使用汉语的根本出发点，也是我们研究文学、建构中国文论的出发点。②

中国文论的"失体"遭际，表现为"失语""失性"，所丢失的就是承担阐释效力的文体现象、批评事件及单元性质，即中国传统"文体"概念的适用性和生命力受到一定程度的限制，主要源于传统文学批评在当前社会生活中的部分失效，以及西方文论造成的牵制和影响。就评判视角而言，"失体"这一观念蕴有对"古人之旧式，转属新声"③(纪昀评《通变》)的勘定与阐释，既可融入文体学视域，"从文风的动态发展中把握

---

①　中国古代"文体"之难译或"抗译性"正是其特殊性所致。在英语中，没有一个和中国古代"文体"完全对应的词。西方文体学运用语言学的理论去阐释文学内容和写作风格。与西方文体学相比，中国文体学的独特性是相当显著的。参见吴承学：《"文体"与"得体"》，《古典文学知识》2013 年第 1 期。

②　张江：《当代西方文论若干问题辨识——兼及中国文论重建》，《中国社会科学》2014 年第 5 期。

③　范文澜：《文心雕龙注》下册，人民文学出版社 1958 年版，第 521 页。

文体的特征"①，审视文体之"体"；又可成为文体阐释的阈限，彰显文体之"性"。通过对"失体"遭际的开掘，似可探出文论阐释的错位和落差，反思文论话语的立场和边界。所以，在对中国传统"文体"概念的解构与建构过程中，无论是"以西解中"的模式，还是"以中化西"的模式，一味地从西方援引理论观念不见得就能适应汉语学术语境，终会造成"失体"格局。

如果说作为一种批评观念，"失体"既是思辨的，又是实践的；那么，作为一种阐释尺度，"失体"既是键闭的，又是开启的。键闭者，界定也，限定文体的使用边界，锁定文体的逻辑周延。开启者，敞开也，彰显文体的原创意蕴，解析文体的现代价值。此键闭与开启的崇替、互动，既构成了"失体"的认识论原理，又铸就了"失体"的方法论思想。② 传统文学批评的阐释思想，很多时候是同文体系统与文体族群共存的。在阐释者和接受者之间，"文本—文体"是一切理解和阐释的起点，既成为文学演绎的载体，保证了意义生成的合法性，又成为文学批评的依托，维护了观念建构的自由性。针对"文本"的当下理解，张江先生在《强制阐释论》一文中指出：

> 对文本历史的理解，也就是对文本原生话语的理解，是一切理解的前提。只有在这个基础上，当下的理解才有所附着，才有对文本的当下理解。对文本的当下理解可以对文本原意有所发挥，但是不能歪曲文本的本来含义，用当下批评者的理解强制文本。③

根据这一构建和实践，我们对中国古代文体观念的当下理解，须基于对

---

① 陶原珂：《〈纪晓岚评注文心雕龙〉之文体观》，《中州学刊》2006 年第 2 期。

② 李建中：《键闭与开启：中国文论的关键词阐释法》，《甘肃社会科学》2016 年第 1 期。

③ 张江：《强制阐释论》，《文学评论》2014 年第 6 期。

文体原生话语的理解，并应"唯本义是求"或"唯本体是求"，既不离"体"，依据历史文化语境对传统文体进行现代阐释，亦不执"体"，对传统文体的当代选择不能出于应有之义，应顾及其客观依据和基本内涵。如朱熹《答吕子约》言：

> 读书如《论语》《孟子》，是直说日用眼前事，文理无可疑。先儒说得虽浅，却别无穿凿坏了处。如《诗》《易》之类，则为先儒穿凿所坏，不见当来立言本意。此又是一种功夫，直是要人虚心平气，本文之下打叠，交空荡荡地，不要留先儒一字旧说，莫问他是何人所说、所尊所亲、所憎所恶，一切莫问，而唯本文本义是求，则圣贤之指得矣。①

朱熹客观地看到在"立言者"与"解经者"之间，存在着先儒旧说。"六经"已被先儒穿凿附会的解说所坏，使后人不明经文之本旨。因之，要探求圣贤作经文之本义，则须超越先儒旧说，一切以经文之"体"为准，而不以先儒对经书的解说为准。如此，方能在"唯本义是求"或"唯本体是求"中避免"失体"遭际。

在"返本"与"开新"之间，中国传统文论的"失体"遭际表现为阐释错位和话语断裂，以及在历史文化语境中对"体"的认识遮蔽和价值规制。党圣元先生指出："中国传统文论当代性意义的确认，是一个思想和话语生成的过程，而非对传统文论中某种现成东西的剥离。"②故而，我们应如何体认古代文体观念发展的内在逻辑和历史的连续性呢？如果说树体成分有"根""苗""华""实"的话，那么文体成分就有"情""言""声""义"。从"原初性"事实本体与"整体性"真实面目来看，其中"情"

---

① 朱杰人等主编：《朱子全书》第 22 册，上海古籍出版社、安徽教育出版社 2002 年版，第 2218 页。
② 党圣元：《传统文论的当代价值与民族美学自信的重建》，《中国文化研究》2015 年秋之卷。

是文体的基础，"言"是文体的场域，"声"是文体的规则，"义"是文体的功能。所以说，"失体"所丢失或遮蔽的具体成分就是上述要素，以至于陷入西方学术话语的预设立场，则不免陷入"根底浅""腹中空"①的研究境况。我们研究文体观念的出发点应是对"体"的转换与回归，调动生活经验、审美经验和创作经验，以及想象力、知解力和判断力，对传统文体进行现代阐释和当代选择，在"失体"中探求"得体"的可能性和适用性。就文体阐释而言，"失体"成为论"体"的阐释尺度，延伸出"定得失""辨尊卑""分雅俗""别源流""识高下""次是非"等效用。

钱锺书先生说："吾国文学，横则严分体制，纵则细别品类。体制定其得失，品类辨其尊卑，二事各不相蒙。"②在文体观念的流变中，诗体与词体别是一家，两者关系深远而又复杂，"把它叫作诗余，即可表明它们间的深远关系"③。然诗、词二体在品类上略有升降，或诗体类于词体，或词体类于诗体。因而，在"严分"与"细品"之际，如果强行引入对方的题材、意境、风格与手法，产生文体之间的错位和含混，通常会被认为是"失体"。李开先《西野〈春游词〉序》云："词与诗，意同而体异。诗宜悠远而有余味，词宜明白而不难知。以词为诗，诗斯劣矣；以诗为词，词斯乖矣。"④有时候，在同一文体内也会出现"失体"。如传统文论中的"文以载道"说，"文"指古文，涉及注疏（阐发经诰之指归）和语录（控索理道之窍眇）。虽然说都属于同一文体系统，但是在品类上各有尊卑，各有确定的规则和制度，从而确立了相应的价值秩序。

---

① 汪少林主编：《中国楹联鉴赏辞典》，百花洲文艺出版社1991年版，第333页。

② 钱锺书：《中国文学小史序论》，《钱锺书散文》，浙江文艺出版社1997年版，第478页。

③ 词作为一种文体，可说是属于广义的诗类。它与诗的关系极为密切，但它终究非诗，而有其独具的艺术特性。参见胡国瑞：《诗词体性辨》，《文学评论》1984年第3期。

④ 李开先：《西野春游词序》，《李开先全集》上册，文化艺术出版社2004年版，第494页。

对这类文体观念进行阐释，既不可杂而混之，尊卑无序，又不可兼而并之，以尊行卑，否则将失去文体族群之内的独立性和自主性，也就是"伪体""失体"，即"苟欲行兼并之实，则童牛角马，非此非彼，所兼并者之品类虽尊，亦终为伪体而已"①。传统文学批评中"失体"论强调的是文体阐释的越界突围和话语反思，这种批评规约有效嵌入文体学的问题域，使得文体观念研究显得严谨而富有张力，其适用性和生命力也变得广泛而持久。

在对文体观念的观照中，"失体"论蕴含着"铸体"的可操作性路径，由"失体"回溯"辨体"，总结文体的传统和特点；由"辨体"寻求"明性"，标举文体的诗性和思性，最终转化为"情动而言形，理发而文见"②的过程。《文心雕龙·体性》云："然才有庸俊，气有刚柔，学有浅深，习有雅郑，并情性所铄，陶染所凝，是以笔区云谲，文苑波诡者矣。"③作为一种阐释尺度，传统文学批评中的"失体"论具有"向外看"与"向内看"的双重取向，指向传统文体之言说方式和言说内容的限定问题，可直面传统文论被西方文论制约、规训和"强制阐释"的理论困局。说明，"失体"这一观念既是对"制""式""貌""裁""格""类"的丢失或遮蔽，可用于衡量和判断文体观念的历史流变；又是对"体性"的审视或省察，对本性和质性的诊断和分析，追问"才"（辞理）、"气"（风趣）、"学"（事义）、"习"（体式）的移位过程。"失体"向外看表现为"失语"问题，向内看表现为"失性"困境。一旦如此，这种遭际中的文学批评只能沦为"他者"的注脚或传声筒，徒具枯槁扁平之"语"与荒芜荆棘之"性"。④ 当下的传统文论研究所出现的认同危机，正是因为

---

① 钱锺书：《中国文学小史序论》，《钱锺书散文》，浙江文艺出版社 1997 年版，第 479 页。

② 范文澜：《文心雕龙注》下册，人民文学出版社 1958 年版，第 505 页。

③ 范文澜：《文心雕龙注》下册，人民文学出版社 1958 年版，第 505 页。

④ 李建中：《辨体明性：关于古代文论诗性特质的现代思考》，《华中师范大学学报》2001 年第 2 期。

"体"陷入西方文论的阐释预设中，产生了文体话语与创作实践之间的断裂和脱节，从而导致"失体"之弊。因此，我们需要以"国学视野"和"大文论观"①来审视传统文学批评中"失体"论的价值与局限，以期解决中西文体观念比较及会通研究中的矛盾与冲突。

三、赋"法"：统绪失宗，义脉不流

当以"辨"为核心的思维观念和以"体"为核心的理论范畴进入文学批评的问题域时，作为"新声"的"旧式"在批评活动中相互碰撞、作用，发生一系列的创新、过时、限定、延伸、重复、转移的排列组合，培育出"以文体为先"的自觉意识。经由历代学人的不断建构和阐释，在"得失之思，起用之虑"中衍生出一系列具有共同性质的思想集成体，涉及对传统文体观念之生命力和影响力的清理和阐扬。在对"体"的透视与解剖中，无论作为批评观念，还是作为阐释尺度，或作为文论术语，"失体"论都具有关键性的作用，能够在作者和读者之间形成一种"阈限"，以此审视"旧式"与"新声"的对接。在总结文章传统和标举批评规律的基础上，"失体"折射出的"失语"问题和"失性"困境，似可作为当前文论研究的审视点和反思点。通过对传统文学批评中"失体"论的理解和阐释，可省察文体类别、辨析文体风格和评判文体源流。

以"失体"为警戒，以"失体"为隐忧，以"失体"为约束，乃是中国古代文学创作与批评的基本原则。针对这一问题，历代学者多有论述：

> 然密会者以意新得巧，苟异者以失体成怪。②
> 文变多方，意见浮杂，约则义孤，博则辞叛，率故多尤，需为

---

① 就体认传统文论之知识生成而言，"国学"视野与"大文论"眼光强调的是"返本"与"开新"相结合。参见党圣元：《传统文论的当代价值与民族美学自信的重建》，《中国文化研究》2015 年秋之卷。

② 范文澜：《文心雕龙注》下册，人民文学出版社 1958 年版，第 531 页。

事贼。且才分不同，思绪各异，或制首以通尾，或尺接以寸附，然通制者盖寡，接附者甚众。若统绪失宗，辞味必乱，义脉不流，则偏枯文体。①

凡人作文字，其它皆得自由，唯史书实录、制诰王言，决不可失体。世之秉笔者，往往不谨，驰骋雕镂，无所不至，自以为得意，而读者亦从而歆美，识真之士，何其少也。②

至于文章之体裁，本有公式，不能变化。如叙记本以叙述事实为主，若加空论即为失体。③

文体，是文章的规格、体例，具有某种规范性。有文体意识的人，写出文章来，合乎规格、体例，谓之合体；缺乏文体意识的人，写出来的东西不伦不类，谓之失体。④

就文论效用而言，"失体"论不仅是逻辑和边界上的观念，也是认识和价值上的观念。历代学者尤为注重文体的规范和要求，认为不能信马南缰地自出心裁，否则将有"失体"的危险。"失体"指有失体制、体统，在特定场域之中没有得到恰当表现或得体合度。古人首先在认识上视"体"为先在要务，又将之落实到具体的言语实践和确定的批评模式中，通过对"体"之分寸的精微感悟与把握，赋予利弊得失的价值判断和价值评价。⑤ 在"辨"的思想和"体"的观念之间，"失体"论的目的在于"辨其指归，殚其体统"⑥，通过认知纠偏与困境破解，来引导语言符号和文本模式的编码。作为一种警策之语，"失体"不是单就"体"来说"体"的，而是使"体"成为文论阐释的审视点和反思点，以此完成对文

---

① 范文澜：《文心雕龙注》下册，人民文学出版社 1958 年版，第 651 页。
② 胡传志、李定乾：《淮南遗老集校注》，辽海出版社 2005 年版，第 426 页。
③ 刘师培：《汉魏六朝专家文研究》，商务印书馆 2017 年版，第 149 页。
④ 方遒编著：《写作学概论》，安徽教育出版社 2016 年版，第 56 页。
⑤ 吴承学：《中国古代文体学研究》，人民出版社 2011 年版，第 16 页。
⑥ 浦起龙：《史通通释》上册，上海古籍出版社 1978 年版，第 291 页。

体观念的识别、理解及转换，将"体"之得失和"文"（辞）的行为方式、思维方式及言说方式等结合起来进行讨论。韩愈《答尉迟生书》云："体不备不可以为成人，辞不足不可以为成文。"①因之，"失体"论具有"体不备"与"辞不足"的特征，在文本情境和文体语境中表达失当或运用失度，有失具体可辨的语言特征与语言系统、章法结构与表现形式，同时也蕴含对"得体"的转化诉求。

鉴于"事体—语体—文体"是传统文学批评的特定形式，历代学者素有"或简言以达旨，或博文以该情，或明理以立体，或隐义以藏用"②的辨体思想。古人"辨体"的初衷是在对"体"的辨别、辨认、辨析、辨识中"立体"，实现"尊体""得体"的诉求，谨防"讹体""乖体"弊病。凡进行文章写作，选择最适宜的"体"，皆须依照具体的文本语境、情景语境和文化语境而加以区分，其中必然涉及文体之分类、名义、源流和作法的得失变化。"失体"论恰为"辨体"提供了一种批判观念和阐释尺度。如刘师培《文章变化与文体迁讹》一文指出：

> 《水经注》及《洛阳伽蓝记》华彩虽多，而与词赋之体不同。议论之文与叙记相差尤远。盖论说以发明己意为主，或驳时人，或辨古说，与叙记就事直书之体迥殊。所谓变化者，非谓改叙记为论说或侪叙记为词赋也。世有最可奇异之文体，而世人习焉不察者，则杜牧《阿房宫赋》，及苏轼之前、后《赤壁赋》是也。此二篇非骚非赋，非论非记，全乖文体，难资楷模。准此而推，则唐以后文章之讹变失体者，殆可知矣。③

文体变化是指"文各有体"前提下文章技巧的多样变化，根据刘氏对"文章变化与文体迁讹"的论述，我们更清楚地看到了文章辨体和文类体认

① 马其昶：《韩昌黎文集校注》，上海古籍出版社1986年版，第145页。
② 范文澜：《文心雕龙注》上册，人民文学出版社1958年版，第15页。
③ 刘师培：《汉魏六朝专家文研究》，商务印书馆2017年版，第149页。

的理论观念。就文体互参而言，不同文体间的渗透、借鉴恰恰是各类文体形态优化、改变及新文体生成的必要因素。如果有混合、交织及乖离常轨等曲解现象，那么不免会导致文章之讹变，陷入"失体"窠臼。"失体"论强调"文"的规定性和指向性，辨识"体"的界限和等级，审查各体文章的"辞""体"是否般配，是否存在"失宜""失序""失当"等问题，以及是否符合约定俗成的写作规范和基本要求，从而涉及对表达对象、运用场合、文体功用和语言形式的衡量和判断。于是，"失体"论成为观照文章的无形法则。通过"沿隐以至显，因内而符外"①的现代转换，以"失体"为线索，可辨识历史，把握实证，寻求共识，为传统文体观念的建构与发展提供一个新的视角，同时也给实现文学理论的本体回归和建构中国文论话语体系提供了警觉性的反思与探索性的路径。

在明确"失体"论的批评效用之后，我们接着讨论"文体划界"与"文体越界"的介入方式。徐师曾于《文体明辨序说》指出："文愈盛，故类愈增；类愈增，故体愈众"，并强调"体愈众，故辩当愈严"。②事实上，"失体"论深受"辨体"意识的影响，在划分文体界限、揭示文体规则的同时，尚有考虑到消解文体界限、消融文体规则的可能性，以及包容和处理文体"越界""移位""混杂"的现实性。③我们研究"失体"论的阐释传统和现代转向，不仅要研究其所丢失的内在规定性(如"情""言""声""义")，剖析文体成分，注重对文体结构和文体特征的透视；还要研究所遮蔽的外在指向性(如"格""调""题""材")，解构文体价值，注重对历史基因和文化谱系的探索。在"划界"与"越界"诉求的推动下，文体形态被分成不同种类，即演变为诗赋、论说、文书、叙事、祝辞等

① 范文澜：《文心雕龙注》下册，人民文学出版社 1958 年版，第 505 页。
② 徐师曾：《文体明辨序说》，人民文学出版社 1962 年版，第 78 页。
③ 吴承学：《中国古代文体学研究》，人民出版社 2011 年版，第 15 页。

类，"赋予了文体互动及分化的更多可能性"①。因之，无论是防御不知限度的逾越，还是破解陈腐观念的禁锢，文体观念研究都极容易陷入"失体"遭际，表现为外向度的"失语"和内向度的"失性"。钱锺书先生认为："体之得失，视乎格调，属形式者也；品之尊卑，系于题材，属内容者也。"②就介入方式而言，"失体"论可视为对文体之"体"与语用之"用"的解构和重构。通过对"失体"论的事实认定与价值判断，有助于我们体认传统文体观念的谱系建构和知识演绎的成像过程，省察如何在"体"这一逻辑原点的统领下，形成"情、体、文"的框架，以及遵循"才、气、学、习"或"才、胆、识、力"的模式，所展开"情深而文明，气盛而化神"（意义世界转换的基础）③的创作情状。

文体观念具有"原生—次生—再生"的生命历程，其价值与秩序并非是不变的，而是会随着"划界"与"越界""融会"与"贯通"的转换，经历一系列的辩难、攻诘、误读及阐发。刘师培《文章变化与文体迁讹》一文将"传状"改变为"四六""祭文""吊文"夹混于"碑文""墓志"等现象，视为"失体""乖体""违体"，认为是为文之弊病，逾越了文体之边界、范围及限度。

> 又六朝人所作传状，皆以四六为之。清代文人亦有此弊。不知《史》、《汉》之传，体裁已备，作传状者，即宜以此为正宗。如将传状易为四六，即为失体。陈思王《魏文帝诔》于篇末略陈哀思，于体未为大违，而刘彦和《文心雕龙》犹讥其乖甚。唐以后之作诔

---

① 不同文体间的交互渗透，如楚辞与散体赋的互动、辞赋与诗的互动、叙事文本与诗赋的互动等，句式的借鉴与丰富、结构的凝固与重组、虚词的运用与减省、主题的移植与扩展使文体的多元化成为可能。参见陈民镇：《文体备于何时——中国古代文体框架确立的途径》，《文学评论》2018年第4期。

② 钱锺书：《中国文学小史序论》，《钱锺书散文》，浙江文艺出版社1997年版，第480页。

③ 夏静：《情深而文明，气盛而化神——养气对为文的影响》，《中国社会科学报》2015年7月13日第A05版。

者，尽弃事实，专叙自己，甚至作墓志铭，亦但叙自己之友谊而不
及死者之生平，其违体之甚，彦和将谓之何耶？又作碑铭之序不从
叙事入手，但发议论，寄感慨，亦为不合。盖论说当以自己为主，
祭文吊文亦可发挥自己之交谊，至于碑志序文全以死者为主，不能
以自己为主。苟违其例，则非文章之变化，乃改文体，违公式，而
逾各体之界限也。①

在刘氏看来，文章各有体名，各有体例，即各有其语言、修辞、心理、
风格、接受。文体之间的"改装换貌"或"改头换面"，并非是基于文体
传统的发展和转化，而是改变了"自我"的属性、类型及结构，"逾其界
畔"，"以采他体"，嵌入了"他者"的形态、情感、意蕴，也可以称为一
种"自我他者化"②现象。刘氏有关文体迁讹的判断，虽说未必有普遍
性的意义，甚至有些保守性的成分，但是对我们理解传统文学批评中的
"失体"论还是有一定作用的。事实上，传统文体的结构和形式容易发
生改变，也存在着不同的价值谱系，其间的交流和互动可紧可松。无论
是突破"旧体"的框架和积淀，还是实现"新体"的嬗变和超越，最终都
会在"失体"问题中触及文体观念的复杂性、多义性和不确定性。

　　鉴于"体"的相对性和可能性，我们在使用时对其局限乃至弊端须
有清醒的认识，否则就会导致文体观念研究的静态化、非语境化以及历
史场域即语义现场的遮蔽或丢失。"失体"论蕴有整体观照的思维方式，
既可考察文体之"体"的历史维度、理论视野和批评意识，又可探讨中
国文体学研究所折射出的传统与现代、冲突与融合，在中西会通中所产
生的语义变迁或悖逆。通过"划界"与"越界"的得失转换，"失体"论体

---

　　① 刘师培：《汉魏六朝专家文研究》，商务印书馆 2017 年版，第 149-150 页。
　　② "自我他者化"并不能使原有之我纯然变为他者，其结果只能是一个既不
同于原有之我，又不同于他者的新我。换言之，"新我"必然是原有之我与他者结
合所孕育出来的"第三者"。参见李春青：《浅谈中西文论关键词比较的意义与方
法》，《文艺争鸣》2017 年第 1 期。

现了认识理性、价值理性和实践理性的统一，即批评观念、阐释尺度和文论效用的统一，可由此勾连当代中国文论研究中的"失语"问题与"失性"困境。所以说，以"失体"论为警策，即以"失体"校正"得体"，以"得体"规避"失体"，除了作为作家驾驭"事体—语体—文体"的审视原则，还可作为文体阐释和意义解读的潜在域限。"失体"论不仅是对文体现象和批评事件的描述，还是对文体系统和文体族群的评判。这一观念涉及"体"的渗透、交叉、跨越和衔接，表现为相区别的价值序列，又涉及"体"的移位、变形、降格和升位，呈现出相错杂的价值排序。因此，我们考察传统文学批评中"失体"论，探索"体"的导向、协调、控制和改造问题，有助于建构中国古代文体观念研究的价值谱系并昭明其本体论价值。

第八章　辨"文"：语义嵌入与叠加赋值

就文体学及文体史研究而言，文论关键词的中西比较，似应首选却最难诠释的莫过于"文学"概念。中西方的文学毕竟是在各自独立自存的文化背景中形成的两大审美文化系统，关于"文学"的中西之争，可谓时间延续最久，意见分歧最大：既有古今中西之异，亦有广义狭义之别。

> 中国古代将诗、词、文、赋、小说、戏曲都称为"文"，或"文章。上个世纪初，西方的"文学"概念引入中国以后，人们开始以西方的"文学"观念来诠释中国的诗、词、歌、赋、小说和戏曲等。在大家的观念里，中国的诗、词、文、赋、小说、戏曲与西方的"文学"好像是等同起来了。但问题在于西方的文化与中国的文化有着一个本质的区别，这一点是学界普遍认同的。文学作为文化的结晶，它自然也应该有着一个本质的区别。①

指称"语言艺术"和"学科类别"的"文学"是 19 世纪通过日语转译过来，

---

① 西方文学观念的引进，毫无疑问对中国文学的研究有着积极作用。但民族之间文化是异质异构的，文学为文化精神的凝聚，各民族的文学也就不可能同构而同质。如果以异质异构的西方文学话语来规范中国文学，我们就免不了削中国文学之"足"去适西方文论之"履"。这种在西方文论视域中进行中国古代"文学"的研究，必然被西方文学理论话语"文学"化而沦为西方文学理论的注脚，从而失去"中国文学"的民族特色和自性。参见赵辉等：《中西文学传统缘何不同》，《光明日报》2009 年 3 月 2 日第 12 版。

侨词色彩较为明显而本土特征渐趋丢失。① 诸多关于"文学"的定义，其中"文学是语言的艺术"一则最能通约中西、融贯古今并兼顾广狭。虽然不同社会历史语境所界定的"文学"观念不尽相同，但是有着一个共同的基本存在样式，那就是文体形态。文体观和文学观都是文学史的核心内蕴，文学史可以说就是文学观念发展变迁的历史，文体观念作为文学观念的一种，自然也包含在文学史之中。

我们对"文"作历史语义学和概念史的考察，可发现真正能与literature 对译的是"文章"而非"文学"。事实上，汉语的"文章"与西语的 literature，虽有时空之隔却不乏语义之通，二者之"通义"表现于对文学观念之缘起、沿生及再创的言说。在根性结构、语义流变和话语转换等层面比较"文章"与 literature，把握各种文体发生发展的过程，以及各自的审美规范特征，不仅可以看出中西文论如何言说"文"，还可以为中国文体学的学科建设提供有益的尝试和启示。

一、滥觞：原始表末，释名章义

刘勰《文心雕龙·序志》提出文学理论批评的基本原则："原始以表末，释名以章义，选文以定篇，敷理以举统。"②这一观点亦可作为文论关键词比较研究的基本方法。"文章"与 literature 对"文学"的言说，以词根的方式沉潜，以坐标的方式呈现，以转义的方式再生，既是文论关键词生生不息的语义根源，亦是中西文学和而不同的话语依据。③ 比较汉语"文章"与西语 literature 如何言说"文学"，文学观念何时发生、文学观念何以发生、文学观念如何发生，其思想文化内涵究竟是什么，则

① 冯天瑜：《侨词来归与近代中日文化互动——以"卫生""物理""小说"为例》，《武汉大学学报》2005 年第 1 期。

② 范文澜：《文心雕龙注》下册，人民文学出版社 1958 年版，第 727 页。

③ 李建中：《中华元典关键词的原创意蕴与现代价值——基于词根性、坐标性和转义性的语义考察》，《江海学刊》2014 年第 2 期。

需要回到滥觞之处，从追溯关键词的语义根性和分析其根性结构开始。作为文论元典的《文心雕龙》被称之为"文章学巨著"①，古典意义上的中国文学属于文章系统，故而讨论"文章"一词的根性结构，须先阐释"文"与"章"的语义根性。根据文献记载，"文"与"章"同时出现于《周礼·考工记·画缋》："青与赤谓之文，赤与白谓之章，白与黑谓之黼，黑与青谓之黻。"②在此，青、红两色交织称为"文"，红、白两色交织称为"章"。这是古人观察客观事物所直接获得的视觉印象。其中，"文"即"纹"，指纹路、纹样；"章"指花纹、文采。于是，"文""章"合而表示交文错画的色彩、花纹或线条，蕴含着最早的文化元素或文学景观。

> 如果说，人在自己身体上的交文错画是人类最早的文学创作行为，那么"以文身之纹为文"则是人类最早的文学鉴赏和批评行为，是人对"字生文学"的自觉鉴赏和批评。③

文身所具有的符号性、象征性、修饰性和结构性，使得"文""章"成为早期中国文学观念的渊源。汉语之"文学"观念滥觞于"观乎天文"，"是一种以'通天'为核心的'天文'之学，其中既包含原始宗教和迷信，也包含原始科学和艺术，因此，当时并没有独立的文学活动，也没有独立的文学观念"④。此时，虽然没有独立的文学活动和成熟的文学观念，

---

① 胡经之：《〈文心雕龙〉：文化融合的结晶》，《北京大学学报》1989 年第 5 期。

② 阮元校刻：《十三经注疏》，中华书局 1980 年版，第 918 页。

③ 李建中：《汉语"文学"的字生性特征》，《江海学刊》2018 年第 2 期。

④ 对于早期中国文学观念的研究有两种思路和方法。一是以今人的文学观念为基点，向上追溯，寻找符合今人文学观念各种要素的早期证据，使得逻辑与历史相统一。另一种是尽可能全面地收集中国早期文学观念的各种信息，从所有信息的归纳整理和比较分析中，从古代文学观念生成的动态过程中，去探寻中国古代文学观念的丰富内涵。参见王齐洲：《中国文学观念的发生》，《光明日报》2013 年 10 月 14 日第 15 版。

但是已有基本的词章色彩和情感元素，实现了从"观乎天文"到"观乎人文"的视角转换，独立的文学活动得以逐步开展，文学观念也慢慢成长起来。

甲骨文中的"文"是刻画在岩壁、龟甲上的象形汉字，其根性结构是汉字造型，突出了线条纹路的形象感。许慎《说文解字·文部》："文，错画也，象交文。"①"文"的语义根性侧重对"纵横交错"的理解，体现了"傍及万品，动植皆文：龙凤以藻绘呈瑞，虎豹以炳蔚凝姿；云霞雕色，有逾画工之妙；草木贲华，无待锦匠之奇"②的原初观念。《周易·系辞下》："爻有等，故曰物；物相杂，故曰文。"③甲骨文中的"章"是刻画在岩壁、龟甲上的图文徽标，根性结构是符号造型，强化了其纹理、刻痕、式样的视觉感。《说文解字·音部》："乐竟为一章。歌所止曰章。"④乐曲结束为一章，从其始至其结束，这部分叫做一章。"章"的语义根性侧重对"自成格局"的理解，并由此产生一系列的构词组合，如章采、章黼、章绣、章节等。《吕氏春秋·知度》："此神农之所以长，而尧、舜之所以章也。"⑤此"章"乃著明也。随着社会活动的日益丰富，人们认识世界的主体愿望得到了不断提升，"形立则章成矣，声发则文生矣"⑥，凡虎斑、霞绮、林籁、泉韵，俱为"文章"。我们能够看出"文章"观念的缘起是指纵横交错的符号，斑斓美丽的花纹。当书写者不再满足于简单的"刻画之纹饰"⑦时，便会有意识地扩充根性结构的语义，产生了"文"和"文章"，也有了"彣"和"彣彰"。

中国文论关键词之"文章"始见于《论语》。如《论语·公冶长》："夫子之文章，可得而闻也；夫子之言性与天道，不可得而闻也。"《论

---

① 段玉裁：《说文解字注》，上海古籍出版社 1981 年版，第 425 页。
② 范文澜：《文心雕龙注》上册，人民文学出版社 1958 年版，第 1 页。
③ 阮元校刻：《十三经注疏》，中华书局 1980 年版，第 90 页。
④ 段玉裁：《说文解字注》，上海古籍出版社 1981 年版，第 102 页。
⑤ 许维遹：《吕氏春秋集释》，中华书局 2017 年版，第 456 页。
⑥ 范文澜：《文心雕龙注》上册，人民文学出版社 1958 年版，第 1 页。
⑦ 徐中舒主编：《甲骨文字典》，四川辞书出版社 2006 年版，第 996 页。

语·泰伯》："尧之为君也。巍巍乎！唯天为大，唯尧则之。荡荡乎！
民无能名焉。巍巍乎！其有成功也；焕乎！其有文章。"①在此，"文
章"的语义根性是指德行事功和礼乐法度。《楚辞·橘颂》："青黄杂糅，
文章烂兮。"②《荀子·礼论》："雕琢、刻镂、黼黻、文章，所以养目
也。"③至于此，"文章"指斑斓美丽的花纹，直接构成视觉形象的图样，
给观者带来视觉欣赏的艺术美感，后引申出错彩镂金、铺锦列绣的词藻
之义，即文字描绘出来的事物图样。此外，"文章"一词亦作"彣彰"理
解。《说文解字·彡部》："彡，毛饰画文也。"《彡部》释："彰，彣彰
也。"又"彣，彣也。"段玉裁则指出："遣画者，文之本义；彣彰者，彣
之本义。义不同也。"④说明，"彣"是对"文"的扩充，"彣彰"是对"文
绣"的延伸。章太炎《国故论衡》就"文"与"彣"，"文章"与"彣彰"之关
联作出辨析："凡文理、文字、文辞，皆称文。言其采色发扬谓之彣，
以作乐有阕，施之笔札，谓之章。……夫命其形质曰文，状其华美曰
彣，指其起止曰章，道其素绚曰彰。凡彣者必皆成文，凡成文者不皆
彣。是故推论文学，以文字为准，不以彣彰为准。"⑤此"彣彰"的语义
根性指人为的主观刻画，如锦绣、黼黻等内涵；"文章"笼罩群言，无
所不包，而与人为因素无关的日月山川、花草树木、鸟兽虫鱼皆为文
章。前者如《荀子·非相》的"美于黼黻、文章"⑥，后者如《庄子·逍遥
游》的"瞽者无以与乎文章之观"。⑦ 这是在"彣彰"层面对雕缛成体之技
艺的褒奖，亦是在"文章"层面对文法自然之才情的赞誉。⑧ 因此，我

---

① 阮元校刻：《十三经注疏》，中华书局 1980 年版，第 2474、2487 页。
② 汤炳正等：《楚辞今注》，上海古籍出版社 1996 年版，第 167 页。
③ 王先谦：《荀子集解》，中华书局 1988 年版，第 347 页。
④ 段玉裁：《说文解字注》，上海古籍出版社 1981 年版，第 424-425 页。
⑤ 章太炎：《国故论衡》，商务印书馆 2010 年版，第 73-74 页。
⑥ 王先谦：《荀子集解》，中华书局 1988 年版，第 84 页。
⑦ 郭庆藩：《庄子集释》上册，中华书局 2012 年版，第 34 页。
⑧ 李建中：《经学视域下中国文论关键词之词根性考察》，《武汉大学学报》
2014 年第 1 期。

们可以认为中国文学观念的缘起是通过"纹""彣""文"实现的，从文身扩充为纹绣，从彣彰扩充为文章，从人为之文扩充为天地之文。

就西方的传统而言，一般认为荷马史诗的年代是公元前 700 年前，文学写作则出现在公元前 6 世纪到 5 世纪的希腊（伊索寓言是在公元前 6 世纪，埃斯库罗斯、索福克勒斯与欧里庇得斯的戏剧是在公元前 5 世纪），正是在公元前 4 世纪的希腊，我们在柏拉图的著作里发现了历史上最早的并具有持续影响的探讨诗歌本性以及诗艺的哲学论文。① 这是一个"前文学时代"（pre-literature），在事实上存在着文学现象，包括祝词、咒语、赞歌、神话、抒情诗、史诗等。英国学者雷蒙·威廉斯《关键词：文化与社会的词汇》指出"literature"（文学）出现在 14 世纪，其词根与拉丁语 litteratura、法语 littératura 相通，具体指"通过阅读所得到的高雅知识"②。literature 是对拉丁语 litteratura 的再现，对"著作"和"书本知识"的概称，具备了作品的根性特征，也就是关于某个主题而写出来的书稿和论文的全部。拉丁语 litteratura 以文字为立义之本，指字母的书写，涉及文字、文献、文章等词义。由于拉丁语作为学术研究的常用语言，所以导致 literature 具有无所不包的语义范围，即具有一种价值评估的尺度，凡是文字记载的文献资料都可用此词指称，"书写物之总称""富有诗性亦即文学性的作品"③。"1800 年之前，literature 这个词和它在其他欧洲语言中相似的词指的是'著作'，或者'书本知识'。"④ 显然，literature 的根性结构是词根 liter 与后缀 ature 的组合，前者是

---

① [英]彼得·威德森：《现代西方文学观念简史》，钱竞等译，北京大学出版社 2006 年版，第 27 页。

② [英]雷蒙·威廉斯：《关键词：文化与社会的词汇》，刘建基译，生活·读书·新知三联书店 2005 年版，第 268 页。

③ 从概念史的角度来说，将当今"文学"概念用于前现代或中世纪作品，乃是后人之建构。彼时探讨所谓"文学"文本，不管其称谓如何，均未形成与后世"文学"概念相匹配的概念。参见方维规：《西方"文学"概念考略及订误》，《读书》2014 年第 5 期。

④ [美]乔森纳·卡勒：《当代学术入门：文学理论》，李平译，辽宁教育出版社 1998 年版，第 22 页。

letter(文字、字母)的演变，主要源于拉丁文 littera，指书写技巧，即希腊语的 γραμματική(文法)，表示知识的运用及其书写；而后者表示一般状态、一般情况，起到补充说明的作用。作为一种后缀，ature 能够限定词根 lit(t)er 的状态或行为，由"文字状态"衍生出"文学观念"。

中西文学具有不同的根性结构，汉语的"文章"与西语的 literature 共同丰富了"文学"观念的基本要素。日本学者夏目漱石在《文学论》的"自序"中就"何谓文学"得出结论："余于英语之知识当然不可云深厚，然不认为劣于余之汉学知识。既然学力程度相同，而好恶之别如此之异，不能不归于两者之性质有别。换言之，汉学中所谓文学与英语中所谓文学，到底是不可划归同一定义下之异类物也。"①"何谓文学"不仅是一个理论的"紧箍咒"，还是一个涉及存在本身的重要问题。事实上，汉语之"文学"并非英语之"文学"。尽管此两者有明显的时空差异，但在根性上具有相类的特征，在当时都是一种"相对广泛"的语义体现。前者泛指结构突出的符号，斑斓美丽的花纹；后者泛指文字书写的作品，基本涵盖了古今文献及学问知识。"文""章"是同等并存，既可单独生成意义，也可组合出现，产生"自然之文""人文之文"的语义根性，包括但不局限于后世的"文学"观念；词根 liter 与后缀 ature 是前后限制的关系，很难单独承担语义内涵的言说基础，只能凭借"词根-后缀"的构词方式而出现，其语义根性的指涉虽然有些不同，但是局限在"知识的书写及使用"范围之内，不能脱离语言文字而阐释存在。由于中西观念的基础差异，现代语境中的"文学"很难言尽传统视域中"文章"的根性结构，也不具备"文章"的形象性和视觉性。这种"文学"(汉字书写及其文本体系)是通过日语转译到中国的(并非中国古典的"文学"观念)，

---

① 夏目漱石从传统的汉文学教育中得出了"文学"的概念，并将之扩大为一切的"文学"的标准，殊不知传统意义上的"文学"未必等同于英文的"literature"(文学)。参见林少阳：《"文"与日本的现代性》，中央编译出版社 2014 年版，第 104 页。

在缘起上没法达到与"文章"（旧名词）①对等的程度。就关键词的根性结构而言，汉语的"文章"体现出"文学"的审美特征，literature 表现出"文学"的书写特征，二者揭示了中西文学观念之缘起的差异性。

二、取舍：观水有术，必观其澜

文论关键词是有生命的，其语义流变是一个完整的生命历程。《文心雕龙·序言》："振叶以寻根，观澜而索源。"②这是传统文学批评理念统摄下的一种文体史书写理想，其根本方式便是寻根究底、探本求源。文体学关键词的研究也是如此，我们须厘清并描述其从诞生、成长到更新、再生的生命历程。凡解释一字即是作一部文化史。研究"文章"与 literature，同样是在考察"文学"观念史，"文体"的流变史。郭绍虞《文学观念与其意义之变迁》指出："大抵初期的文学观念，亦即最广义的文学观念；一切书籍，一切学问，都包括在内。"③因此，为了廓清早期的"文学"观念，我们只有回到"文章"与 literature 在不同时期的历史文化语境，才能全面而深刻地把握"文"和"学""文学"和"文章"等观念的沿生过程，并在此基础上辨析文学观念之沿生的中西路径。

"文学"一词最早见于《论语·先进》篇："文学：子游、子夏。"北宋邢昺疏曰："文章博学，若则有子夏、子游二人也。"④此"文章博学"虽然是后起的观念，指往代的礼乐制度，但是在审美性和艺术性的层面为"纯文学"的沿生奠定了基础。《墨子·非乐上》："非以大钟鸣鼓、琴

---

① 崔琦：《"文学"的概念：在取与舍之间》，《华北电力大学学报》2017年第4期。

② 范文澜：《文心雕龙注》下册，人民文学出版社1958年版，第726页。

③ 周秦时期的"文学"观念兼有文章、博学二义，两汉时则开始把"文"和"学"、"文学"和"文章"分别而言，"文学"仍有学术的意义，但"文""文章"已专指词章而言。魏晋南北朝，"文学"从其他学术中独立出来，进一步有了"文""笔"之分。参见郭绍虞：《郭绍虞说文论》，上海古籍出版社2000年版，第17页。

④ 阮元校刻：《十三经注疏》，中华书局1980年版，第2498页。

瑟竽笙之声以为不乐也，非以刻镂华文章之色以为不美也。"①"文章"指由精美、华丽的纹饰符号。此时语义是最广泛的，可引申出华丽之文辞和尚美之情志。《荀子·非十二子》："敛然圣王之文章具焉，佛然平世之俗起焉。"②此"文章"语义指垂范教世的礼制或法度，即以礼乐为主的古典之学，又可引申出奏议、书论、铭诔、诗赋等内涵。《韩非子·解老》："礼者，所以貌情也，群义之文章也，君臣父子之交也，贵贱贤不肖之所以别也。"③此"文章"在博学的层面立意，确立了"礼制—文章"的坐标。"文章"概念已涉及文辞、情志等文学性因素，还不具备"纯文学"的审美内涵。两汉之时，"文章"逐渐接近"纯文学"观念，产生了一些文学性概念，如文采、文辞和文词等。同时，也衍生出"铺采摛丈"（形式）、"体物写志"（内容）的汉赋之体。《淮南子·原道》："是故至人之治也，掩其聪明，灭其文章，依道废智，与民同出于公。"④此"文章"一词作"文辞作品、礼仪法度"理解的，继承了先秦的文章意涵。《史记·儒林列传》："文章尔雅，训辞深厚。"⑤此"文章"指书写诏书、律令，有文采的文辞作品，与选官制度、文书写作制度等制度设置关系密切。班固《两都赋序》："盖奏御者千有余篇，而后大汉之文章，炳焉与三代同风。"⑥"文章"已有文学风格的意味，注重雅致的文辞特征。此时期"文章博学"⑦内涵初步完成"文学"观念的路径

---

① 孙诒让：《墨子间诂》上册，中华书局 2001 年版，第 251 页。
② 王先谦：《荀子集解》，中华书局 1988 年版，第 95 页。
③ 王先慎：《韩非子集解》，中华书局 1998 年版，第 132 页。
④ 何宁：《淮南子集释》上册，中华书局 1998 年版，第 60 页。
⑤ 司马迁：《史记》第 10 册，中华书局 1959 年版，第 3119 页。
⑥ 萧统编：《文选》第 1 册，上海古籍出版社 1986 年版，第 3 页。
⑦ 汉代以后，在"文章博学"的内涵下，"文学"外延各个时代不尽相同，颇有差异。就"博学"而言，主要指经学或儒学，但后来又加入了史学等专门之学；就"文章"而言，在"广泛意义上的写作才能"这个意旨下，汉代尤其西汉偏指辞赋和国家应用之文，东汉后期则加入了五言诗。随着词等俗文学的发展，文学偶尔也涵盖到词。参见史伟：《中国古代文献中的"文学"概念考论》，《苏州大学学报》2019 年第 2 期。

转变。

魏晋时期是"文学自觉"时期，也可说是"为艺术而艺术"时期。曹丕《典论·论文》："盖文章经国之大业，不朽之盛事。"①此"文章"指用典范文辞来书写内容，注意到文体作品的独立价值。挚虞《文章流别论》："文章者，所以宣上下之象，明人伦之叙，穷理尽性，以究万物之宜者也。王泽流而诗作，成功臻而颂兴，德勋立而铭著，嘉美终而诔集。祝史陈辞，官箴王阙。"②此"文章"语义暗含了"文以载道"的主体意识。《文心雕龙》对"文章"的使用，意义非常广泛，概称不同文体的文辞篇章。《南齐书·文学传论》："文章者，盖情性之风标，神明之律吕也。"③此"文章"语义具有了审美情性的特征（如注重对情感的修饰和对语言的雕琢），不完全是指政教律令的文辞作品。据统计，《后汉书·文苑传》提到"文章"一词十次，指明了作者的文体创制，其意已是文学作品的专属词汇。尽管"文章"内部时有结构调整，出现"文笔争论"与"骈古转换"，但仍指辞赋一类的文学性作品。由唐宋而至明清，审美意识嬗变与文学文体的生成，衍生出诗歌、词曲、散文等不同样式。杜甫《偶题》："文章千古事，得失寸心知。"④"文章"指有文学性的辞赋、诗文等作品。苏轼《答谢民师书》："欧阳文忠公言文章如精金美玉。"⑤"文章"指应用性、艺术性的诗文作品，固守了魏晋"文学自觉"传统。彭时《文章辨体序》："三代以下，名能文章者众矣，其有补于世教可与天地同悠久者，代不数人，人不数篇，可不精择而慎传之欤。"⑥"文章"语义继续着文论家对"纯文学"的探索，将文学性或审美性的散文作品纳进了"文章"的范围。姚鼐《与石甫侄孙书》："文章之精妙，不

---

① 萧统编：《文选》第6册，上海古籍出版社1986年版，第2271页。

② 郁沆、张明高编选：《魏晋南北朝文论选》，人民文学出版社1999年版，第179页。

③ 萧子显：《南齐书》第2册，中华书局1972年版，第907页。

④ 谢思炜：《杜甫集校注》第6册，上海古籍出版社2015年版，第2411页。

⑤ 孔凡礼：《苏轼文集》第4册，中华书局1986年版，第1419页。

⑥ 吴纳：《文章辨体序说》，人民文学出版社1962年版，第7页。

出字句声色之间。舍此便无可窥寻矣。"①刘大櫆《论文偶记》："文章最要节奏，譬之管弦繁奏中，必有希声窈渺之处。"②此"文章"已是中国古典文学的主要系统，涵盖了不同文体的著作或作品，接近目前"纯文学"的内涵。然而，与先秦时"文章"内涵相比，此时的"文学"观念在逐渐清楚，但图纹符号的语义却在消融，呈现出缩小的沿生特征。

英语中的"文学"（literature）在 16—17 世纪时发生语义位移，摆脱了同"字母"的组合关系而指向"学识"，获得"学问"或"书本知识"之义，意味着广泛阅读的状态，后来扩展为"知识整体"。literature 有时表示状态，指"博览群书""知识渊博"；有时表示物质的名词，作为"广为阅读的书籍"。雷蒙·威廉斯指出："literature 的词义主要是与现代literacy 的意涵一致。"③literacy 指阅读的能力及博学的状态，阅读希腊文、拉丁文经典，具有高雅学识（专属印刷书籍）的文化素养。其否定词 blotterature 指没有能力书写清楚，或指不具备高雅的知识。从 18 世纪到 19 世纪，"文学"作品纳入市场运作中，在"广泛阅读""文字技巧"基础上衍生出"写作的工业""写作的行业"两种意涵，即"写作的长处（literary merit）"和"写作的声望（literary reputation）"。雷蒙·威廉斯说："这似乎是与作家这个行业的高度自我意识有关；这些作家处在一个过渡时期，是从他人资助过渡到市场的书籍销售。"④"文学"（literature）在18 世纪时被普遍使用，涵盖诗歌、小说、戏剧及散文等，出现 English literature（英国文学）、National literature（国家文学）等概念。显然，"文学"（literature）围绕书本与著作而不断构词、衍义：其一，指"学识"或"博学"；其二，指研究修辞格和诗学、兼及语文学和史学的学术门类；

---

① 姚鼐：《姚惜抱尺牍》，安徽大学出版社 2014 年版，第 134 页。
② 刘大櫆：《论文偶记》，人民文学出版社 1959 年版，第 5 页。
③ ［英］雷蒙·威廉斯：《关键词：文化与社会的词汇》，刘建基译，生活·读书·新知三联书店 2005 年版，第 269 页。
④ ［英］雷蒙·威廉斯：《关键词：文化与社会的词汇》，刘建基译，生活·读书·新知三联书店 2005 年版，第 270 页。

其三，文献索引；其四，所有书写物。① 随着意涵的调整、删减与增补，从 18 世纪后期到 19 世纪前期，在 literature 之"所有书写物"这一意涵中，又析出"纯文学"（文学、修辞、诗歌艺术的总体），并向之倾斜和收缩。"学识""学术门类""文献索引"等意涵也开始逐渐式微。此外，"所有书写物"进一步扩充为"分门别类的所有书写物"，在文化语境中尤指"所有的文本"，也就是说基于文字的记录、写本、书籍等都属于"文学"。② 19 世纪中期以来，西方对"文学"（literature）的界定较为宽泛，将之视为人类精神活动及其实践方式的文本总称，指以"富有创造性想象力"为基准的语言艺术③：一是文字（由之而来的著作）；二是由文字著作而来之学（人文学科）；三是文字之美（作为艺术的文学）。

王国维描述历代文体的流变现象："凡一代有一代之文学，楚之骚、汉之赋、六代之骈语、唐之诗、宋之词、元之曲，皆所谓一代之文学，而后世莫能继焉者也。"④这一结论揭示出中国"文学"观念的沿生过程，囊括了多种文学文体和文学现象。"文章"的语义流变涵盖了中国文学史的整个时段，围绕"天文、地文、人文"而不断沿生，扩大了中国文论对"文学"的言说领域，也拓宽了言说路径。而 literature 的语义流变勾勒了同源词、共生词与同音词，围绕"字母、阅读、书写"而不断构词，在词汇上体现了西方文论对"文学"的本体认识。就语义流变而言，汉语"文章"与西语 literature 大体呈现出相反的沿生路向："文章"是由广义渐趋狭义，literature 则是由狭义渐趋广义。中国古代文论对文学观念的言说，比较注重"文章"的符号，围绕文本、文体、风格而诠释文学观念的沿生特征。而西方注重 literature 的书写，具有相对稳

---

① 方维规：《"文学"概念解证》，《2012 年"百年文学理论学术路径的反思"学术研讨会论文集》，2012 年 11 月，第 56-59 页。

② 中国学界新近主要从英语文献获得的西方"文学"之词语史和概念史，因其主要以 literature 概念在英国的发展为例，存在不少缺漏和不足之处。参见方维规：《西方"文学"概念考略及订误》，《读书》2014 年第 5 期。

③ 张法：《"文学"一词在现代汉语中的定型》，《文艺研究》2013 年第 9 期。

④ 王国维：《王国维文学论著三种》，商务印书馆 2010 年版，第 46 页。

定的核心词义，"抱一，为天下式"①，围绕字母书写而阐释出文学观念的本体意识，这是中国文论所不具备的。作为中国文论的关键词，"文章"体现了"符号图纹—礼乐情志—文辞作品"的沿生路径，其间既有经国大业的高远抱负又有雕缛成体的审美情愫；而 literature 体现了"书写活动—智慧集合—审美作品"的沿生路径，内蕴学识的丰富性和创造的自由度，标示出重要的社会、文化发展。

三、检视：望今制奇，参古定法

进入 20 世纪后，中西"文学"观念不约而同地出现概念融合、话语转换的倾向，"旧意涵"与"新意涵"相互纠缠（迁衍）。无论是汉语的"文章"还是西语的 literature，均面临其他概念（如绘画、音乐、造型、表演等）的挑战和诸多新元素的解构与重构，以及新旧词义间的断裂与词语感情色彩的翻转，渐露"表面化""拼盘化""快餐化"等疲态。② 雷蒙·威廉斯指出："很明显，literature（文学）、art（艺术）、aesthetic（美学的）、creative（具创意的）与 imaginative（具想象力的）所交织的现代复杂意涵，标示出社会、文化史的一项重大变化。"③就现代视域中"文学"概念的"古今榫合"④而言，"文章"与 literature 的融通和新变，学科概念的分类与聚合，以及"中学"的激活与"西学"的纠偏，无不体现着"文学"观念的再创与重构，"文学"传统的衔接与赓续。

---

① 楼宇烈：《老子道德经注校释》，中华书局 2008 年版，第 56 页。

② 袁劲：《"西来意"与"东土法"：中国文化关键词研究的思想资源及本土实践》，《济南大学学报》2020 年第 5 期。

③ ［英］雷蒙·威廉斯：《关键词：文化与社会的词汇》，刘建基译，生活·读书·新知三联书店 2005 年版，第 272 页。

④ 中国近现代的"文学"概念不是从传统文化中发展而来，而是由日本学者和欧美传教士从汉语传统中发掘出"文学"一词以对译 Literature。现代的"文学"是一个引入的概念，引入后需要与传统对接，对传统的文学观念加以重释和改造。参见周兴陆：《"文学"概念的古今榫合》，《文学评论》2019 年第 5 期。

党圣元先生围绕"文学"之"通"与"变"指出："文学创作、文学的历史进程，无不受其所处时代的由诸如政治、思想、文化等因素所构成的整体社会语境的影响。"①鉴于此，我们言说中国"文学"观念，须将其置于整体的社会历史语境中进行观照，考察其所蕴含的"通变""时序"问题。自 20 世纪以来，传统的"文章"一词不再泛指经天纬地的图纹符号，也不再统称诗赋类、论说类、文书类、叙事类、祝辞类等文体，而是专指纯粹审美的"散文体"（即除诗歌、小说、戏剧之外的一种文学体裁）。经由一系列的话语转换和概念重构，现代语境中的"文章"将语义锁定在"散文体"之上，指议论、叙事、抒情的创作活动及文本结晶，引申出议论文、说明文、记叙文、抒情文、应用文等术语。如叶圣陶先生《文章例话》序对"写文章"过程的论述：

> 文章的材料是经验和意思，文章的依据是语言。只要有经验和意思，只要会说话，再加上能识字会写字，这就能够写文章了。岂不是寻常不过容易不过的事儿？所谓好文章，也不过材料选得精当一点儿，话说得确切一点儿周密一点儿罢了。如果为了要写出好文章，而去求经验和意思的精当，语言的确切固密，那当然是本末倒置。②

叶圣陶先生所说的"文章"实指篇幅不很长而独立成篇的文字，可看作普通"文章"作品(或称文艺作品)。随着概念流变，旧时的"文章"从指称"文学"的传统称谓变成了新时的"文学"观念下辖文体之一（即散文体），不再是古人文辞作品的总体指称。我们评价这种文学观念的"新"

---

① 党圣元：《通变与时序》，《西北大学学报》2015 年第 6 期。
② 叶圣陶：《文章例话》自序，《叶圣陶序跋集》，生活·读书·新知三联书店 1983 年版，第 17-18 页。

与"旧"，进步与保守，就需要有一定的同情之理解。① 这种"散文体"的特征是"篇幅不长""独立成篇"，在语义上表现出相当的收缩和键闭倾向。由"泛文学"到"纯文学"，再到"散文体"，大致地呈现出"文章"概念的流变过程。通过"文章"的流变来思考现代"文学"观念时，我们可以看到由古典"文章"到现代"文学"的观念转换。中国传统的"文学"观念始终都有"文章"的参与和建构，现在已看不到过去"文章"的指称内涵，而是被"文学"（语言艺术）一词的指涉所取代。传统视域中的"文章"是一个丰富的体系，包含许多"纯文学""非纯文学"的主题，也有一套与西方文学不同的文体范畴。在 20 世纪之前，literature、text 是很难在文体上与汉语之"文章"观念相对应的，前者言说"文学"的空间相对较窄，不像后者所承载的文体之数量大。此外，古人常说的"千古文章未尽才""文章不写一字空"中的"文章"偏向狭义的"文学"观念，较为接近现代的"散文"内涵。现代视域中的"文章"已键闭为"文学"的主流文体之一，全然不具有过去词、赋、书、诏、策、奏、启、表、铭、箴、诔、碑等文体内涵。

文学的概念在历史过程中不断地移动。乔森纳·卡勒指出："文学就是一个特定的社会认为是文学的任何作品，也就是由文化来裁决，认为可以算作文学作品的任何文本。"② 现代视域中的西方"文学"（literature）呈现出多义性及转义性的文体特征。就概念的流变而言，西语的 literature 文学观念，缘起于古希腊、古罗马时的"诗艺"，奠基于14—15 世纪的"字母书写、博览学识"，沿生于 16—19 世纪的"文体演进、审美意识"，再创于 20 世纪的概念融合和体系重构。伊格尔顿：

---

① 我们最近一百年形成"文学"的看法不能代替古人的看法，即便采取进化论观点来评估学术，也不能超越历史情境与条件，否则无法理解历史上"文学"的实际情况。参见靳大成：《浅论刘师培〈南北文学不同论〉与章太炎〈文章总略〉：从传统文论通向现代文学理论的过渡环节》，《中外文论》2011 年第 1 期。

② ［美］乔森纳·卡勒：《当代学术入门：文学理论》，李平译，辽宁教育出版社 1998 年版，第 23 页。

"其实，我们自己的文学定义是与我们如今所谓的'浪漫主义时代'一道开始发展的。"①西语的 literature 指塑造艺术形象以反映现实生活、表达思想感情的语言艺术，从抒情诗、讽喻诗到散文、戏剧、小说，包括当前的美学、伦理、道德、音乐、绘画等一系列范畴，在"审美"之外赋予了更多的社会功能。

> 在 19 世纪的英国，文学呈现为一种极其重要的理念，一种被赋予若干功能的、特殊的书面语言。在大英帝国的殖民地中，文学被作为一种说教课程，负有教育殖民地人民敬仰英国之强大的使命，并且要使他们心怀感激地成为一个具有历史意义的、启迪文明的事业的参与者。在国内，文学反对由新兴资本主义经济滋生出来的自私和物欲主义，为中产阶级和贵族提供替代的价值观，并且使工人在他们实际已经降到从属地位的文化中也得到一点利益。②

因之，不妨认为"文学"概念是体现人类精神活动之所有文本的总称。狭义的"文学"作品(works of literature)及其书写(writing)能够展示人类的文化史，一个民族的文学也能够展示其民族精神，故而"文学"常被定格于"民族文学"，文学史被视为民族史亦即国家史的重要组成部分。③ 雷蒙·威廉斯亦有说明："'一个国家'拥有'一种文学'，这种意涵标示出一个重要的社会、文化发展，也许也标示出一个重要的政治发

---

① ［英］特雷·伊格尔顿：《二十世纪西方文学理论》，伍晓明译，北京大学出版社 2007 年版，第 16-17 页。

② ［美］乔森纳·卡勒：《当代学术入门：文学理论》，李平译，辽宁教育出版社 1998 年版，第 38 页。

③ "纯粹的""排他的"现代文学概念，只有一百多年历史。现代文学概念所理解的文学现象，远古以来一直存在，概念本身却是后来才有的。参见方维规：《西方"文学"概念考略及订误》，《读书》2014 年第 5 期。

展。"①于是，literature 的演变史呈现出"狭义—广义""收拢—宽泛"的基本特征，与汉语之"文章"的衍生道路完全不同，在多义性及转义性的基础上开启了现代"文学"观念的多种可能。西方"文学"观念的确立史，亦是 literature 的演变史。

关于"什么是文学"的问题，就文体演变及其文化意味而言，"文章"与 literature 分别给出不同答案，表现为"文学"观念内部的继承与转换、突变与渐变、交叉与渗透、量变与质变等关系，也就是"表现为建构—解构的双向动态过程"②。中西现代"文学"观念的演进，反映出不同视域下的精神觉醒和审美情怀：既有"中国式"的逐渐剔除，将传统"文章"概念键闭在散文类文体中，用转译而来的"文学"术语来描述"文学"观念。从"西学东渐"之时开始，"文章"就受到西语 literature 的影响，在"文本—文章—文学"的翻译转换中成为一个近现代的"文学"概念或成为中国文学的世界化进程的标志性概念。此外，也有"西方式"的逐渐接纳，转而将 literature 置于多元思想文化中，负载西方"文学"的书写经验、阅读传统与效果历史，拓宽了西方文学观念的文体格局（如诗歌、散文、小说、剧小说、剧本、寓言、童话等），重新定义了现代视域中的"文学"概念。③ "文学"是社会文化的一种重要表现形式，中西文体的演进呈现出逆向选择，"文章"与 literature 共同丰富了 20 世纪以来的文学意识，确立起"文学"在文体意义、审美意义，以及理论意义上的本体价值。在这一阶段，则出现一种很有趣的路径错位：汉语

① ［英］雷蒙·威廉斯：《关键词：文化与社会的词汇》，刘建基译，生活·读书·新知三联书店 2005 年版，第 271 页。
② 陶东风：《文体演变及其文化意味》，云南人民出版社 1994 年版，第 6 页。
③ 作为专有名词的"文章"，其范围多少还有可能与近现代义文学概念相关（当然，这其实是一个古典语文学的概念），而与 literature 对应的"文学"，则确是相对广义的大概念。由此我们可以看到，这其实是一个非常重要的问题，无论就价值观念还是其自身的容量而言，以传统 Literature 对应传统"文学"义，有其本来的可通约性。参见陈广宏：《近代中国文学概念转换的历史语境与路径》，《文学评论》2016 年第 5 期。

的"文章"恰似回到 literature 的早期路径，而西语的 literature 恰似回到"文章"的轴心期内涵。上述的"路径错位"尤为值得玩味。2016 年诺贝尔文学奖授给了歌手鲍勃·迪伦，官方授奖词称鲍勃·迪伦在伟大的美国民谣传统中创造出新的诗歌意境。这场"文学"与"音乐"的跨界，无疑引发了一场关于"文学"概念的大讨论。① 面对新元素(美学、伦理、音乐、舞蹈、绘画等概念)的挑战，以及"文学"观念的反思与重构，20 世纪以来的"文学"陷入了一种"边缘模糊、内涵重合"的境况。韦勒克认为："每一件艺术品现在都存在着，可供我们直接观察，而且每一件作品本身即解答了某些艺术上的问题，不论这作品是昨天写成的还是1000 年前写成的。"②面对信息碎片化和新的媒介环境，旧的经验已经瓦解，新的经验尚在探索，"文学"如何守住时代意识，如何拓展经典视野，以有深度的书写开掘深层次精神生活，这是中西方应对概念挑战的关键主题。

"文学"一词转由日本进入近代中国语境，其语义始于 1917 年胡适、陈独秀、鲁迅、李大钊等发起的"五四文学革命"，主张以白话文为媒介，建立一种新的文想象和价值空间。在与传统文学观念的对立和断裂过程中，这一文学革命是以"西化"的表达方式来完成的。如周作人《论文章之意义暨其使命因及中国近时论文之失》一文译述美国人宏德(Hunt)的文学理论，借西方"文学"的概念来打破传统"文学"观念的时局：

> 文章者，人生思想之形现，出自意象、感情、风味(taste)，笔为文书，脱离学术，遍及都凡，皆得领解(intelligible)，又生兴趣

---

① 打破旧的藩篱、拓宽视野是可喜的、极有勇气的，也为时代的发展和进步所需要。参见王晔：《漩涡中心看 2016 诺贝尔文学奖：与经典文学更疏远还是更接近?》，《文艺报》2016 年 10 月 21 日第三版。

② [美]勒内·韦勒克，[美]奥斯汀·沃伦：《文学理论》，刘象愚等译，文化艺术出版社 2010 年版，第 38 页。

（interesting）者也。①

五四文学革命的发生导致了传统文学观念和传统文学制度的崩溃，随之而发生的是"文学的定义"，也就是对于文学"本质"的探求。新文学倡导者们通过对于西方文学观念的认同，对传统文学观念及其内在秩序（"文以载道"）的批判，试图廓清传统对于文学的"误解"，寻找"正确"的文学定义和建立"正确"的文学认识。② 如郑振铎《文学的定义》③、茅盾《文学和人的关系及中国古来对于文学者身份的误认》④等。事实上，所谓"文学"概念从来就不是自明的，不仅是历史生成的，还处于一个特定的知识网络之中。朱希祖《文学论》说：

> 吾国之论文学者，往往以文字为准，骈散有争，文辞有争，皆不离乎此域。……故论文学者，必包络一切著于竹帛者而为言：凡无句读文如图画、表谱、簿录、算草，有句读文如赋颂、哀诔、箴铭、占繇，古今体诗、词曲之有韵文，学说、历史、公牍、典章、杂文、小说之无韵文，皆得称为文学。……吾国各种学术，或始具萌芽，或散无友纪，本末区别，始终条理，实悫其书，故建设学校，分立专科，不得不取材于欧美。⑤

相对于现代"文学"观念来说，传统"文学"观念无疑是"混而未析""偏而不全"的。新文学倡导者们抛弃古典的"文章"系统，转而引入西方"文学"概念主要是受到西方学科分类的影响。鲁迅《门外文谈·不识字

---

① 周作人：《论文章之意义暨其使命因及中国近时论文之失》，《河南》1908年第4期。

② 旷新年：《文学的重新定义》，《中国现代文学研究丛刊》2000年第3期。

③ 郑振铎：《文学的定义》，《文学月刊》1921年第1期。

④ 沈雁冰：《文学和人的关系及中国古来对于文学者身分的误认》，《小说月报》1921年第12卷第1期。

⑤ 周文玖选编：《朱希祖文存》，上海古籍出版社2006年版，第45-46页。

的作家》一文指出"文学"概念并非取自《论语》中的"文学子游、子夏"①，乃是日本学者对英语 literature 的翻译词。在近代思想文化交流中，新文学倡导者们引入的"文学"概念是由"文学—literature"对译来体现的，搁置了古典"文章"的包容并举，转而颠覆传统的"文以载道"观念，极为认同西方文学和欧洲中心主义。"文章"已不具备这种全然指称的功能，只是作为其中一种文体而单独出现。自新文学运动开始，"文学"（literature）概念的呼声日益高涨，传统"文章"概念颇有"日薄西山"的演变倾向。"要真正推动这场运动，促成新文学的成立，就必须正面地对这一概念进行深入的阐述和推广，把视野由本国文章系统的变革，转向包含'文学'在内的西学体系的输入和借鉴。"②这是传统"文章"所面对的概念挑战，广泛的文学内涵，蜂起的文体意识，都在五四文学运动中被改写、重组。胡适《文学改良刍议》提出写文章应"不作无病之呻吟""不摹仿古人""讲求文法""须言之有物"③，并且建议用白话文代替文言文。正是在这样的背景下，"文章"与"文学"产生融合，古典"文章"泛指"文学"观念的语义被消融了，而仅是与英语 article、prose、essay 等概念对等，由"文学—literature"对译确立了作为语言艺术的文学概念。

随着学科制度的调整和变革，传统"文章"的指称功能已被西方文学观念所消融，仅指"散文体"的创作，其指称"语言艺术"内涵让给舶来的"文学"一词。经过新文学倡导者们的"取"和"舍"，新颖的"文学"概念指以白话文书写的诗歌、小说、散文、戏剧等作品，以及相关的创作、批评情况，在语义上嵌入了西方的文体观念。新文学倡导者们所建构的"文学"概念基本承载了 literature 的大部分语义，在"语言艺术"上

---

① 鲁迅：《门外文谈》，《鲁迅全集》第 6 卷，人民文学出版社 2005 年版，第 96 页。

② 李春：《文学翻译如何进入文学革命——"Literature"概念的译介与文学革命的发生》，《中国现代文学研究丛刊》2011 年第 1 期。

③ 欧阳哲生编：《胡适文集》第 2 册，北京大学出版社 2013 年版，第 6 页。

还是一些不契合的感觉，注意不能用这个概念的内在规定性，来衡量已经存在的各种文类和具体的作品，"在它们之上，并没有一个类似于'文学'这样的概念来包含它们，并没有设立一个统一性的标准来约束它们"①。中西文学观念具有高度的相似性，此举也有益于不同视域的对话和交流。汉语"文学"观念面临西语 literature 的概念消融，literature 同样也面临新概念、要素的挑战与融合。与 literature 相关的是"书写作品"，其最初的流传物形式是作为书写文本而存在的，有许多独立的文本是可以通过非书写形式表现或表演的，也是可以创造或再生产的。② 随着大众文化的兴起，literature 的流变呈现出多义性的特征，既包括了书写作品(挽歌、诗歌、散文、小说、戏剧、手册、传记)，也包括了非书写作品(电影、歌曲、演讲、说唱、表演)。于是，"美学性"与"文学性"，"虚构性"与"写实性"，构成 literature 的概念空间及本体特征。在日益发展的全媒体时代，人们感知生活的触角似乎无限发达，网络、电视、报刊、广播里关于 literature 的发现和表达似乎无所不是，也无往而不至。③ 因此，瑞典文学院选择将诺贝尔文学奖颁给鲍勃·迪伦，就是在通过他的"歌词体"去引导文学观念的确立。传统的 literature 概念处于消融与确立的挑战过程，其与"文学"的对译，与"艺术"的交织，在指称范围上促进了文学观念的结构调整。从 literature 的现代扩容或再创，我们似乎能重睹汉语"文章"的古老身影。

"文章"与 literature 是中西文学观念的核心关键词，表现出概念重建的相互挑战及相互融合，以及文体演变的路径错位。近代中国放弃了由来已久的"文章"传统，转向"literature—文学"体系，具有明显的"西

---

① 李春：《文学翻译如何进入文学革命——"Literature"概念的译介与文学革命的发生》，《中国现代文学研究丛刊》2011 年第 1 期。

② ［英］彼得·威德森：《现代西方文学观念简史》，钱竞等译，北京大学出版社 2006 年版，第 14 页。

③ 胡妍妍：《文学如何面对今天的"生活"》，《人民日报》2012 年 6 月 1 日第 024 版。

化"特征，从而遮蔽了中国文体学及文体史的历史真相，并因此而丢掉中国文论的文化底蕴和美学品质。与此同时，literature 走向一条创造或再生产的道路，其概念空间得到最大程度的释放，在与艺术、美学、神话等概念的交织中标示出"文学"观念再定义与再确立的重大变化。通过对"文章"与 literature 的比较，我们可以看到中西"文学"概念或"文体"观念的差异性极其复杂，在此基础上实现中西文体观念的对话与交流，有益于探讨多重语境下的文论研究，并在复杂多元的语境中，重新建构中国文论的话语体系及意义世界。

第九章　辨"艺"：概念耦合与话语重构

　　中西艺术观念的比较及会通，应首选最难言说的"艺术"一词。中国艺术属于"艺"系统，西方艺术则是 art 体系。"艺"与 art 具有全息特征，涵泳丰富的美感意蕴，包含艺术观念的全部信息。早在 19 世纪时，汉语"艺"与西语 art 邂逅之际，以西周为代表的日本学者在摄取西方思想时，从古汉语典籍中借用"艺术"对译"liberal art"①，旧词重启赋新意，统领诸般高级学艺，并以侨词形式将新意输回中国，建构出"汉字文化圈"②的艺术观念及构成体系。"艺术"概念在汉字文化圈内经历一个旅行和变异的过程，历经了从"技术"到"艺术"、从"美术"到"艺术"的探索过程，最终才形成了现代意义上的"艺术"概念，其间被忽略的正是原初意义上的"技术"。③　对"艺术"概念作观念史的考察，我们不难发现这一概念有"削足适履"之感，对 art 的关注远大于"艺"，对 skill

---

　　①　在《百学连环》"总论"中，西周将"学术技艺"(Science and Arts)、"技术"作为"mechanical art"的译语，以"艺术"来译"liberal art"。参见[日]大久保利谦编：《西周全集》第 4 卷，东京宗高书房 1962 年版，第 12 页。

　　②　20 世纪中叶，日本学者已使用"汉字文化圈"概念，1963 年平凡社出版的《日本语的历史》多次出现此短语，专门讨论"汉字文化圈"的形成及演变。藤堂明保 1971 年在光生馆出版的《汉字及其文化圈》阐述"汉字文化圈"内涵，探讨汉字文化圈之发展历史。20 世纪 80 年代以来，周有光、陈原等语言学家也使用此概念，现已成为通用短语。1985 年，法国汉学家汪德迈《新汉文化圈》所说的"汉文化圈"相当于"汉字文化圈"。参见冯天瑜：《汉字文化圈论略》，《中华文化论坛》2003 年第 2 期。

　　③　王琢：《从"美术"到"艺术"——中日艺术概念的形成》，《文艺研究》2008 年第 7 期。

的热情远高于"文"，甚至是在重"西"轻"中"的形态中遮蔽了中国艺术观念的古典传统。

科林伍德《艺术的原理》："每一个历史形成的词汇必然具有的陈旧含义，是它曾经有过的并且由于习惯力量而保存下来的含义。这些含义象流星划过天空一样，在一个词汇的背后形成了痕迹，而且按照痕迹距离现在的远近，可以分为古旧含义和晚近含义两类。"①汉语"艺"是"道"的一种奥义，承载民生乐艺的人文精神，融合道艺与文艺的美感；西语 art 是 logos 的一种呈现，追求精雕细刻的工匠精神，吸纳技术与工艺的法则，从而建构出"和而不同，通而不杂"②的审美意识和精神品质。鉴于此，我们通过对"西学东渐"这一特殊时期的历史性反思，检讨"艺术"概念的利弊得失，既能激活古汉语"艺术"被搁置的古典观念，直面所受到的概念困扰，亦能在西化背景中反思文论话语的本土价值。

一、探源：东海西海，心理攸同

探论中国传统文化如何言说"艺术"，须从"艺"一词讲起，从创词思维讲起。"艺"滥觞于古人的审美感应，既包涵民生原型与精神信仰，也融通人生悦乐与性灵逸事。在汉语中，"艺"是一个内含情态与审美意蕴的术语，既可上达道艺，剖析玄奥之意；亦可下启雅俗，领会精微之处。对古人而言，"艺"具有广阔的使用空间，既有以之题名的著书传统，引"艺"入"文"，再现出艺文观念的语源依据，如班固《艺文志》、欧阳询《艺文类聚》、郑厚《艺圃折中》、舒天民《六艺纲目》、徐祯卿《谈艺录》、刘熙载《艺概》等。此外，亦有以之创词的成例，以引譬连类的形态在民间广泛流行，如"习艺""才艺""技艺""巧艺""陶艺""厨艺"等。这些用来彰明与协调意义的话语形态，使得中国艺术在源

① ［英］科林伍德：《艺术原理》，王至元等译，中国社会科学出版社 1985 年版，第 8 页。
② 萧统编：《文选》第 5 册，上海古籍出版社 1986 年版，第 2129 页。

头处即通于韵律化的秩序观念，艺术创作和美学思想因之而虚灵无滞，避免了物质与精神的割裂。① 因此，古汉语中的"艺"承载着古人的审美凝结和精神信仰，它是彰显人文秩序的符号系统，主要用于概括那些关系种族生存的重要事件、经验和技能，领略世间的自然美感和人生情态。

"艺"是中国艺术观念的内在理路，本作"埶"，合于会意。其甲骨文、金文和篆文字形，都像手执禾苗以种之。《说文解字·丮部》释："埶，种也。从坴、丮，持亟种之。"②许慎说的是"艺"之本义，表示种植。《韵会》："艺，种也。"③此词明显创生于农业兴起的早期社会，表现出种植庄稼的技艺观念，衣食住行皆是由"技"而出的，这是关系基本生存需要的事件、经验和技能。在早期社会中，从事农业种植不是一件易事，须满足气候、地理和栽培的综合因素，于是古人将创造性、实践性和基础性的种植活动称为"艺"。如《尚书·酒诰》："嗣尔股肱，纯其艺黍稷。"④《诗经·小雅·楚茨》："自昔何为，我艺黍稷。"⑤《孟子·滕文公上》："后稷教民稼穑，树艺五谷，五谷熟而民人育。"⑥可见，早期的"艺"是种植之技能的隐喻表达，该字始于农艺活动，游于技艺实践。"持而种之"的"艺"具有形声兼会意的特征，其汉字结构和空间布局具有生产的画面感，蕴含原始先民的农业思维，以手种之，以土培之，以心灌之，解释自然生命的生成与变化。古典"艺"隐含中国艺术观念的原型意象，创生于农艺之实用技能，流衍于农艺之生命精神，会通于农艺之精致观念，富有审美想象和人生情态。

随着社会职事的精细发展，"艺"的用意也不再局限于农艺之技，

---

① 孙焘：《"文"、"物"、"象"与华夏艺术的人文源头》，《船山学刊》2011年第 2 期。

② 段玉裁：《说文解字注》，上海古籍出版社 1981 年版，第 113 页。

③ 黄公绍、熊忠：《古今韵会举要》，中华书局 2000 年版，第 330 页。

④ 阮元校刻：《十三经注疏》，中华书局 1980 年版，第 206 页。

⑤ 阮元校刻：《十三经注疏》，中华书局 1980 年版，第 467 页。

⑥ 阮元校刻：《十三经注疏》，中华书局 1980 年版，第 2705 页。

而是指称富于创造力、想象力的技能。《广韵·祭韵》："艺，才能也。"①"艺"指技艺和才能，由种植技艺沿生出诸多行业的技艺本领，即古人在生活实践中积累的知识与经验。如《尚书·金縢》："予仁若考，能多才多艺，能事鬼神。"②《论语·子罕》："吾不试，故艺。"邢昺疏："试，用也。言孔子自云：'我不见用于时，故能多技艺。'"③《韩非子·显学》："今商官技艺之士，亦不垦而食，是地不垦与磐石一贯也。"④《大戴礼记·文王官人》："有隐于文艺者，有隐于廉勇者。"⑤上述诸"艺"作"技"理解，指向"技巧""技术""技能"，表示才艺、技艺、文艺等。中国古代社会一直有"士、农、工、商"的划分，这些阶层各执一业，各守一艺，"艺"与社会职事有密切的关系。"艺"实际上可分为"实践技艺"与"经验才艺"两类，前者如"技艺"，成技为艺，蕴含智巧，富有绝妙尚智的工匠精神；后者如"六艺"，成文为艺，契合情性，涵泳创造生命的人文精神。如《礼记·学记》："不兴其艺，不能乐学。"⑥段玉裁《说文解字注》："周时六艺字盖亦作'埶'，儒者之于礼、乐、射、御、书、数，犹农者之树艺也。"⑦马一浮先生说："艺犹树艺，以教言谓之艺。"⑧可见，社会职事的发展变化使得"艺"萌生出行业化、精英化和社会化的特点，演变出民生乐艺的传统观念，既有非审美因素的"艺"，亦有一定审美性与文学性的"艺"。

现代意义的"艺术"概念有源于一系的语义线索，也有不同的文化背景，在英语、法语中皆为 art，在德语中为 Kunst。从词源学的角度来

① 周祖谟：《广韵校本》上册，中华书局 1960 年版，第 380 页。
② 阮元校刻：《十三经注疏》，中华书局 1980 年版，第 196 页。
③ 阮元校刻：《十三经注疏》，中华书局 1980 年版，第 2490 页。
④ 王先慎：《韩非子集解》，中华书局 1998 年版，第 461 页。
⑤ 王聘珍：《大戴礼记解诂》，中华书局 1983 年版，第 192 页。
⑥ 阮元校刻：《十三经注疏》，中华书局 1980 年版，第 1522 页。
⑦ 段玉裁：《说文解字注》，上海古籍出版社 1988 年版，第 113 页。
⑧ 马一浮：《马一浮集》第 1 册，浙江古籍出版社、浙江教育出版社 1996 年版，第 12 页。

说，"艺术"源自拉丁语 ars，也可追溯到希腊语 techne，接近于英语 technique（技术、技艺、技巧）或 artfulness（精明、狡诈、手段），不自觉地呈现出泛化的命意倾向，世间之"技"或"术"皆可用 art 表示，显然不是现代意义上的"艺术"概念。① 这些术语指广义的生活技能或行业本领，即是人们在社会实践中从事生产或制作事物需要的知识、经验和规则。"艺术"这个概念在翻译时始终摇摆不定，有时觉得应该译为"艺术"，实际上却被译为"美的艺术"（在英语为"fine arts"，在法语中为"beaux-arts"，在德语中为"schone Kunst"），变成了文艺、音乐、戏剧等无所不包的概念。② 创始之时的 art 仅是强调其在社会生活中的实际应用，没有多少涉及现代艺术观念的审美心理、审美认知和审美情感。这种涵盖甚广的形态也预示着 art 的演变倾向，既有物质的艺术亦有精神的艺术，既有理性的艺术亦有感性的艺术，既有社会的艺术亦有生活的艺术。

现代意义的"艺术"概念更像是一个集合性的概念，它是对艺术现象、艺术创作和艺术门类的抽象概括，有着不同的理解和阐释，甚至在西方文艺理论史上出现"你方唱罢我登场"的局面。同一个 art 有着不同的批评言说，如德国学者卡尔·曼海姆所说："在大多数情况下，同样的词或同样的概念，当处境不同的人使用它时，就指很不相同的东西。"③如果将 art 看作一个独特的问题域，看似是耳熟能详的学科名词，实际上其捆绑了诸多的场外概念。它是与社会背景、时代思潮与文艺现实紧密联系的集合性概念，其从指涉单一到义项纷繁，从语义含混到内

---

① 与 techn 或 ars 相对应的 art，其核心含义是技巧、技艺、工艺和技术，甚至是诡计和奸计；任何产生值得称道的、体现出独创性的（精神和物质）产品的人类实践活动都可以叫做"艺术"。参见邢莉、常宁生：《美术概念的形成——论西方"艺术"概念的发展和演变》，《文艺研究》2006 年第 4 期。

② ［日］岩城见一：《感性论——为了被开放的经验理论》，王琢译，商务印书馆 2008 年版，第 112-113 页。

③ ［德］卡尔·曼海姆：《意识形态与乌托邦》，黎鸣等译，商务印书馆 2000 年版，第 278 页。

涵明确，从外延模糊到界限分明的概念沿生过程，实际上与西方思想文化的演进和变革，呈现出一种不严格的对应关系。① 所以，研究西方艺术观念的源起特征，首先须要剥离附于 art 一词上的含混意涵，思考"艺术"概念的创始思维。英国学者科林伍德在《艺术原理》一书中阐释过 art 的创词思维，由词源学的角度描述出了西方艺术观念的早期含义，指在社会实践中所需的集体知识和行业经验。西方艺术观念之始即是泛化技艺或行业技能的概括体现，既不是特殊的社会存在，也不具高尚的人文美感。

> "艺术"的美学含义，即我们这里所关心的含义，它的起源是很晚的。古拉丁语中的 Ars，类似希腊语中的"技艺"，意指完全不同的某些其他东西，它指的是诸如木工、铁工、外科手术之类的技艺或专门形式的技能。在希腊人和罗马人那里，没有和技艺不同而我们称之为艺术的那种概念。我们今天称为艺术的东西，他们认为不过是一组技艺而已，例如作诗的技艺。依照他们有时还带有疑虑的看法，艺术基本上就象木工和其他技艺一样；如果说艺术和任何一种技艺有什么区别，那就仅仅象任何一种技艺不同于另一种技艺一样。②

早期的"艺术"（art）指社会行业之技艺，指社会实践之技能，指社会生活之技法，命意于"技术"（skill）的规则和知识，这是一种命意广泛的集合性概念。举凡技艺大多需要以某种规则或知识作为其基础，是以缺少规则或知识便不能使之成为艺术，因而规则与知识的观念便进入艺术

---

① 党圣元：《中西文论中"神思"与"想象"的比较及会通》，《探索与争鸣》2017 年第 1 期。

② [英]科林伍德：《艺术原理》，王至元等译，中国社会科学出版社 1985 年版，第 6 页。

的概念及其定义之中。① 随着社会实践的深度发展，art 一度以灵活多变的特性出现在各行各业，衍生出艺术的诸多内涵。就技艺、技能与技法而言，皆可用 art 称之，既无高低之分，亦无贵贱之别。此时"艺术"强调技艺之可控性，技能之精准性，技法之模仿性，在规则与知识上奠定了西方艺术观念的科学精神。

中西艺术观念虽有时空之隔，但不乏创始思维的共通之处。出于社会生活的客观需要，使得人们将一些实用性技能称之为"艺术"。对生产技艺的认识远早于纯粹艺术的理论概括，即先有笼统的艺术现象，后有明确的艺术概念，这是人类文明发展的共同规律。显然，中西艺术观念之始都源于社会生活中的实用技能或生产技艺，但是所指之"技"各有不同，此"技"非彼"技"。"艺"与 art 同处于"道术"尚未裂变为"方术"的"前学科时代"，有相似的逻辑思维，不自觉地变革出心理攸同的艺术观念，出自技艺而又讲究实用，创于实践而又融通思维。钱锺书先生《谈艺录》"自序"所言："东海西海，心理攸同；南学北学，道术未裂。"②艺术观念的创始思维是共通的，蕴含人类文明的普世价值，以及审美意识的发生、纯化和升华。汉语"艺"是农艺，种植之技；西语 art 是工艺，手工之技。中国文化具有明显的农业思维，农业文明奠定了"艺"的立意基础，故而"艺"源于农艺技能，顺乎自然规律，合乎人文情怀，以创造生命为旨归；西方文化自古希腊、古罗马以来是典型的工商业文明，行业之间无不强调技艺的致用功能，所以 art 产于工匠技艺，具有工商特色，追求理性思维，充满科学精神。

"艺"与 art 作为中西艺术观念的核心词，能够在与外来文化的对话、交流及融合中获得有效阐释。中西艺术观念具有攸同的源起特征，在话语形态上表现出"艺—技"的思维逻辑，这是基于人类社会实践的

---

① ［波］瓦迪斯瓦夫·塔塔尔凯维奇：《西方六大美学观念史》，刘文潭译，上海译文出版社 2006 年版，第 14 页。

② 钱锺书：《谈艺录》，生活·读书·新知三联书店 2001 年版，序第 1 页。

客观认识。由概念之辨而说开，源于生活，用于生活是"艺"与 art 的共通规律，也孕育着艺术的话语分歧与体系差异。即便是攸同的创始思维也没能改变"艺"与 art 的分歧，"后学科时代"的艺术观念依旧是"你走你的路，我过我的桥"。"艺"创于农艺，由实用融通审美，涵有特殊性的意象，演绎出中国艺术的创生观念；art 产自工艺，由规则演绎科学，兼具普遍性知识，推理出西方艺术的形式观念。"艺"蕴含审美情态和想象，素有怡情悦性的乐艺传统，造出"艺术""文艺""雅艺"的根柢，包括但不限于当前的"艺术"观念。与"艺"不同的是，art 虽有出自生产技艺的创词思维，但更具哲匠之气，崇尚技巧规则，旨在推演实用的学科知识，缺乏圆融自然的创生意识。之所以言说"艺"与 art 的创词思维，是欲揭示出审美心理的民族性与世界性，切入辩说争鸣的文体史，诊断高低降格的艺术观念。

二、流变：因智造艺，因艺立事

古人的群体意识使得"艺"的指涉归一，提高了其社会职事的观念高度，由形而下的"技艺"升为形而上的"道艺"，见于《周礼·地官·大司徒》："颁职事十有二于邦国都鄙，使以登万民：一曰稼穑，二曰树艺，三曰作材，……十曰学艺。"郑司农云："学艺，谓学道艺。"①在中国传统文化中，"道"与"艺"同训，"道"表乎"艺"，"艺"合乎"道"，"道艺"是整齐划一的"艺"，特指高尚的学问和才艺，用于区别概念发端之始的农工之艺。《周礼·地官·乡大夫》："各以教其所治，以考其德行，察其道艺。"贾公彦疏："道艺者，谓万民之中有六艺者并拟宾之。"②"道艺""六艺"相通，包含文艺、武艺、乐艺等义项，与德行教化、修身养性相连，成为儒家思想的内在要求。《周礼·地官·保氏》：

---

① 阮元校刻：《十三经注疏》，中华书局 1980 年版，第 707 页。
② 阮元校刻：《十三经注疏》，中华书局 1980 年版，第 716 页。

"养国子以道，乃教之六艺。"①"六艺"指六种才能（礼、乐、射、御、书、数），兼指儒家"六经"之籍。《论语·述而》："志于道，据于德，依于仁，游于艺。"何晏集解："艺，六艺也。"②此"艺"非指农工之艺，而是得本知末的"道艺"和"六艺"，既有"辅以艺业"的学识涵养，也有"会以文辞"的精深造诣。在这一阶段中，"艺"完成了"技艺—道艺"的转变，艺之为道，"艺"赋予"道"以形象和生命；道之为艺，"道"给予"艺"以深度和灵魂③，显然已是一个高位概念。

秦汉以降，"艺"的理路有了新变，古人在言说"道艺"时，略有调和，不再一味地上升于"道"，而是重返形而下的"技"，开始中国艺术观念的螺旋式演进。如刘向《别录》、刘歆《七略》和班固《汉书·艺文志》等，已经产生较明确的"艺文"观念，指图书和典籍。"艺"指六艺（礼、乐、射、御、书、数），为道艺、经艺；"文"指典籍，为辞章、文艺。"艺"与"文"统筹构词，既是儒家经典的概称，亦为文化艺术的通称，含有审美性、情感性和文学性因素。班固《典引》："苞举艺文，屡访群儒。"④王充《论衡·艺增》："言审莫过圣人，经艺万世不易。"⑤在此，"艺"向"道""文"融通时，也与"技"或"术"结合，言说行业技巧和技术工种，创生出"艺术"一词。《后汉书·孝安帝纪》："诏谒者刘珍及《五经》博士，校订东观《五经》、诸子、传记、百家艺术，整齐脱误，是正文字。"⑥李贤注："艺谓书、数、射、御，术谓医、方、卜、筮。"⑦此"艺"是技艺，指技能和武艺；"术"是方术，指方技和术数。此"艺术"概念实指天文历法、医巫卜筮、阴阳五行等技艺方术。"艺"沿着"道艺"与"技艺"的路径继续衍生，初步有了世俗化和社会化的倾

① 阮元校刻：《十三经注疏》，中华书局1980年版，第731页。
② 阮元校刻：《十三经注疏》，中华书局1980年版，第2481页。
③ 宗白华：《美学散步》，上海人民出版社1981年版，第81页。
④ 萧统：《文选》第5册，上海古籍出版社1986年版，第2165页。
⑤ 黄晖：《论衡校释》第2册，中华书局1990年版，第381页。
⑥ 范晔：《后汉书》第1册，中华书局1965年版，第215页。
⑦ 范晔：《后汉书》第4册，中华书局1965年版，第898页。

向，使之得以通称"人文之学"（文化典籍）和"从艺之科"（技艺才能）。

汉末魏晋之际，"道艺"再也无法禁锢"艺"的自觉意识，给予相对独立自由的空间，催生出独当一面的"艺"。《艺文类聚》引曹植《潜志赋》："矫贞亮以作矢，当苑囿乎艺窟。"①刘邵《人物志》："在朝也，则司空之任，为国则艺事之政。"②陆机《七徵》："览壮艺以悦观，聆和乐而怡心。"③在人物品评风尚中，"艺"的语义形态表现出独立倾向，冲破了"道艺""经艺"的高位束缚，趋于诗、书、乐、舞的艺术之名。徐干《中论·艺纪》篇对"艺"概念进行解诠，提出"因智造艺，因艺立事"④的观点，"艺""德"相通，能够"旌智、饰能、统事、御群"，"可与论道，可与讲事"。因之，洞悉"艺"的性质、功能与发展，这是理解中国古典艺术观念的前提。刘义庆《世说新语·巧艺》篇注意到"艺"的审美性因素，确立诗、乐、书、画、印等古典体系，再现出当时品评之际蔚为流行的"精妙""形象""传神"等审美观念。⑤ 直到刘勰《文心雕龙》之《论说》《章表》《书记》《养气》《时序》《程器》等篇，才真正地熔铸出了"艺"的文论内涵，着力使用"论艺""艺文""文艺""六艺""讲艺"等概念，特指文章写作和艺术创造的技艺水平，调理身心而涵养文艺，品美感物而陶冶性灵。其笔下之"艺"既远绍上古以来的文化及大文艺观念，继而融入礼乐文化的宏大背景，同时也反映了魏晋文化的自觉精神，兼具审美品评的风姿神韵，从而成为中国艺术发展史上重要的承接点和里程碑。⑥ 关键词的词义演变构成其生命历程和生命力，"艺"丰富的生命历程和强旺的生命力即是在其词义演变中铸成。

经隋唐而至明清，随着社会文化的繁荣，文人士大夫谈"艺"更是

---

① 丁晏编：《曹集诠评》，商务印书馆1933年版，第6页。
② 刘邵：《人物志》，上海古籍出版社1990年版，第16页。
③ 陆机：《陆机集》，中华书局1982年版，第103页。
④ 孙启治：《中论解诂》，中华书局2014年版，第112页。
⑤ 余嘉锡：《世说新语笺疏》下册，中华书局2016年版，第785-796页。
⑥ 吴中胜：《文：从先秦元典到〈文心雕龙〉》，《长江学术》2013年第2期。

风尚，既有诗意雅好的"艺术"，亦有正史名目的"艺术"。在这一阶段，形象性、愉悦性和情感性的"艺术"逐渐深入生活，既抛弃了"道艺"的禁锢，也丢掉了"雕虫小技"的偏见。就像西方文艺复兴时期的学者重释 art 一样，中国古代的艺术本性也摆脱误解而复活。① 如"神艺""琴艺""画艺""艺苑""艺圃""艺坛"等词汇的普遍使用。从民生乐艺到官修正史，"艺"概念的降格可谓是"天地自然之象"与"人心营构之象"②的双向融合，使得"艺术"被官修正史所接受。唐人编写《晋书》《周书》《北史》《隋书》专设"艺术传"，多指应用性的技艺，也孕育出以资审美的书画艺术。《旧唐书·经籍志》《新唐书·艺文志》与《宋史·艺文志》设有"杂艺术"一类，专收骑射、棋艺、博戏、绘画、书法、琴艺等。《明史·艺文志》设"艺术类"之例，主要收录书品、画论、琴谱等。《清史稿·艺文志》设有"艺术"一类，收录书品、画论。清代修撰的《四库全书》也列"艺术类"，排除方术，收录书画、琴谱、篆刻、杂技。"艺"是创造精神和悦乐情性的象征，可见古人尚"艺"的审美观念和乐"艺"的人生态度。

作为一个核心词，西方艺术观念是围绕 art 进行演进和变革的。自13 世纪起，art 这个词一直在英文中使用，诸多内涵与"技术"（skill）相关。宇宙中一切事物皆有 art，此词一度拥有普遍用意，遵循着理性的法则和规律，蕴含最高的理式、逻辑、比例。③ 西方古代"艺术"概念的演变呈现出高低降格的概念理路：古希腊、古罗马时，art 蕴涵普遍的知识，即一种合理秩序的体系，统括技巧、工艺和技术。中世纪时，art 一词与手艺、工艺和科学（techne）同类，从事各种"艺术"的人被称为能工巧匠，出现了"粗俗艺术"（vulgar art）、"机械艺术"（mechanical art）与"自由艺术"（liberal art）。西方的中世纪与古代一样不仅没有出现

---

① 张晧：《中国古代艺术理论论纲》，华中师范大学出版社 1996 年版，第 19 页。

② 叶瑛：《文史通义校注》上册，中华书局 1985 年版，第 18 页。

③ 张法：《"文艺"一词的产生、流衍和意义》，《文艺研究》2012 年第 5 期。

类似现代意义上的广义和狭义的"美的艺术"概念，也不存在现代意义上的"美的艺术"体系。① 文艺复兴时，"艺术"（art）继承古典的概念体系，融合了高尚思想、理性精神和文雅情怀，指建筑、绘画、雕刻以及音乐和诗歌等"美的艺术"（fine art）。所有具有明确目的的生产或制造物品的技艺或能力都是"艺术"，所有具有系统性的知识都是"艺术"。16 世纪起，"艺术"（art）出现在"七艺"与"人文学科"的语境中，指文法、逻辑、修辞、算术、几何、音乐与天文学。17 世纪以来，art 又有了新变之处，指之前不被认为是艺术领域的绘画、素描、雕刻与雕塑。18 世纪到 19 世纪期间，"美术"逐渐深入到"艺术"（art）的体系之中，当时认为手工艺和科学皆非艺术，唯有"美术"是真正的艺术，"为将艺术与科学作明确的区分奠定了基础"②，为"美的艺术"体系的建立提供充分的基础。20 世纪以来，"美的艺术"得到最终推广，指音乐、诗歌、绘画、雕刻和舞蹈等，趋向 literature（文学）、art（艺术）、aesthetic（美学）、creative（创意）与 imaginative（想象）的相互交织。③ 现代视域中的 art 呈现含混、冲突的阐释情况，蕴含变异、断裂的批评元素，在文本历史中处于增补与流动的建构状态。

"艺"与 art 表现出高低降格的概念理路，使得中西艺术观念虽有场域之隔而不乏语义之通。任何意义上的比较及会通，最终都将指向对某一批评理论的问题导向。我们对"艺"与 art 之文本历史的原生理解，就是对中西艺术观念之原生话语的理解，这是一切理论阐释的前提。由于"人类技能"与"人类技能的基本目的"在历史演变下会不断发生改变，艺术观念所发生的概念降格在实际上就与"劳动的实际分工"及"技能的

---

① 邢莉、常宁生：《美术概念的形成——论西方"艺术"概念的发展和演变》，《文艺研究》2006 年第 4 期。

② ［美］P. 克里斯特勒：《艺术的近代体系》，范景中、曹意强主编《美术史与观念史》第 2 册，南京师范大学出版社 2003 年版，第 460 页。

③ ［英］雷蒙·威廉斯：《关键词：文化与社会的词汇》，刘建基译，生活·读书·新知三联书店 2005 年版，第 17-18 页。

使用目的”的意义转变有关。① 在“艺术”概念体系的变革中，“艺”与
“道”“文”“技”“术”构成中国古典艺术观念的生成模式，上合自然之
“道艺”，下启人心之“艺术”，协同礼乐与修身，融通教化与情性。art
与 skill（技术）、rule（法则）、logos（理式）、knowledge（知识）组成西方
艺术观念的理论体系，既有人文学科的“使用价值”（use values），亦有
工艺技术的“交换价值”（exchange values），创造出合规律性、合目的性
的形态。中西艺术观念之所以会产生降格的概念理路，就源于社会观念
的发展变化，即行业化、精英化与技术化的内在要求，促使了“艺术”
概念的纵向衍生。我们日常所说的“艺术”概念（总称艺术门类或作品）
是一个抽象术语，既有文化旨趣的迥异，也有审美心理的会通。就“艺
术”概念的流变而言，古老的概念终让步于现代的概念，新的艺术观念
正准备应运而生，意味着美的产物。② “艺”围绕“情性”不断衍生，注
重“艺”的伦理逻辑，融通涵养、学养和修养，凸显表现、抒情和言志
的言说路径。西方“艺术”围绕“技术”（指人的制作和行为能力）构建变
革，呈现出“fine art”—“Art”—“art”③的演变趋势，勾勒法则、技术和
知识，强调再现、模仿和写实的理论特征。就美感形态而言，中国艺术
观念的情性状态，得益于“艺”的博雅素养；西方艺术观念的理论荟萃，
造极于 art 的通识经验。“艺”既有道艺之技的具象思维，也有民生乐艺
的审美情愫，蕴含中国文化的道德精神、人文精神和生命精神；art 内
蕴学识经验的丰富性，兼论审美创造的自由空间，承载着西方文艺理论
的艺术体系、艺术哲学和艺术美学。

---

① ［英］雷蒙·威廉斯：《关键词：文化与社会的词汇》，刘建基译，生活·
读书·新知三联书店 2005 年版，第 19 页。
② ［波］瓦迪斯瓦夫·塔塔尔凯维奇：《西方六大美学观念史》，刘文潭译，
上海译文出版社 2013 年版，第 26 页。
③ 邢莉：《中西“美术”概念及术语比较》，《南京艺术学院学报》2006 年第 4
期。

三、键闭：侨词来归，旧瓶新酒

回顾中国艺术观念的近代生成，我们会发现"西学东渐"与近代社会转型的特殊历史导致了许多研究者缺乏应有的自信，盲目效仿西方的话语，场外征用西方的概念，遮蔽或搁置了汉字文化渊源及其表义模式，出现"以西解中"的现代遭际。中国艺术观念原属"艺"系统，由"种植之艺"发端，在"教育之艺"的实践中演变成诗书乐舞之"艺"，虽然一度被高位"道艺"所禁锢，但是终得"高低降格"的变革契机，从而激活了"艺"所蕴含的"民生乐艺"的人文情性。事实上，古汉语之"艺"在指称范围和美感空间上，与我们现在的"文艺学""艺术学""美学"等学科之 art 具有不甚严密的对应关系。这是因为中国学者不像西方学者那样将文学艺术分解为单独的学问去演绎推理，而是习惯于将"艺"视为人生的一种方式或态度，将艺术观念化为"人学"，散见于经史子集乃至民俗风情之间。① 然而，在西方文艺思潮的强势影响下，中国传统艺术观念被动地在"现代化"与"中国化"两个维度上不断演变、发展，建构出有本土特色的"艺术体系"（艺术的基本种类或艺术门类所构成的艺术系统），借以实现古典"艺术"由传统形态向现代形态的演进。② 所以，作为艺术观念的核心范畴，当西语 art 影响到汉语"艺"时，面对不同的思维方式与认识方式，如何"外之既不后于世界之思潮，内之仍弗失固有之血脉，取今复古，别立新宗"③，如何充分地彰显"自我"的艺术传统，如何合理地译介"他者"的艺术体系，如何进行比较与会通研究，

① 张晧：《中国古代艺术理论论纲》，华中师范大学出版社 1996 年版，第 1 页。

② 李心峰：《论 20 世纪中国现代艺术体系的形成》，张晶、杜寒风主编《美学前沿》第 3 辑，中国传媒大学出版社 2006 年版，第 225 页。

③ 鲁迅：《坟·文化偏至论》，《鲁迅全集》第 1 卷，人民文学出版社 2005 年版，第 57 页。

这些问题都值得我们深思和追问。

现代意义的"艺术"一词，是 19 世纪明治维新时期日本学者受到西方文艺思潮的影响，最先使用汉字术语来翻译 schone art、fine art 与 beaux art 等"美的艺术"，全面译介和接受舶来的西方"艺术"观念，引入东亚汉字文化圈并得以固定下来的。① "艺术"概念的使用，既蕴含西方现代学科的理论思维，又深受中国早期文献的深远影响，原属意涵在日语中发生转换，旧词（艺术）重启赋新意（art），经历了"古词—译词—侨词"的实践路。这种"侨词来归"的旅行与变异现象，正是东亚文化圈借镜西方思潮的历史性选择。日本学者用"雅艺""美艺""美术"等术语去翻译"美的艺术"，其中"美术"②一度备受认可，在客观上推动了中日艺术形态的转型。有学者指出，以"美术"译介"美的艺术"造成使用的混乱。因为"美术"一词含有双义，既指与 art 相同的类概念，美术与艺术都是美感的再现；又指 art 所包括的下属类目，"美术"是艺术体系之一的造型艺术。③ 在"明治维新"运动中，随着日本学者日益融通对西方思潮的认识，对 art 命名也产生变化，抛弃流行的"美术"一词，选择由"艺术"一词以译之。

在日本和中国接受 art 概念时，受到汉语的困扰，历经了从"技术"到"美术"，再到"艺术"的探索过程，被忽略的要素正是中国古典的"艺"。④ 日本学者对 art 的译词选择，站在审美教育高度，也影响到中国学者对"美的艺术"的理解和接受。事实上，近代中国最先从日本引入的艺术观念，不是脱颖而出的侨词"艺术"，而是一度混乱使用的"美术"一词。事实上，康有为、梁启超、王国维、严复、蔡元培、鲁迅等

① 李心峰：《中国现代"艺术"概念关键词研究》，滕守尧主编《美学》第 1 卷，南京师范大学出版社 2006 年版，第 184 页。

② 林晓照：《晚清"美术"概念的早期输入》，《学术研究》2009 年第 12 期；吕澎：《历史上下文中的"美术"和"美术革命"》，《文艺研究》2007 年第 9 期。

③ ［日］佐佐木健一：《美学辞典》，东京大学出版会 1995 年版，第 31 页。

④ 王琢：《从"美术"到"艺术"——中日艺术概念的形成》，《文艺研究》2008 年第 7 期。

学者为实现中国文化的革新，选用西语 art 来建构艺术观念，从日语中先后移植了"美术"和"艺术"等称谓①，用于文艺观念的概念变革，同样也出现了在日语中的混乱情况：既有等同而论的用意，也有含混不清的隔阂，但在客观上也引发了中国传统艺术观念的改革与变化。就"以西解中"的艺术体系而言，"存在使不同领域的东西相互越界的力量"②，高位的"道艺""艺义"等概念在现代学科中已被弱化，陷入场外征用的危机，对 logos 的关注远大于"道"，对 skill 的热情远高于"文"，在重"西"轻"中"的形态变革中遮蔽了中国艺术的古典传统，硬套文学、绘画、音乐、舞蹈、雕塑、建筑、戏剧与电影等西方体系，阐释诗、画、乐、舞、小说、戏剧与书法等古典类目。

在 20 世纪文艺批评的影响下，中国学者对"艺"与 art 的翻译实践产生新的认识。如 1904 年王国维《孔子之美育主义》③《叔本华之哲学及教育学说》《红楼梦评论》等建构出"美的艺术"观念；1920 年宗白华《美学与艺术略谈》提炼出"七种艺术"④；1940 年丰子恺《艺术总说》归

① 近代中国最先引进的艺术概念，不是"艺术"一词，而是"美术"一词。参见康有为：《日本书目志》，上海大同译书局，1897 年；梁启超：《新民说》，《新民丛报》第 1 号，1902 年 2 月 8 日；王国维：《叔本华之哲学及其教育学说》，《教育世界》第 75、77 号，1904 年 5、6 月；[英]倭斯弗：《美术通诠》，严复译，《寰球中国学生报》第 3—5 期，1906 年 10 月至 1907 年 6 月；鲁迅：《摩罗诗力说》，《河南》1908 年第 2、3 期；蔡元培：《对于教育方针之意见》，《东方杂志》，1912 年 4 月等。

② [日]佐佐木健一：《美学入门》，赵京华、王成译，四川人民出版社 2008 年版，第 32 页。

③ 在《孔子之美育主义》中，王国维使用"美术"共有 3 次："故美术者科学与道德之生产地也"，"我中国非美术之国也"，"故一切美术皆不能达完全之域"。从该文"美术"包括的宫观、图画、雕刻、诗歌、音乐五种门类来看，恰与西方近代典型的"美的艺术"体系相吻合。参见姚淦铭、王燕编：《王国维文集》第 3 卷，中国文史出版社 1997 年版，第 155-158 页。

④ 按各种艺术所凭借以表现的感觉，分类如下：目所见的空间中表现的造形艺术：建筑、雕刻、图画。耳所闻的时间中表现的音调艺术：音乐、诗歌。同时在空间时间中表现的拟态艺术：跳舞、戏剧。参见林同华主编：《宗白华全集》第 1 卷，安徽教育出版社 1994 年版，第 190 页。

纳出"一打艺术"①等，以及新时期朱光潜、李泽厚、胡经之等学者倡导的"文艺美学"观念。"艺术"的内涵除了经典的"五艺""七艺"之外，又新增了现代科技的衍生品，将西方艺术经验全面植入中国艺术观念。中国艺术在追问美感特性或艺术本质时，不可避免地受到 art 的输出影响，被强行卷入审美现代性的潮流之中，在全球舞台上参与阐释，混杂了不属于中国传统的外部经验。在这一阶段，"美术"已从中国艺术体系的高位上跌落下来，不再指整个艺术体系，而是键闭为"艺术"概念下辖"造型艺术"之一。同时，汉语"艺术"植入了西方"美的艺术"经验，在现代语境中得到流行和稳固，用于描述中国艺术现象及体系。鉴于此，选择以 art 译词(侨词"艺术")指称中国艺术观念，迎合西方艺术观念及体系，满足"艺术"的美感相似性，毕竟有"鸠占鹊巢"之嫌，遮蔽了中国艺术观念的古典传统，既有不顾艺术传统的过度阐释，也有忽视艺术经验的路径错位。

随着全球化时代的到来，学界逐渐接受了以侨词"艺术"指称艺术观念，但在两套体系之间，难免会有"艺"和 art 的兼容问题。中国艺术观念的演进和变革，既有侨词"艺术"的在场，也有古典"文艺"(艺文)的参与。在中国真正能够与西方艺术体系的总名相对应的，不仅是落实到与西方 art 原义略同的"艺术"上，也涌现在古已有之的"文艺"(艺文)上。"文艺"始自《大戴礼记·文王官人》之"隐于文艺"，"艺文"始自《汉书·艺文志》篇名，"艺"滥觞于古人对"文"的体悟，将之视为艺术体系的核心。旧瓶装新酒的"艺术"概念，不全是"雅艺""美艺""美术"等术语与 art 的译介过程，也有高位"文艺"概念的变革。首先，侨归的"艺术"为迎合流行的西方艺术观念，全面弱化"文"的高位层级，并将"文"视为艺术体系之一，有降低"文"以适应的情况。其次，为满

---

① 艺术的种类共有 12 种，可分为视觉艺术(绘画、书法、金石、雕塑、建筑、工艺、照相)，听觉艺术(音乐、文学)，综合艺术(演剧、舞蹈、电影)。参见丰陈宝等编：《丰子恺文集·艺术卷》第 4 册，浙江文艺出版社、浙江教育出版社1990 年版，第 81-86 页。

足现代学科的教育需求，侨归的"艺术"强化了"术"（skill）的观念，不断从价值低下的实用行业之技术向上提升，从而进入高尚的文化思想层级之艺术，有抬高"术"（skill）以调和的情况。① 侨词"艺术"在汉字文化圈中所遭遇的弱化和变异，可谓是概念上的削足适履，遮蔽了"艺之为道"的古典传统。由于缺乏稳固的概念基础，使得侨词"艺术"在语言张力上有力不从心之感，不可避免地会出现"艺"和 art 的兼容问题。只有在"艺术"一词前冠以"文学"名目，合文学、艺术之力（文艺）才能与西方的 art 同台竞技，指涉大致相当。

现代汉语中的"文艺"观念，也受到了外来概念 literature 与 art 的影响，用指文学和艺术，或指"文艺理论"，不自觉地偏向了现代学科概念。"文艺"一词的高位层级被 art 所遮蔽，搁置了"文主艺辅"的中国传统，而是接受"文辅艺主"的西方经验，以至于出现"中词"载"西意"的情况。这使得"文艺"一词在中国艺术观念中有三种理论空间：其一是汉语思维的名目，用于通称整个艺术体系；其二是西方思维的名目，仅指艺术体系之一的文学；其三是会通思维的名目，泛指现代学科中的文学、艺术理论。② 当古典"文艺"遭遇审美现代性的解构时，汉语"艺术"概念既让汉字文化圈"艺"融入西方"美的艺术"观念，编排新时期的艺术体系；又让高位概念"文"来校正艺术体系的偏差，力图保持中国艺术的古典特征。当然，借镜西方文艺思想的历史性选择，其思想启蒙之进步作用是不可否定的，但是"以西解中"的策略无疑是遮蔽了中国

---

① 西方艺术体系的总名，在中国经历了一个由"雅艺"到"美术"再到"艺术"的过程。这一过程至少需要两个条件：一是词汇条件，"艺"的含义从低级性技术转变为高尚性的艺术，在西方文化的强势影响下，在"art"原义的推动下，必然而且终于实现了；二是现实条件，中国艺术体系以"文"为高位和特征，当面对西方艺术体系时，自觉不自觉地会体现出来，在提到艺术体系总体时，总要把"文学"提出来，放到作为总名的"艺术"之前。参见张法：《"文艺"一词的产生、流衍和意义》，《文艺研究》2012 年第 5 期。

② 张法：《"文艺"一词的产生、流衍和意义》，《文艺研究》2012 年第 5 期。

艺术观念的本来面目，难免产生"失落"①之感。所以，我们绝不能因早期的社会转型和文化输入，就将中国艺术观念的生成、演变，简单地附会于西方"艺术"（art）的概念旅行和变异，断然否定本国的知识系统和古典体系。因此，要对习以为常的"艺术"概念作出反思，"以远西说，持较诸夏"②，在会通与激活之间要避免"以西解中"的现代遭际，重返"以中解中"的本来面目。

自 20 世纪起，西方"艺术"就面临着新意识、新话语和新理论的跨语际融合，有增补语义或再创内涵的变革倾向，在辩论不休的争鸣中捆绑上非审美性的元素，将古典的"艺术"概念进一步普泛化和世俗化。新时期的"艺术"概念产生了"视野锁闭、单向演进和批评的理论化"③的倾向，可谓是遭遇到最大的合法性危机，在传统与现代之间产生刻意的逃避意识。此一时彼一时，"艺术"不再是艺术，不是艺术反而恰是"艺术"：既有传统的艺术亦有先锋的艺术，既有取悦的艺术亦有震撼的艺术，既有审美的艺术亦有商品的艺术。西方艺术观念面临前所未有的概念难题，art 在言说中总是游离不定，企图消解或颠覆传统的艺术规则、艺术体系和艺术实践，新创或重构现代的艺术原理、艺术哲学和艺术批评。这个世纪的学者们似已达成一个重要结论：要想建立一种考虑周全的艺术定义，不只是非常困难的，而且是根本不可能完成的。④广泛流行的 literature（文学）、art（艺术）、aesthetic（美学）、creative（创意）与 imaginative（想象）所交织的复杂意涵，正标示出目前社会史、文化史和思想史发生的重大变化：

① 余来明：《在历史中理解"文学"概念》，李建中、高文强主编《文化关键词研究》第 3 辑，武汉大学出版社 2018 年版，第 115 页。

② 陈钟凡：《中国文学批评史》，江苏文艺出版社 2008 年版，第 4 页。

③ 曹顺庆、吴兴明：《替换中的失落——从文化转型看古文论转换的学理背景》，《文学评论》1999 年第 4 期。

④ ［波］瓦迪斯瓦夫·塔塔尔凯维奇：《西方六大美学观念史》，刘文潭译，上海译文出版社 2013 年版，第 36 页。

情形看起来好像是，艺术的概念，虽然在理论上是被固定了，但在实际上却依然流动。其实，决定什么是一件艺术品和什么不是一件艺术品的标准有许多种，并且所有的标准都有几分摇摆。……如今，这许多的要求和顾虑都被扫除到一边，只留下了理论上的困难。古代的艺术概念虽是十分明确，但却不再符合今日的需要，因此，它充其量只能算作历史的陈迹；现代的概念在原则上虽然可以被接受，但是其边际却是显得极端的模糊。①

这使得"美的艺术"或"审美艺术"变得不像原来那般纯粹，而是蕴含变异、断裂与冲突，逐渐走向对 rule（法则）、logos（理式）、knowledge（知识）的解构状态，并与文学、美学、哲学等概念形成融通态势，以现代性的时髦话语影响到新时期的艺术观念，在阐释舞台上表现出跨语际实践的理论姿态。

由"艺"与 art 言说中西艺术观念，心理攸同的思维了证明艺术文明的普世性，高低降格的理路再现了艺术话语的变革性，以西解中的遭际说明了艺术观念的变异性。宗白华先生指出："现代的中国站在历史的转折点。新的局面必将展开。然而我们对旧文化的检讨，以同情的了解给予新的评价，也更形重要。"②对于我们习以为常的"艺术"概念，究竟是汉语"艺"在起主导作用，还是西语 art 在掌握内涵？在借镜西方的过程中，侨归的"艺术"概念遭遇合法性危机，搁置了古典"艺"的本来面目，转向西方"美的艺术"经验。"言学术者必先陈其义界，方能识其旨归。"③现代意义上的"艺术"概念在汉语文化圈中所经历的旅行和变异，既是"艺"与 art 角力的结果，也是民族性与世界性碰撞的结果。在

① ［波］瓦迪斯瓦夫·塔塔尔凯维奇：《西方六大美学观念史》，刘文潭译，上海译文出版社 2013 年版，第 28 页。

② 宗白华：《美学散步》，上海人民出版社 1981 年版，第 68 页。

③ 陈钟凡：《中国文学批评史》，江苏文艺出版社 2008 年版，第 1 页。

文化交流的契机下，我们努力寻找会通与激活"艺术"之新质观念的可能性，不论是以 art 的形式重释"艺"，还是以"艺"的情性校正 art，对我们理解中西文体观念的比较都会有一定作用。

结　语

　　相较于概念、术语、范畴、命题的单向解诠，文论关键词阐释如何通达于追根、问境和致用之际？文论关键词的创生路径与义理基础是什么？传统文论观念有何理论形态和批评模式？在应对西方学术话语的挑战中，中国文论研究又该如何获得来自传统资源的支持？这些问题不"辨"不"明"，皆须结合传统文论的原初事实与整体面目来进行深度历史考察、理论阐发和体系建构。透过"辨物居方""辨礼识义""辨体明性"的思想谱系和知识图景，我们不难发现传统文论观念之间的关联和互动，既有"辨得"观念的激发和引导，又有"辨失"观念的检测和校正。"辨得"与"辨失"相互交织，首先是作为一种认识论出现的，其次是作为一种方法论看待的，既有对文论观念的规范和形塑，也有对文论观念的突破和逾越，亦有对文论观念的互证和混合。

　　"辨"是中国文学批评的一个固有特点。这一传统肇端于先秦时期的礼仪制度，用于彰显社会等级、确立伦理秩序，成为"辨得"与"辨失"、"辨文"与"辨艺"的潜在规约。以"辨"为话语起点，以"辨"为观念指归，中国早期的礼仪制度经历了"辨礼""定礼""尊礼"等流变过程，逐渐形成了以礼仪规训和言辞技艺隐喻书写经验的传统。此一传统是行为方式、文本方式和文章体系紧密联结的整体架构，由"辨也""判也""别也"三义相通，孕育出富有辩证意识的思维方式和阐释方式。在"仰观"与"俯察"的基础上，古人素以秉持的"辨"之文化传统，不仅是对"物理""事理""情理"的辨认和区分，更是对"天文""地文""人文"的判别和归类，由此形成一种心理表征(个体性)和公共表征(集体性)。

这种"辨"传统深入到古人的"观物""取象""比类"之中，由"考名物""明礼制""辨典章"演绎出"辨物居方""辨礼识义""辨体明性"等经典命题，其所凝聚的指称意义已经超出原有的话语范围，具有极强的现实渗透力和历史延续性，更是成为中国文化及文论的诗性基础。

本书选取"辨物""辨礼""辨体""辨得""辨失""辨文""辨艺"等问题进行研究，从义理阐释、观念发生、思想转向、范式建构等方面展开，探索传统文论观念的古典生成与现代激活、时空定位与语用呈现，有效地克服仅仅对文论观念作封闭式、经验式、概论式的讲述之弊端，并反观当前中国文论研究中的"表面化""形式化""绝对化""趋同化"等问题。为此以"辨"问题切入中国文论研究，设置一种必要的结合点，既可描述出文论观念的体系概貌（概念体系、理论体系和知识体系），对内部因素（语言、体裁、修辞、结构）和外部因素（时代、地域、思潮、流派）作出相应的阐释；又可返回语义现场和文化情境，对"辨物""辨礼""辨体""辨得""辨失""辨文""辨艺"等问题作出审视和解读，进一步挖掘和释放这些论题的时代活力、阐释效力及理论魅力，从而深入考察中国文论观念的历史风貌、思想资源、批评范式和运作潜能。

就"划界"与"越界"而言，无论是从"辨得""辨失"来看，还是从"辨文""辨艺"来看，均有"公"与"私"、"内"与"外"、"真"与"伪"等问题相互"纠缠"，属于文论观念流变及其功能分化的动态过程，表现为结构与形式之间以及观念内部的嵌入、转换、交替、错位、嫁接等程序。从"辨"传统来审视文论观念的意义生成与批评策略，"礼法""技法"相交织的规定性是"辨"意识生发和理论建构的基础，"从变""从义"相结合的指向性则是"体"特征呈现和形态实现的依托。无论是防御不知限度的逾越，还是破解陈规旧习的禁锢，有关划分体类、说明性质、探讨演变、选定范文、鉴赏风格、讲评章法等问题，都会涉及"辨"与"体"的意向聚集，呈现出传统文论的批评观念、得失观念和阐释观念。所谓"划界"，就是通过"辨得""辨失"确立文论观念的"底色"及规范。以"辨"为方法，划定适当的界限、范围是有必要的，不然就会失去"文之大体"。但是，我们又不必过于拘泥于"辨异"观念的限制和束缚，应秉持"越界"原则，采用灵活处理、随势而变的方式，来识得各种观念在批评实践上的联系与变通。否则，就容易由"辨异"定式陷入"失体"遭际，表现为外向度的"失语"和内向度的"失性"。

作为传统文论的内在理路，"辨"所构成的限定性和非限定性，以及所建构的"定得失""辨尊卑""分雅俗""别源流""识高下""次是非"等范式，在大体上规范着中国文论的章法结构、模式惯例和体式传统，制约着文论史研究的维度，甚至还决定着文论史的书写模式、框架选择。"辨"的理论效用既在于批评理念的不断反思，促使文论观念的生成和发展；又在于知识谱系的不断建构，推动文论标准的确立和完善；亦在于问题意识的不断生成，引导文论价值的选择和改造。无论是考察文论观念的对话性原则，还是考察文论观念的同构性原则，亦是考察文论观念的整体性原则，最终都会在"辨"的认识论和方法论中得到充分的体现，并落实为划界智慧、越界思维、语义嵌入、叠加赋值、概念耦合、话语重构等观念形态。

本书引入汉语阐释学的思想与方法，立足于本土化原则，揳摵当前中国文论研究的视域盲区，观照文论观念的总体特征，确立相关的批评范式，探寻其发展及演变规律（古今关联、语义变迁、中外会通），凸显"辨"的理论品性之于发掘文论思想、深化文论研究的意义。以"辨物居方"为导向，以"辨礼识义"为指引，以"辨体明性"为宗旨，通过对"辨得""辨失""辨文""辨艺"等问题的考察，不仅有助于我们更加理解古人在创作实践和批评鉴赏中所秉持的基本理念，厘清早期文论观念发生演变的历史过程与复杂形态，而且可以进一步促进中国文化及文论之规律、结构等内部研究的深入展开。

参 考 文 献*

一、古代典籍与辑录

班固:《汉书》,中华书局 2013 年版。

曹旭:《诗品集注》,上海古籍出版社 1994 年版。

晁公武:《郡斋读书志校证》,上海古籍出版社 1990 年版。

陈鹄:《耆旧续闻》,上海古籍出版社 2012 年版。

陈骙:《文则》,人民文学出版社 1960 年版。

陈澧:《陈澧集》,上海古籍出版社 2008 年版。

陈立:《白虎通疏证》,中华书局 1994 年版。

陈寿:《三国志》,中华书局 2013 年版。

陈廷焯:《白雨斋词话》,人民文学出版社 1959 年版。

陈振孙:《直斋书录解题》,上海古籍出版社 2015 年版。

程树德:《论语集释》,中华书局 1990 年。

戴鸿森:《姜斋诗话笺注》,上海古籍出版社 2012 年版。

戴震:《孟子字义疏证》,中华书局 1961 年版。

戴震:《戴震文集》,中华书局 2006 年版。

邓汉仪:《慎墨堂诗话》,中华书局 2017 年版。

丁福保辑:《清诗话》,中华书局 1963 年版。

---

* 著作、论文均按照作者姓名音序排列,作者相同者依据文献出版时间升序排列。

丁福保辑：《历代诗话续编》，中华书局 1983 年版。

董诰等编：《全唐文》，上海古籍出版社 1990 年版。

段玉裁：《说文解字注》，上海古籍出版社 1988 年版。

段玉裁：《经韵楼集》，上海古籍出版社 2008 年版。

范文澜：《文心雕龙注》，人民文学出版社 1958 年版。

范晔：《后汉书》，中华书局 1965 年版。

方东树：《昭昧詹言》，人民文学出版社 1984 年版。

方玉润：《诗经原始》，中华书局 1986 年版。

傅亚庶：《刘子校释》，中华书局 1998 年版。

高棅：《唐诗品汇》，上海古籍出版社 1982 年版。

顾实：《汉书艺文志讲疏》，上海古籍出版社 1987 年版。

归有光：《震川先生集》，上海古籍出版社 2007 年版。

郭庆藩：《庄子集释》，中华书局 1961 年版。

郭绍虞：《沧浪诗话校释》，人民文学出版社 1961 年版。

郭绍虞：《续诗品注》，人民文学出版社 2005 年版。

何建章：《战国策注释》，中华书局 1990 年版。

何景明：《何大复集》，中州古籍出版社 1989 年版。

何宁：《淮南子集释》，中华书局 1998 年版。

何文焕辑：《历代诗话》，中华书局 1981 年版。

洪迈：《容斋随笔》，上海古籍出版社 2015 年版。

洪咨夔：《洪咨夔集》，浙江古籍出版社 2015 年版。

胡传志、李定乾：《滹南遗老集校注》，辽海出版社 2005 年版。

胡吉宣：《玉篇校释》，上海古籍出版社 1989 年版。

胡应麟：《诗薮》，上海古籍出版社 1979 年版。

胡仔纂集：《苕溪渔隐丛话》，人民文学出版社 1993 年版。

黄怀信等撰：《逸周书汇校集注》，上海古籍出版社 1995 年版。

黄晖：《论衡校释》，中华书局 1990 年版。

黄霖编：《历代小说话》，凤凰出版社 2018 年版。

黄汝成：《日知录集释》，上海古籍出版社 2006 年版。

黄士毅编：《朱子语类汇校》，上海古籍出版社 2014 年版。

黄宗羲编：《明文海》，中华书局 1987 年版。

贾谊：《新书校注》，中华书局 2000 年版。

蒋一葵：《尧山堂外纪》，中华书局 2019 年版。

蒋寅：《原诗笺注》，上海古籍出版社 2014 年版。

焦循：《孟子正义》，中华书局 1987 年版。

焦循：《易学三书》，九州出版社 2003 年版。

孔凡礼：《苏轼文集》，中华书局 1986 年版。

孔广森：《大戴礼记补注》，中华书局 2013 年版。

黎翔凤：《管子校注》，中华书局 2004 年版。

李成玉：《瓯北诗话校注》，人民文学出版社 2013 年版。

李东阳：《怀麓堂诗话》，人民文学出版社 2009 年版。

李昉等：《文苑英华》，中华书局 1966 年版。

李开先：《李开先集》，中华书局 1959 年版。

李渔：《李渔全集》，浙江古籍出版社 1991 年版。

李兆洛编：《骈体文钞》，上海古籍出版社 2001 年版。

李壮鹰：《诗式校注》，人民文学出版社 2003 年版。

凌郁之：《文章辨体序题疏证》，人民文学出版社 2016 年版。

刘大櫆：《论文偶记》，人民文学出版社 1959 年版。

刘祁：《归潜志》，中华书局 1983 年版。

刘邵：《人物志》，上海古籍出版社 1990 年版。

刘文典：《淮南鸿烈集解》，中华书局 2012 年版。

刘熙：《释名》，中华书局 1985 年版。

刘昫等：《旧唐书》，中华书局 2013 年版。

刘知幾：《史通》，上海古籍出版社 1978 年版。

楼宇烈：《老子道德经注校释》，中华书局 2008 年版。

卢盛江：《文镜秘府论汇校汇考》，中华书局 2015 年版。

陆机:《陆机集》,中华书局 1982 年版。

逯铭昕:《石林诗话校注》,人民文学出版社 2011 年版。

吕祖谦:《宋文鉴》,中华书局 1992 年版。

马其昶:《韩昌黎文集校注》,上海古籍出版社 1986 年版。

欧阳询撰:《艺文类聚》,中华书局 1965 年版。

彭铎:《潜夫论笺校正》,中华书局 1979 年版。

任昉:《文章缘起注》,中华书局 1985 年版。

阮元校刻:《十三经注疏》,中华书局 1980 年版。

阮阅编:《诗话总龟》,人民文学出版社 1987 年版。

沈括:《梦溪笔谈》,上海古籍出版社 2015 年版。

沈约:《宋书》,中华书局 2013 年版。

司马迁:《史记》,中华书局 1959 年版。

苏天爵编:《元文类》,上海古籍出版社 1993 年版。

苏舆:《春秋繁露义证》,中华书局 1992 年版。

孙启治:《中论解诂》,中华书局 2014 年版。

孙希旦:《礼记集解》,中华书局 1989 年版。

孙诒让:《周礼正义》,中华书局 1987 年版。

孙诒让:《墨子间诂》,中华书局 2001 年版。

谭戒甫:《公孙龙子形名发微》,中华书局 2018 年版。

汤炳正等:《楚辞今注》,上海古籍出版社 1996 年版。

唐圭璋:《词话丛编》,中华书局 1986 年版。

汪道昆:《太函集》,黄山书社 2004 年版。

汪荣宝:《法言义疏》,中华书局 1987 年版。

王昶:《蒲褐山房诗话新编》,人民文学出版社 2011 年版。

王夫之:《诗广传》,中华书局 1964 年版。

王国维:《人间词话》,人民文学出版社 1960 年版。

王国维:《王国维文学论著三种》,商务印书馆 2010 年版。

王宏林:《说诗晬语笺注》,人民文学出版社 2013 年版。

王利器：《文镜秘府论校注》，中国社会科学出版社 1983 年版。

王利器：《颜氏家训集解》，中华书局 1993 年版。

王利器：《文子疏义》，中华书局 2009 年版。

王利器：《新语校注》，中华书局 2018 年版。

王明：《抱朴子内篇校释》，中华书局 1985 年版。

王念孙：《广雅疏证》，中华书局 1983 年版。

王聘珍：《大戴礼记解诂》，中华书局 1983 年版。

王水照编：《历代文话》，复旦大学出版社 2009 年版。

王先谦：《释名疏证补》，上海古籍出版社 1984 年版。

王先谦：《荀子集解》，中华书局 1988 年版。

王先慎：《韩非子集解》，中华书局 1998 年版。

王先谦：《庄子集解·庄子集解内篇补正》，中华书局 2012 年版。

魏小虎编撰：《四库全书总目汇订》，上海古籍出版社 2012 年版。

魏庆之：《诗人玉屑》，中华书局 2007 年版。

吴讷：《文章辨体序说》，人民文学出版社 1962 年版。

吴书荫：《曲品校注》，中华书局 2019 年版。

吴文治主编：《宋代诗话全编》，江苏古籍出版社 1999 年版。

吴则虞：《晏子春秋集释》，中华书局 1962 年版。

萧统：《文选》，上海古籍出版社 1986 年版。

萧子显：《南齐书》，中华书局 1972 年版。

谢思炜：《杜甫集校注》，上海古籍出版社 2015 年版。

谢永芳、林传滨：《在山泉诗话校笺》，人民文学出版社 2016 年版。

徐釚：《词苑丛谈》，中华书局 2008 年版。

徐师曾：《文体明辨序说》，人民文学出版社 1962 年版。

徐元诰：《国语集解》，中华书局 2002 年版。

许维遹：《吕氏春秋集释》，中华书局 2017 年版。

许学夷：《诗源辩体》，人民文学出版社 1987 年版。

薛雪：《一瓢诗话》，人民文学出版社 1979 年版。

严可均编：《全上古三代秦汉三国六朝文》，中华书局 1958 年版。

扬雄：《太玄集注》，中华书局 1998 年版。

杨伯峻：《列子集释》，中华书局 1979 年版。

杨明：《陆机集校笺》，上海古籍出版社 2016 年版。

杨明照：《抱朴子外篇校笺》，中华书局 1991 年版。

杨慎：《升庵词品笺证》，中华书局 2018 年版。

姚鼐纂集：《古文辞类纂》，上海古籍出版社 1998 年版。

姚鼐：《姚惜抱尺牍》，安徽大学出版社 2014 年版。

姚铉编：《唐文粹》，浙江人民出版社 1986 年版。

叶瑛：《文史通义校注》，中华书局 1985 年版。

殷孟伦：《汉魏六朝百三家集题辞注》，中华书局 2007 年版。

余嘉锡：《世说新语笺疏》，中华书局 2016 年版。

袁津琥：《艺概注稿》，中华书局 2009 年版。

张邦基：《墨庄漫录》，中华书局 2002 年版。

张健：《沧浪诗话校笺》，上海古籍出版社 2012 年版。

张少康：《文赋集释》，人民文学出版社 2002 年版。

张寅彭编选：《清诗话三编》，上海古籍出版社 2014 年版。

郑樵：《通志二十略》，中华书局 1995 年版。

周维德编：《全明诗话》，齐鲁书社 2005 年版。

朱金城：《白居易集笺校》，上海古籍出版社 1988 年版。

朱谦之：《老子校释》，中华书局 2017 年版。

朱熹：《四书章句集注》，中华书局 2016 年版。

朱彝尊：《静志居诗话》，人民文学出版社 2006 年版。

祝尚书编：《宋集序跋汇编》，中华书局 2010 年版。

二、译著

［波］瓦迪斯瓦夫·塔塔尔凯维奇：《西方六大美学观念史》，刘文潭译，上海译文出版社 2006 年版。

[波]英伽登：《对文学的艺术作品的认识》，陈燕谷等译，中国文联出版公司1988年版。

[德]卡西尔：《人论》，甘阳译，上海译文出版社1985年版。

[德]卡西尔：《语言与神话》，于晓等译，生活·读书·新知三联书店1988年版。

[德]伽达默尔：《真理与方法——哲学诠释学的基本特征》，洪汉鼎译，上海译文出版社2004年版。

[德]卡尔·曼海姆：《意识形态与乌托邦》，黎鸣等译，商务印书馆2000年版。

[德]卡尔·雅斯贝斯：《历史的起源与目标》，魏楚雄、俞新天译，华夏出版社1989年版。

[德]伊泽尔：《审美过程研究——阅读活动：审美响应理论》，霍桂桓、李宝彦译，中国人民大学出版社1988年版。

[法]福柯：《知识考古学》，谢强等译，生活·读书·新知三联书店2003年版。

[美]M. H. 艾布拉姆斯、[美]杰弗里·高尔特·哈珀姆：《文学术语词典》(第10版)，吴松江等编译，北京大学出版社2014年版。

[美]本杰明·史华兹：《古代中国的思想世界》，程钢译，江苏人民出版社2004年版。

[美]克利福德·格尔茨：《文化的解释》，韩莉译，译林出版社1999年版。

[美]托马斯·库恩：《科学革命的结构》，李宝恒、纪树立译，上海科学技术出版社1998年版。

[美]勒内·韦勒克、[美]奥斯汀·沃伦：《文学理论》，刘象愚等译，文化艺术出版社2010年版。

[美]乔森纳·卡勒：《文学理论》，李平译，辽宁教育出版社1998年版。

[美]苏珊·朗格：《艺术问题》，滕守尧等译，中国社会科学出版

社 1983 年版。

[美]苏珊·朗格:《情感与形式》,刘大基等译,中国社会科学出版社 1986 年版。

[美]宇文所安:《中国文论:英译与评论》,王柏华、陶庆梅译,上海社会科学院出版社 2003 年版。

[日]浅见洋二:《距离与想象——中国诗学的唐宋转型》,金程宇、冈田千穗译,上海古籍出版社 2005 年版。

[日]夏目漱石:《文学论》,张我军译,上海神州国光社 1931 年版。

[日]岩城见一:《感性论——为了被开放的经验理论》,王琢译,商务印书馆 2008 年版。

[日]佐佐木健一:《美学入门》,赵京华、王成译,四川人民出版社 2008 年版。

[瑞士]皮亚杰:《发生认识论原理》,王宪钿等译,商务印书馆 2009 年版。

[意]安贝托·艾柯等:《诠释与过度诠释》,王宇根译,生活·读书·新知三联书店 2005 年版。

[意]维柯:《新科学》,朱光潜译,商务印书馆 1989 年版。

[英]彼得·威德森:《现代西方文学观念简史》,钱竞等译,北京大学出版社 2006 年版。

[英]科林伍德:《艺术原理》,王至元等译,中国社会科学出版社 1985 年版。

[英]雷蒙·威廉斯:《关键词:文化与社会的词汇》,刘建基译,生活·读书·新知三联书店 2005 年版。

三、今人著作

曹建国:《楚简与先秦〈诗〉学研究》,武汉大学出版社 2010 年版。

曹顺庆等:《中国古代文论话语》,巴蜀书社 2001 年版。

曾枣庄：《中国古代文体学》，上海人民出版社 2012 年版。

陈必祥：《古代散文文体概论》，河南人民出版社 1986 年版。

陈民镇：《有"文体"之前：中国文体的生成与早期发展》，上海古籍出版社 2019 年版。

陈斯鹏：《简帛文献与文学考论》，中山大学出版社 2007 年版。

陈文新：《明代诗学》，湖南人民出版社 2000 年版。

陈引驰：《刘师培中古文学论集》，中国社会科学出版社 1997 年版。

陈钟凡：《中国文学批评史》，江苏文艺出版社 2008 年版。

成中英：《创造和谐》，东方出版社 2011 年版。

程鹏万：《简牍帛书格式研究》，上海古籍出版社 2017 年版。

程毅中：《中国诗体流变》，中华书局 1992 年版。

褚斌杰：《中国古代文体概论》，北京大学出版社 1990 年版。

崔正升：《写作教育新论》，中国书籍出版社 2018 年版。

党圣元：《在传统与现代之间——古代文论的现代遭际》，山东教育出版社 2009 年版。

党圣元：《返本与开新：中国传统文论的当代阐释》，河南大学出版社 2011 年版。

党圣元主编：《文体——中国古代文体观念的演进》第 1 卷，中国社会科学出版社 2020 年版。

邓国光：《文章体统》，上海古籍出版社 2013 年版。

董芬芬：《春秋辞令文体研究》，上海古籍出版社 2012 年版。

方遒：《写作学概论》，安徽教育出版社 2016 年版。

冯光廉：《中国近百年文学体式流变史》，人民文学出版社 1999 年版。

冯黎明：《学科互涉与文学研究方法论革命》，武汉大学出版社 2014 年版。

冯胜君：《郭店简与上博简对比研究》，线装书局 2007 年版。

冯天瑜：《中华元典精神》，武汉大学出版社 2006 年版。

冯天瑜：《"封建"考论》，武汉大学出版社 2007 年版。

冯天瑜等主编：《语义的文化变迁》，武汉大学出版社 2007 年版。

傅刚：《昭明文选研究》，中国社会科学出版社 2000 年版。

葛晓音：《先秦汉魏六朝诗歌体式研究》，北京大学出版社 2012 年版。

古风：《中国传统文论话语存活论》，社会科学文献出版社 2013 年版。

谷曙光：《贯通与驾驭——宋代文体学述论》，人民文学出版社 2016 年版。

郭建勋：《辞赋文体研究》，中华书局 2007 年版。

郭守运：《中国古代文学文体范畴研究》，广东高等教育出版社 2018 年版。

郭英德：《中国古代文体学论稿》，北京大学出版社 2005 年版。

过常宝：《制礼作乐与西周文献的生成》，中国社会科学出版社 2015 年版。

过常宝：《先秦文体与话语方式研究》，中华书局 2016 年版。

韩东育：《天人·人际·身心——中国古代"终极关怀"思想研究》，东北师范大学出版社 1994 年版。

韩高年：《诗赋文体源流新探》，巴蜀书社 2004 年版。

韩高年：《礼俗仪式与先秦诗歌演变》，中华书局 2006 年版。

韩高年：《礼乐制度变迁与春秋文体演变研究》，商务印书馆 2020 年版。

何亮：《汉唐小说文体研究》，中华书局 2019 年版。

何诗海：《汉魏六朝文体与文化研究》，北京大学出版社 2011 年版。

何天杰：《桐城文派：文章法的总结与超越》，广州文化出版社 1989 年版。

何镇邦：《观念的嬗变与文体的演进》，作家出版社 2009 年版。

胡大雷：《诗人·文体·批评》，人民文学出版社 2001 年版。

胡红梅：《中国文化关键词"气"的跨学科阐释》，武汉大学出版社 2021 年版。

胡建次等：《中国古代文论承传研究》，中国社会科学出版社 2012 年版。

黄德宽主编：《古文字谱系疏证》，商务印书馆 2007 年版。

黄金明：《汉魏晋南北朝诔碑文研究》，人民文学出版社 2005 年版。

纪德君：《中国古代小说文体生成及其他》，商务印书馆 2012 年版。

贾奋然：《六朝文体批评研究》，北京大学出版社 2005 年版。

贾奋然：《文体观念与文化意蕴》，中国社会科学出版社 2016 年版。

蒋建梅：《和谐的生命之美："圆"范畴的审美空间与美学精神》，南京大学出版社 2015 年版。

蒋原伦，潘凯雄：《历史描述与逻辑演绎——文学批评文体论》，云南人民出版社 1994 年版。

金振邦：《文体学》，东北师范大学出版社 1994 年版。

李春青：《诗与意识形态：西周至两汉诗歌功能的演变与中国诗学观念的生成》，北京大学出版社 2005 年版。

李春青：《在文本与历史之间：中国古代诗学意义生成模式探微》，北京大学出版社 2005 年版。

李锋：《体：中国文体学的本体论之思》，武汉大学出版社 2019 年版。

李建中等：《中国古代文论诗性特征研究》，武汉大学出版社 2007 年版。

李建中、李小兰：《批评文体论纲》，武汉大学出版社 2013 年版。

李建中：《體：中国文论元关键词解诠》，中国社会科学出版社 2014 年版。

李军均：《传奇小说文体研究》，华中科技大学出版社 2007 年版。

李立：《有所"止"的文明——中国文化关键词"止"考论》，武汉大学出版社 2021 年版。

李士彪：《魏晋南北朝文体学》，上海古籍出版社 2004 年版。

李小兰：《中国古代批评文体研究》，黑龙江人民出版社 2010 年版。

李晓红：《文体新变与南朝学术文化》，中华书局 2017 年版。

林少阳：《"文"与日本的现代性》，中央编译出版社 2014 年版。

刘方喜：《声情说——诗学思想之中国表述》，知识产权出版社 2008 年版。

刘师培：《汉魏六朝专家文研究》，商务印书馆 2017 年版。

刘文英：《中国古代意识观念的产生和发展》，上海人民出版社 1985 年版。

刘晓军：《中国小说文体古今演变研究》，上海古籍出版社 2019 年版。

刘跃进：《门阀士族与永明文学》，生活·读书·新知三联书店 1992 年版。

刘跃进：《走向通融——世纪之交的中国古典文学研究》，知识产权出版社 2005 年版。

罗宗强：《魏晋南北朝文学思想史》，中华书局 1996 年版。

罗宗强：《隋唐五代文学思想史》，中华书局 1999 年版。

罗宗强：《明代文学思想史》，中华书局 2013 年版。

吕红光：《唐前文体观念的生成与发展》，浙江大学出版社 2014 年版。

吕逸新：《汉代文体问题研究》，齐鲁书社 2011 年版。

麻守中：《中国古代诗歌体裁概论》，吉林大学出版社 1988 年版。

马建智：《中国古代文体分类研究》，中国社会科学出版社 2008 年版。

马银琴：《两周诗史》，社会科学文献出版社 2006 年版。

马银琴：《周秦时代〈诗〉的传播史》，社会科学文献出版社 2011 年版。

梅军：《殷商西周散文文体研究》，科学出版社 2016 年版。

欧明俊：《古代文体学思辨录》，人民出版社 2015 年版。

潘莉：《〈尚书〉文体类型与成因研究》，知识产权出版社 2016 年版。

潘链钰：《经：唐代的"经"学与"文"论》，武汉大学出版社 2018 年版。

彭亚非：《中国正统文学观念》，社会科学文献出版社 2007 年版。

彭玉平：《诗文评的体性》，北京大学出版社 2012 年版。

戚世隽：《中国古代剧本形态论稿》，北京大学出版社 2013 年版。

钱穆：《中国文学讲演集》，巴蜀书社 1987 年版。

钱锺书：《钱锺书散文》，浙江文艺出版社 1997 年版。

钱锺书：《谈艺录》，生活·读书·新知三联书店 2007 年版。

邱渊：《"言""语""论""说"与先秦论说文体》，云南人民出版社 2009 年版。

任竞泽：《中国古代辨体理论批评研究》，中国社会科学出版社 2016 年版。

任竞泽：《宋代文体学思想研究》，人民出版社 2018 年版。

任遂虎：《文章学通论》，清华大学出版社 2011 年版。

任雪山：《桐城派文论的现代回响》，安徽大学出版社 2015 年版。

陶东风：《文体演变及其文化意味》，云南人民出版社 1994 年版。

童庆炳：《文体与文体的创造》，云南人民出版社 1994 年版。

汪涌豪：《中国文学批评范畴及体系》，复旦大学出版社 2007 年版。

王汎森：《清代的思想、学术与心态》，北京大学出版社 2015 年版。

王齐洲：《中国古代文学观念发生史》，人民文学出版社 2014 年版。

王文生：《中国文学思想体系》，上海古籍出版社 2017 年版。

王先霈：《圆形批评论》，华中师范大学出版社 1994 年版。

王先霈：《中国古代与中国艺术心理思想》，湖北教育出版社 2006 年版。

王秀臣：《三礼用诗考论》，中国社会科学出版社 2007 年版。

王秀臣：《礼仪与兴象——〈礼记〉元文学理论形态研究》，社会科学文献出版社 2014 年版。

吴承学：《中国古代文体学研究》，人民出版社 2011 年版。

吴承学：《中国古代文体形态研究》，北京大学出版社 2013 年版。

吴承学：《近古文章与文体学研究》，广东高等教育出版社 2020 年版。

吴建民：《中国古代文学理论的当代阐释与转化》，凤凰出版社 2011 年版。

吴建民：《中国古代文论命题研究》，南京大学出版社 2017 年版。

吴作奎：《古代文学批评文体研究》，武汉大学出版社 2014 年版。

郗文倩：《中国古代文体功能研究》，上海三联书店 2010 年版。

郗文倩：《古代礼俗中的文体与文学》，人民出版社 2015 年版。

许结：《中国辞赋理论通史》，凤凰出版社 2016 年版。

夏德靠：《两汉语类文献生成及文体研究》，中华书局 2019 年版。

夏令伟：《宋元文体与文体学论稿》，中山大学出版社 2018 年版。

夏静：《礼乐文化与中国文论早期形态研究》，中华书局 2007 年版。

夏静：《中国思想传统中的文学观念》，生活·读书·新知三联书店 2017 年版。

杨家海：《象：中国文化基元》，武汉大学出版社 2018 年版。

杨子彦：《纪昀文学思想研究》，中国社会科学出版社 2015 年版。

杨子彦：《乾嘉情理论研究》，中国社会科学出版社 2017 年版。

姚爱斌：《中国古代文体论思辨》，北京大学出版社 2012 年版。

叶修成：《西周礼制与〈尚书〉文体研究》，中国社会科学出版社 2016 年版。

于雪棠：《先秦两汉文体研究》，北京师范大学出版社 2012 年版。

余来明：《"文学"概念史》，人民文学出版社 2016 年版。

余英时：《中国思想传统的现代诠释》，江苏人民出版社 2003 年版。

郁沅、张明高编选：《魏晋南北朝文论选》，人民文学出版社 1996 年版。

袁劲：《"怨"的审美生成》，武汉大学出版社 2019 年版。

张伯伟：《全唐五代诗格汇考》，凤凰出版社 2002 年版。

张海鸥等：《宋代文章学与文体形态研究》，中山大学出版社 2018 年版。

张晧：《中国古代艺术理论论纲》，华中师范大学出版社 1996 年版。

张健：《元代诗法校考》，北京大学出版社 2001 年版。

张荣翼、李松：《文学史哲学》，武汉大学出版社 2014 年版。

张正学：《中国古代俗文学文体形态研究》，四川人民出版社 2017 年版。

章太炎：《国故论衡》，商务印书馆 2010 年版。

赵建章：《桐城派文学思想研究》，北京图书馆出版社 2003 年版。

赵宪章主编：《汉语文体与文化认同研究》，中华书局 2008 年版。

周裕锴：《中国古代阐释学研究》，上海人民出版社 2003 年版。

朱荣智：《文气与文章创作关系研究》，台湾师大书苑有限公司 1988 年版。

四、今人文章

曹建墩：《周代牲体礼考论》，《清华大学学报》2008 年第 3 期。

曹明伦：《谈词义之确定和表达之得体》，《中国翻译》2009 年第 4 期。

曹明升：《清代词学中的破体、辨体与推尊词体》，《中国文学研究》2005 年第 3 期。

曹庆鸿：《论唐宋词及理论之演变与尊体》，《中国文化研究》2006

年第 2 期。

曹顺庆、吴兴明:《替换中的失落——从文化转型看古文论转换的学理背景》,《文学评论》1999 年第 4 期。

曹铁根:《"得体美"——修辞审美的最高准则与境界》,《湖南科技大学学报》2004 年第 1 期。

曾枣庄:《论古代文体学研究的基础和对象》,《清华大学学报》2012 年第 6 期。

陈广宏:《近代中国文学概念转换的历史语境与路径》,《文学评论》2016 年第 5 期。

陈民镇:《"文""体"之间——中国古代文体学基本概念的界说与证释》,《文化与诗学》2018 年第 1 辑。

陈民镇:《文体备于何时——中国古代文体框架确立的途径》,《文学评论》2018 年第 4 期。

陈民镇:《一种文体生成论:"文学出于巫祝之官"说的再思考》,《学术研究》2018 年第 7 期。

陈水云:《康熙年间词学的辨体与尊体》,《华中师范大学学报》1999 年第 6 期。

陈志扬:《苏辙〈韩非论〉的文本形成》,《学术研究》2020 年第 8 期。

程千帆:《言公通义——章学诚学术思想综述之一》,《南京大学学报》1982 年第 2 期。

崔琦:《"文学"的概念:在取与舍之间》,《华北电力大学学报》2017 年第 4 期。

崔瑞萍:《试论汉代碑铭序文中的变体、破体现象》,《晋阳学刊》2011 年第 4 期。

崔正升:《明体·得体·变体:古代文体视角下的写作教学秩序重构》,《写作》2018 年第 1 期。

党圣元:《学科意识与体系建构的学术效应——关于古代文学批评

史研究学科的一个反思》，《文学评论》2004 年第 4 期。

党圣元：《传统文论的当代价值与民族美学自信的重建》，《中国文化研究》2015 年秋之卷。

党圣元：《通变与时序》，《西北大学学报》2015 年第 6 期。

党圣元：《论文学史本体》，《甘肃社会科学》2016 年第 5 期。

党圣元：《体貌与文相》，《贵州社会科学》2016 年第 12 期。

党圣元：《传统诗文评中的文章"体制"论》，《云南师范大学学报》2019 年第 2 期。

党圣元：《论选本的文体批评功能》，《甘肃社会科学》2019 年第 3 期。

党圣元：《明代诗话的文体观念》，《厦门大学学报》2020 年第 4 期。

党圣元：《〈文心雕龙〉文字发展观与美学观探微》，《文艺研究》2020 年第 12 期。

党圣元：《先秦"书写"神圣性观念研究》，《社会科学战线》2021 年第 3 期。

邓国光：《〈周礼〉六辞初探——中国古代文体原始的探讨》，《汉学研究》(台北)1993 年第 1 期。

邓新跃：《论宋代的诗学辨体理论》，《江淮论坛》2005 年第 1 期。

邓新跃：《明代诗学辨体理论的尊体意识与典范意识》，《南都学坛》2005 年第 2 期。

方维规：《西方"文学"概念考略及订误》，《读书》2014 年第 5 期。

冯天瑜：《侨词来归与近代中日文化互动——以"卫生""物理""小说"为例》，《武汉大学学报》2005 年第 1 期。

伏涤修：《清代词学由辨体向尊体的批评转向》，《烟台大学学报》2004 年第 4 期。

傅刚：《汉魏六朝文体辨析的学术渊源》，《中国社会科学》2000 年第 2 期。

谷曙光：《论宋代文体学的核心问题：本色与破体》，《中国人民大学学报》2015 年第 3 期。

郭英德：《由行为方式向文本方式的变迁——论中国古代文体分类的生成方式》，《陕西师范大学学报》2005 年第 1 期。

郭英德：《论"文选"类总集文体排序的规则与体例》，《北京师范大学学报》2005 年第 3 期。

韩大伟：《章法失体与表达失体——应用写作两大误区》，《应用写作》2001 年第 7 期。

何建军：《礼者体也：先秦典籍中关于身体与礼的讨论》，《文化与诗学》2013 年第 2 辑。

何诗海：《〈古赋辩体〉与明代辨体批评》，《文艺理论研究》2013 年第 1 期。

何诗海：《明代辨体批评的成就》，《南京师范大学文学院学报》2013 年第 3 期。

胡大雷：《论"语体"及文体的前"文体"状态》，《文学遗产》2012 年第 1 期。

胡大雷：《古代文体谱系论》，《中山大学学报》2018 年第 1 期。

胡大雷：《先秦时期"土宜"的运用与移风易俗——兼论"土宜"与"立言"的关系》，《中原文化研究》2021 年第 1 期。

胡建次、李国伟：《中国传统词学批评中尊体论的承衍》，《湖南大学学报》2014 年第 3 期。

贾奋然：《论〈文体明辨序说〉的辨体观》，《首都师范大学学报》2007 年第 2 期。

贾奋然：《魏晋名理学与辨体批评》，《甘肃社会科学》2019 年第 3 期。

江林昌：《诗的源起及其早期发展变化——兼论中国古代巫术与宗教有关问题》，《中国社会科学》2010 年第 4 期。

蒋旅佳：《异同分体与体类并重——唐宋总集分类体例与文学观念

研究新论》，《青海社会科学》2019 年第 6 期。

蒋晓光、许结：《宾祭之礼与赋体文本的构建及演变》，《中国社会科学》2014 年第 5 期。

蒋寅：《中国古代文体互参中"以高行卑"的体位定势》，《中国社会科学》2008 年第 5 期。

焦亚东：《"破体"：钱锺书批评文体的特征及意义》，《青海社会科学》2013 年第 2 期。

康倩：《传统文学批评中的"得体"论》，《云南师范大学学报》2019 年第 2 期。

孔令顺：《辨体与破体：文体流变视野下的当代影像》，《现代传播》2015 年第 8 期。

黎运汉：《语言风格得体论》，《暨南学报》1998 年第 4 期。

李春：《文学翻译如何进入文学革命——"Literature"概念的译介与文学革命的发生》，《中国现代文学研究丛刊》2011 年第 1 期。

李春青：《浅谈中西文论关键词比较的意义与方法》，《文艺争鸣》2017 年第 1 期。

李冬红：《清代词学"尊体"辨》，《词学》2014 年第 2 期。

李飞跃：《诗词曲辨体的文艺融通与史论重构》，《中国社会科学》2019 年第 1 期。

李冠兰：《先秦礼学与文体批评》，《南京大学学报》2015 年第 5 期。

李冠兰：《论先秦文体的同体异名与异体同名现象》，《中山大学学报》2017 年第 4 期。

李冠兰：《君子观于铭——两周铜器铭文的阅读方式与文体观念之变》，《文学评论》2020 年第 6 期。

李建中：《辨体明性：关于古代文论诗性特质的现代思考》，《华中师范大学学报》2001 年第 2 期。

李建中：《文备众体：中国古代文论的言说方式》，《文艺研究》

2006 年第 3 期。

李建中：《尊体·破体·原体：重开古代文论现代转换的理路和诗径》,《文艺研究》2009 年第 1 期。

李建中：《论古代文论批评文体的无体之体》,《文学评论》2009 年第 2 期。

李建中：《中国古代文体学范畴的理论谱系》,《北京大学学报》2011 年第 6 期。

李建中：《汉字批评：文论阐释的中国路径》,《江汉论坛》2017 年第 5 期。

李建中：《通义：汉语阐释学的思想与方法》,《文学评论》2019 年第 6 期。

李立：《"體"之"禮"——论"文体"的"体势"层次及其规范》,《文化与诗学》2017 年第 1 辑。

李名方：《修辞学：言语得体学》,《扬州大学学报》1999 年第 2 期。

李有光：《中国诗学"从变"与"从义"阐释思想研究》,《河南社会科学》2017 年第 9 期。

梁道礼：《中国古代文论对"艺术精神转型"的理论自觉》,《陕西师范大学学报》2008 年第 2 期。

凌焕新：《论写作的文体感》,《南京师大学报》1994 年第 4 期。

刘丽军：《文化差异与言语得体问题》,《求索》2005 年第 9 期。

刘明华、张金梅：《从"微言大义"到"诗无达诂"》,《文学遗产》2007 年第 3 期。

刘湘兰、周密：《先秦祭礼与祝祷文体》,《社会科学研究》2013 年第 3 期。

罗军凤：《文本与礼仪：早期中国文化研究与礼仪理论》,《文学评论》2013 年第 3 期。

罗宗强：《寻源、辨体与文体研究的目的》,《学术研究》2012 年第

4 期。

吕肖奂：《"不得体"的社交表达：陆游的人际关系诗歌论析》，《四川大学学报》2016 年第 1 期。

马立军：《论北朝墓志题名与尊体意识》，《文艺评论》2014 年第 4 期。

钱志熙：《论中国古代的文体学传统——兼论古代文学文体研究的对象与方法》，《北京大学学报》2004 年第 5 期。

任竞泽：《近 40 年中国古代辨体理论研究的回顾与反思（1978—2018）》，《云南师范大学学报》2019 年第 2 期。

任竞泽：《近四十年（1978—2018）中国古代文体观念研究的回顾与反思》，《甘肃社会科学》2019 年第 3 期。

任竞泽：《从书体到文体："破体论"源流史述》，《江淮论坛》2020 年第 4 期。

任翌：《"得体"的修辞内涵与〈诗经〉"温柔敦厚"的传统》，《江南学院学报》1999 年第 2 期。

沙先一：《尊体意识与典范追求——以清词序跋为中心》，《文艺研究》2016 年第 12 期。

史伟：《中国古代文献中的"文学"概念考论》，《苏州大学学报》2019 年第 2 期。

陶原珂：《〈纪晓岚评注文心雕龙〉之文体观》，《中州学刊》2006 年第 2 期。

涂光社：《说古代文论中的"体"》，《长江学术》2006 年第 2 期。

王苏生：《辨言与得体：古代"本色"论中的戏曲本体观之嬗变》，《中华戏曲》2013 年第 1 期。

王晓东：《中国古代文学批评的"得体"问题：一种基于文本个案研究的分析》，中南大学硕士学位论文 2006 年。

王晓骊：《"活法"视野下的宋词"破体"现象及其接受》，《文艺理论研究》2015 年第 6 期。

王长华、郗文倩：《中国古代文体的价值序列》，《文学遗产》2007年第 2 期。

王兆胜：《从"破体"到"失范"：当前中国散文文体的异化问题》，《江汉论坛》2010 年第 1 期。

吴承学：《辨体与破体》，《文学评论》1991 年第 4 期。

吴承学：《生命之喻——论中国古代关于文学艺术人化的批评》，《文学评论》1994 年第 1 期。

吴承学、沙红兵：《中国古代文体学学科论纲》，《文学遗产》2005年第 1 期。

吴承学：《"文体"与"得体"》，《古典文学知识》2013 年第 1 期。

吴承学、李冠兰：《论中国早期文体观念的发生》，《文艺理论研究》2016 年第 6 期。

吴承学：《中国文体学研究的百年之路》，《华东师范大学学报》2019 年第 4 期。

吴飞：《郑玄"礼者体也"释义》，《励耘语言学刊》2020 年第 1 辑。

吴中胜：《文：从先秦元典到〈文心雕龙〉》，《长江学术》2013 年第 2 期。

夏静：《体用的思想谱系与方法意义》，《甘肃社会科学》2018 年第 4 期。

夏静、宋宁：《作为方法的文体批评》，《厦门大学学报》2020 年第 4 期。

肖仕煜等：《西方美学史中的"得体"理论》，《美与时代》2019 年第 5 期。

徐可：《定体则无，大体须有——散文创作之我见》，《中国文艺评论》2019 年第 5 期。

许龙：《论钱锺书〈中国文学小史序论〉中的文学史观》，《福建师范大学学报》2003 年第 5 期。

姚爱斌：《论中国古代文体论研究范式的转换》，《文学评论》2006

年第 6 期。

姚爱斌:《中国古代文体观念与文章分类思想的关系》,《海南大学学报》2007 年第 3 期。

姚爱斌:《"体":从文化到文论》,《学术论坛》2014 年第 7 期。

杨新平:《桐城派"逆笔"批评论——以文章选本评点为中心》,《文艺理论研究》2021 年第 3 期。

叶国良:《礼仪与文体》,《中国文化研究》2015 年第 2 期。

叶修成:《论上古礼制与文体的生成及〈尚书〉的性质》,《中国文化研究》2008 年第 1 期。

袁劲:《中国文论关键词"怨"的文字学考察》,《南京师范大学文学院学报》2019 年第 4 期。

袁劲:《"以射喻怨"与"诗可以怨"命题的意义生成》,《文艺研究》2019 年第 8 期。

詹福瑞:《古代文论中的体类与体派》,《文艺研究》2004 年第 5 期。

张法:《"文艺"一词的产生、流衍和意义》,《文艺研究》2012 年第 5 期。

张法:《"文学"一词在现代汉语中的定型》,《文艺研究》2013 年第 9 期。

张会恩:《试论"立言得体"》,《殷都学刊》1984 年第 4 期。

张金梅:《从"〈诗〉"无达诂到"诗无达诂":中国阐释学的发展历程及其理论内涵》,《社会科学研究》2008 年第 4 期。

张利群:《中国古代辨体批评论》,《湛江师范学院学报》1998 年第 4 期。

张荣翼:《文学史研究中的"辅助线"》,《宁夏大学学报》1998 年第 2 期。

赵维江:《效体·辨体·破体:论元好问的词体革新》,《文艺研究》2012 年第 1 期。

周兴陆：《"文学"概念的古今榫合》，《文学评论》2019 年第 5 期。

朱士泉：《"得体"浅说》，《修辞学习》1996 年第 3 期。

朱正华：《"辨体"辨》，《浙江师范学院学报》1983 年第 4 期。

左杨：《晚明宋人题跋文的选评及其文体观念》，《北方论丛》2020 年第 5 期。

后　记

　　本书是根据自己的博士后出站报告改写的，初写于北京，修改于扬州，对原有章节进行了部分调整和扩充。感谢丛书编委会的认可，本书有幸入选李建中先生主编的"中华字文化大系"（第二辑）。于己而言，既是一种认可，又是一种鞭策。

　　自博士后出站，自己来到扬州已两年有余，生活逐渐步入正轨，愈发喜欢这座慢悠悠的小城。修改书稿时，眼前的旧文字，仿佛把建国门、珞珈山、瘦西湖串联在一起，构成了一帧又一帧的回忆。顺着章节之间的"缝隙"，自己时不时想起在中国社会科学院做博士后的日子，在武汉大学攻读博士的日子，以及在扬州寓所"封闭管理"的日子。提笔于此，满是感谢之言。感谢合作导师党圣元先生对我的关心与帮助，丰富了我的学术体验，锻炼了我的工作能力，从文体观念、文体批评的交叉点为我指明了研究方向。本书稿也涉及我的博士论文的部分材料，尤为感谢博士导师李建中先生的指导，开阔了我的学术视野，拓展了我的理论基础，引导我进入中国文化及文论研究的广阔领域。永远不会忘记的，是硕士导师任竞泽先生的一番鼓励，使我受到很大的鼓舞，从而"满怀信心""踉踉跄跄"地走上了学术研究的道路。

　　感谢来自师门的支持和鼓励，感谢挚友之间的宽慰和劝勉，感谢同事之间的关心和帮助，这些善意我将铭记于心。

　　感谢我的妻子张盼盼，正是她的理解与分担，让我能够持续做自己喜欢的事情。

　　感谢湖北省学术著作出版专项资金资助项目的支持！

孙盼盼

2023 年 10 月于扬州清竹轩